써 자가(自家)의 신운명을 개척함이요 결코 구원(舊怨)과 일시적 감정으로써 타를 질축(嫉逐) 배척함이 아니로다. 구

사상 구세력에 기미된 일본 위정가의 공명적 희생이 된 부자연 우(又) 불합리한 착오상태를 개선 광정(匡正)하여 자연

우(又) 합리한 정경대원(正經大原)으로 귀환케 함이로다. 당초에 민족적 요구로서 출(出)치 아니한 양우 병합의 결과

가 필경 고식적 위압과 차별적 불평과 통계 숫자상 허식의 하(下)에서 이해상반한 양 민족간에 영원히 화동(和同)할 수

없는 원구(怨溝)를 거익심조(去益深造)하는 금래 실적을 관(觀)하라.

용명(勇名)과 감으로써 구오(舊誤)를 곽정(廓正)하고 진정한 이해와 동정에 기본한 우호적 신국면을 타개함이 피차간

원화소복(遠禍召福)하는 첩경임을 명지할 것이 아닌가. 또 이천만 함분축원(含憤蓄怨)의 민(民)을 위력으로써 구속함

은 다만 동양의 영구한 평화를 보장하는 소이가 아닐 뿐 아니라 차로 인하여 동양 안위의 주축인 사억 지나인(支那人)

의 일본에 대한 위구와 시의(猜疑)를 갈수록 농후케 하여 그 결과로 동양 전국(全局)이 공도동망(共倒同亡)의 비운을

초치할 것이 명(明)하니 금일 오인의 조선독립은 조선인으로 하여금 정당한 생영(生榮)을 수(遂)케 하는 동시에 일본으

로 하여금 사로(邪路)로서 출하여 동양 지지자인 중책을 전(全)케 하는 것이며 지나로 하여금 몽매에도 면하지 못하는 불안 공포로서 탈출케 하는 것이며 또 동양평화로 중요한 일부를 삼는 세계평화 인류행복에 필요한 계

단이 되게 하는 것이라. 이 어찌 구구한 감정상의 문제리오.

아아 신천지가 안전(眼前)에 전개되도다 위력의 시대가 거(去)하고 도의의 시대가 내(來)하도다 과거 전세기에 연마 장

양(長養)된 인도적 정신이 바야흐로 신문명의 서광을 인류역사에 투사하기 시(始)하도다 동빙한설(凍氷寒雪)에 호흡

을 폐칩(閉蟄)한 것이 피(彼) 일시의 세(勢)라 하면 화풍난양(和風暖陽)에 기맥을 진서(振舒)함은 차 일시의 세니 천지

의 복운(復運)에 제하고 세계의 변조(變潮)를 승(乘)한 오인은 아무 주저할 것 없으며 아무 기탄할 것 없도다.

아의 고유한 자유권을 호전(護全)하여 생왕(生旺)의 낙을 포향(飽享)할 것이며 아의 자족한 독창력을 발휘하여 춘만

(春滿)한 대계(大界)에 민족적 정화를 결유(結紐)할지로다. 오등이 자에 분기되도다. 양심이 아와 동존하며 진리가 아

와 병진하는도다 남녀노소 없이 음울한 고소(古巢)로서 활발히 기래(起來)하여 만휘군중(萬彙群衆)으로 더불어 흔쾌

한 부활을 성수(成遂)하게 되도다. 천백세(世) 조령(祖靈)이 오등을 음우(陰佑)하며 전 세계 기운이 오등을 외호(外護)

하나니 착수가 곧 성공이라. 다만 전두(前頭)의 광명으로 맥진(驀進)할 따름인저.

오등(吾等)은 자에 아(我) 조선의 독립국임과 조선인의 자주민(自主民)임을 선언하노라. 차(此)로써 세계만방에 고(告)하여 인류평등의 대의를 극명(克明)하며 차로써 자손만대에 고(誥)하여 민족자존의 정권(政權)을 영유(永有)케 하노라.

반만년 역사의 권위를 장(仗)하여 차를 선언함이며 이천만 민중의 성충(誠忠)을 합하여 차를 표명(佈明)함이며 민족의 항구여일한 자유발전을 위하여 차를 주장함이며 인류적 양심의 발로에 기인한 세계개조의 대기운에 순응병진하기 위하여 차를 제기함이니 시(是)ㅣ 천(天)의 명명(明命)이며 시대의 대세이며 전 인류 공존 동생권(同生權)의 정당한 발동이라 천하하물(何物)이든지 차를 저지 억제치 못할지니라.

구시대의 유물인 침략주의 강권주의의 희생을 작(作)하여 유사이래 누천년(累千年)에 처음으로 이민족(異民族) 겸제(箝制)의 통고(痛苦)를 상(嘗)한 지 금(今)에 십년을 과한지라 아(我) 생존권의 박탈됨이 무릇 기하(幾何)ㅣ며 심령상 발전의 장애됨이 무릇 기하ㅣ며 민족적 존영(尊榮)의 훼손됨이 무릇 기하ㅣ며 신예와 독창으로써 세계문화의 대조류에 기여보비(補裨)할 기연(機緣)을 유실(遺失)함이 무릇 기하ㅣ뇨.

희억(噫憶)ㅣ라 구래의 억울을 선양하려 하면 시하(時下)의 고통을 파탈(擺脫)하려 하면 장래의 협위를 삼제(芟除)하려 하면 민족적 양심과 국가적 염의(廉義)의 압축 소잔(銷殘)을 흥분신장하려 하면 각개 인격의 정당한 발달을 수(遂)하려 하면 가련한 자제에게 고치적 재산을 유여치 아니하려 하면 자자손손의 영구완전한 경복(慶福)을 도영(導迎)하려 하면 최대 급무가 민족적 독립을 확실하게 함이니 이천만 각개가 인(人)마다 방촌(方寸)의 인(刃)을 회(懷)하고 인류통성과 시대양심이 정의의 군과 인도의 간과(干戈)로써 호원(護援)하는 금일 오인은 진(進)하여 취(取)함에 하강(何强)을 좌(挫)치 못하랴. 퇴(退)하여 작(作)함에 하지(何志)를 전(展)치 못하랴.

병자 수호조규(丙子 修護條規) 이래 시시종종(時時種種)의 금석(金石) 맹약을 식(食)하였다 하여 일본의 무신(無信)을 죄하려 아니하노라. 학자는 강단에서 정치가는 실제에서 아(我) 조종세업(祖宗世業)을 식민지시하고 아 문화민족을 토매인우(土昧人遇)하여 한갓 정복자의 쾌(快)를 탐할 뿐이요 아의 구원한 사회기초와 탁락한 민족심리를 무시한다 하여 일본의 소의(少義)함을 책하려 아니하노라. 자기를 책려(策勵)하기에 급한 오인은 타의 원우(怨尤)를 가(暇)치 못하노라. 현재를 주무(綢繆)하기에 급한 오인은 숙석(宿昔)의 징변(懲辨)을 가(暇)치 못하노라. 금일 오인의 소임은 다만 자기의 건설이 유할 뿐이요 결코 타의 파괴에 재(在)치 아니하노라. 엄숙한 양심의 명령으로

소설로 읽는
대한독립만세

소설로 읽는
대한독립만세

지 은 이 | **이이녕**
윤   색 | **최종무**
펴 낸 이 | **김원중**

편   집 | 이민수
디 자 인 | 권원영
제   작 | 최은희
마 케 팅 | 권영재
펴 낸 곳 | DDK(주)
         도서출판 선미디어 · 전인교육
초판인쇄 | 2004년 8월 12일
초판발행 | 2004년 8월 15일

출판등록 | 제2-2576(1998.5.27)

주   소 | 서울시 은평구 대조동 38-4
         월드빌딩 5층 전관
전   화 | (02)355-4338
팩   스 | (02)388-6008
홈페이지 | http://smbooks.com

ISBN 89-88323-60-2 03810

값 10,000원

소설로 읽는 **대한**
독립만세

도서
출판 선·미디어

책을 펴내며

우리 민족처럼 고난의 길을 걸어온 민족도 드뭅니다. 반만년의 역사가 거의 외적의 침략, 내란과 분열을 수없이 겪다가 일본의 식민지로 전락했던 비운의 역사를 가진 민족입니다.

그런데 문제는 우리가 그것을 너무나 모르고 있다는 사실입니다.

2000년대 국민소득 1만 달러는 엄청난 외채로 만들어진 빚좋은 개살구였습니다. 더욱 놀라운 것은 외채의 상당부분이 일본돈이라는 것입니다. 일본은 1900년대 초에는 총칼로, 2000년대에는 엔화로 끊임없이 우리를 위협하고 있습니다.

지금 우리는 우리의 모습을 되돌아 보고 일본을 재인식해야 합니다.

비록 식민지 시대의 치욕스러운 역사일망정 우리는 일제시대의 역사를 제대로 알아야 합니다. 그리고 독립을 향한 투쟁, 목숨도 아끼지 않고 싸웠던 애국지사와 항일독립투사들의 애국심을 다시 한 번 되새겨야 합니다.

그토록 원했던 이 나라의 독립이 온 지 60여년, 그런데 우리나라는 지금 어떻게 돌아가고 있습니까? 1900년대 부패한 정치와 파벌싸움만 일삼다 나라를 송두리째 빼앗겼던 대한제국 조선의 실상은 2000년대를 살아가는 오늘의 우리 현실과 조금도 다를 바가 없습니다.

이제 우리는 깨달아야 합니다. 그리고 다시 독립해야 합니다. 필자가 이 책을 저술하게 된 것도 그러한 이유에서입니다.

"소설로 읽는 대한독립만세"는 허구로 꾸며진 단순한 홍미 위주의 소설이 아닙니다. 일제가 저지른 만행과 침략상, 우리 민족이 겪었던 온갖 수난과 탄압, 그리고 독립을 위해 몸바친 수많은 순국선열들의 항일독립투쟁 비화와 비사를 당시의 생생한 사진과 함께 엮은 실록소설입니다.

엄연한 사료(史料)와 객관적인 사평가(史評家)의 고증과 고증본, 그리고 생존한 독립투사들과 그 유족들의 증언을 토대로 하여 1960년대 필자가 엮었던 동양방송의 장편 다큐멘타리 라디오 드라마 일제 36년사를 기본으로 개작하였습니다.

대한독립만세의 함성소리가 전국방방곡곡에 울려 퍼지기 까지의 비밀스럽고 숨막히는 발걸음을, 일제에 항거하고 조국의 독립을 위해 목숨을 아끼지 않았던 민족 대표 33인을 비롯한 48인의 이야기를, 독립을 향한 간절한 백성들의 염원을 느껴보시기 바랍니다.

2004년 8월 10일

저자 이이녕

추천사

올해로 **8·15 광복을** 맞이한지 59년이 되었습니다. 빼앗겼던 나라를 되찾고 벅차오르는 환희와 감격으로 맞이한 광복….

그러나 요즘 젊은이들은 8·15광복절을 그저 국경일 정도로밖에는 여기지 않는 듯합니다. 나라를 빼앗겼던 아픔을 모르니 되찾은 기쁨도 모르는 듯 합니다.

우리에게는 교과서에서 배운 3·1운동의 희미한 기억밖에는 없습니다. 얼마나 많은 피를 흘리고 얼마나 많은 목숨과 바꾼 이 나라의 독립인지 깨닫지 못하고 있습니다.

"역사를 두려워 하지 않는 민족은 반드시 똑같은 역사에 보복을 당한다"는 성현의 교훈이 있습니다. 일제시대와 같은 치욕의 역사를 되풀이 하지 않기 위해서는 전국민이 일제시대의 역사적 배경과 진상을 제대로 알아야 합니다.

대한민국의 오늘이 있기 까지에는 일제에 항거했던 우리 민족의 자랑스러운 대한독립만세가 있습니다.

3·1운동의 불길은 전국방방곡곡에서 꺼질 줄 모르고 계속 타올랐습니다. 사망자 7,500여 명, 부상자 15,000여 명, 시위운동·집회 횟수 1,540여 회, 참가자수 연인원 200만여 명이라는 조선총독부 경무국

고등과의 집계는 적당히 줄여서 보고한 것으로 실제로는 이보다 더 되었습니다.

　우리 민족이 그토록 오랜 세월 일제에 항거할 수 있었던 것은 활화산같은 애국심이 있었기 때문입니다. 파벌과 종교를 초월하여 하나가 되었던 3·1운동이 그러하였고 순국선열들의 끈질긴 항일투쟁이 그러하였습니다.

　대한민국 청소년들의 역사의식과 민족의식 전국민의 국가관이 달라지기를 바라는 역사소설가 이이녕 선생이 이 번에 또 큰 일을 해내셨습니다. "소설로 읽는 대한독립만세"를 출간하게 된 것입니다.

　고령에도 불구하고 박진감 넘치는 필치로 써내려간 "소설로 읽는 대한독립만세"는 일제 시대를 잘 모르는 기성세대와 특히 일본 대중문화를 무분별하게 선호하는 초·중·고등학생들에게 뚜렷한 민족의식과 올바른 국가관을 심어주며 한국 근대사의 역사교육에 더없이 좋은 반려자가 될 것입니다.

2004년 8월 10일
태평양 시대 위원회 이사장, 연세대학교 명예교수
김 동 길

차례

등장인물

현상윤 (1893 - ?) 민족대표 33인과 함께 3·1운동의 계획과 추진에 있어 중요한 구실을 했다. 독립운동에 참가, 2년간 옥고를 치르고 출옥 후 중앙고등보통학교 교장에 취임하여 교육자의 길을 걸었다. 1946년 보성전문학교 교장에 취임하였다가 보성전문학교가 고려대학으로 승격됨에 따라 초대 총장이 되었다. 6·25 전쟁 중 납북되었다.

김성수 (1891-1955) 호 인촌. 1919년 경성방직회사를 창설하여 경제 자립과 민족자본 육성에 노력하는 한편 1920년 동아일보를 창간하고 민족 사상 고취에 힘썼다. 1932년 보성전문학교 교장으로 취임하여 후학에 힘썼으나 1938년 친일파가 되었다. 1946년 한국민주당 수석총무, 총재 등을 역임하며 정치가의 길을 걸었고, 동아일보 9대 사장 등을 역임하였다.

송진우 (1889-1945) 호 고하. 중앙중학교 교장에 취임하여 학생들에게 민족의식을 불어 넣는데 주력하였다. 3·1운동으로 1년 반의 옥고를 치르고 출감하여 동아일보 사장에 취임하여 민족의 대변지로 이끌었으나 1936년 일장기 말살사건으로 사임하였다. 8·15 광복 후 임시정부 지도자들과 함께 정부 수립에 힘썼으나 반탁을 주장하는 임시정부 요인들과 견해를 달리 하다 암살당했다.

송계백 (?-?) 일본 와세다 대학 재학 중 같은 유학생인 최팔용, 이광수, 백관수 등과 함께 재일본조선독립청년단을 조직하고 전체 유학생의 지지를 얻어 2·8독립선언서를 발표하였다. 유학생을 대표하여 독립운동의 국내전파를 위해 비밀리에 입국, 학생 궐기대회를 촉구하는 한편 범국민운동으로 확대시키는 데 큰 몫을 하였다.

이종일 (1858-1925) 호 옥파. 1906년 천도교에 입교하였고 보성인쇄소의 사장을 역임했다. 3·1운동 때는 독립선언서를 인쇄하고 민족대표의 한 사람으로 체포되어 3년형을 선고받았다. 출옥 후 조선국문연구회 회장에 취임하여 한글맞춤법 연구에 이바지하였다.

최린　(1878-1958) 호 고우. 비밀결사 신민회에 가입하여 항일구국운동에 투신하였다. 1918년 천도교 간부들과 독립운동 방안을 논의, 3·1운동 때 민족대표 한 사람으로서 독립선언서에 서명하고 징역 3년을 선고받았다. 출옥 후 천도교 교세 확장에 힘썼으나 1933말 대동방주의를 내세우며 친일파로 변절, 친일활동으로 일관하다가 6·25 전쟁 중에 납북되었다.

손병희　(1861-1922) 호 의암. 1906년 동학을 천도교로 개칭하고 3세 교주에 취임하여 교세 확장 운동을 벌이는 한편 출판사 보성사를 창립하고 보성, 동덕 등의 학교를 인수하여 교육 문화 사업에 힘썼다. 1919년 3·1운동으로 3년형을 선고받고 복역하다가 병보석으로 출감하여 치료를 받던 중 사망했다.

이승훈　(1864-1930) 호 남강. 신민회 발기에 참여하고 재단을 만들어 오산학교를 세웠다. 1910년 기독교 신자가 되어 오산학교의 교육 목표를 그리스도 정신에 입각하여 세웠다. 3·1운동 당시 독립선언서에 서명하고 3년형을 선고받았다. 출옥 후 물산장려운동, 민립대학 설립을 추진하였다.

김마리아　(1884-1945) 일본 유학 중 1919년 귀국하여 대한민국애국부인회 회장이 되었으나 비밀 조직의 탄로로 징역 3년을 선고받고 복역 중 병보석으로 출감하였다. 이듬해 상하이로 탈출, 대한민국임시정부 황해도 대의사와 상하이 대한민국애국부인회 간부 등을 역임했다. 1935년 원산의 마르타 윌슨신학교 교사로 근무하면서 여생을 기독교 전도사업과 신학발전에 전력하였다.

권동진　(1861-1947) 호 애당. 3·1독립운동의 핵심인물로서 3년을 복역하였다. 출옥 후 신간회를 조직하여 부회장으로 활동하고, 8·15 광복 후 정계에 투신하여 신한민족당 총재, 민주의원의 의원 등을 역임하였다.

등장인물

오세창 (1864-1953) 호 위창. 본명은 중명. 1906년 만세보사와 대한민보사 사장을 역임했다. 3·1운동 때 독립선언서에 서명하여 옥고를 치르고 출옥 후 서예가로 활동하였다. 8·15 광복 후 매일신보사, 서울신문사의 명예 사장, 전국애국단체 총연합회 회장을 역임하다가 6·25전쟁 중 사망했다.

최팔용 (1891-1922) 호 당남. 1919년 조선독립청년단을 결성하고 2·8독립선언서와 결의문, 민족대회 소집청원서를 각국 대사관과 공사관, 조선총독부 등에 발송한 다음 조선기독청년회관에서 유학생 600여 명이 모인 가운데 독립선언식을 거행하였다. 일본경찰의 강제해산을 맨주먹으로 막다가 체포되어 9개월의 복역 후 고국에 돌아와서 요양을 하였으나 회복하지 못하고 병사하였다.

백관수 (1889~?) 호 근촌. 최팔용과 함께 조선독립청년단을 조직, 단장이 되어 2·8 독립선언서를 발표한 후 체포되었다. 1924년 귀국 후 조선일보 상무에 취임하고 홍문사를 창설하여 언론인의 길을 걷다가 8·15 광복 후 한국민주당 총무, 1948년 헌법 제정위원을 지냈다. 6·25때 납북되었다.

한용운 (1879-1944) 호 만해. 3·1운동 때 독립선언서에 서명하고 체포되어 3년간 옥고를 치뤘다. 1926년 시집 〈님의 침묵〉을 출판하여 저항문학에 앞장 섰고 신간회에 가입하여 경성지회장의 일을 맡아 했다. 1931년 월간지 〈불교〉를 인수, 많은 논문을 발표하여 불교의 대중화와 독립사상 고취에 힘쓰다가 중풍으로 별세했다.

최남선 (1890-1957) 호 육당. 잡지 〈소년〉을 창간하여 논설문과 새로운 형식의 자유시 〈해(海)에게서 소년에게〉를 발표하는 한편 이광수의 계몽적인 소설을 실어 한국근대문학의 선구자가 되었다. 3·1운동 때는 독립선언문을 기초하고 2년 6개월을 선고받았다. 그러나 그 역시 친일의 길을 걸었다. 국사관계 저술을 하다가 뇌일혈로 작고했다.

이
광
수

(1892-1950) 호 춘원. 1919년 일본 유학생의 2·8 독립선언서를 기초한 후 상하이로 망명, 임시정부에 참가하여 독립신문사 사장을 역임했다. 〈흙〉, 〈재생 (再生)〉등 작품활동을 하다가 1937년 친일행위로 기울어져 1939년 친일어용단체인 조선문인협회 회장을 하였다. 8·15 광복 후 반민법으로 구속되었다가 병보석으로 출감했으나 6·25 때 납북되었다.

신
익
희

(1892-1956) 호 해공. 일본 유학 중 〈학지광〉을 발간하여 학생운동을 하였다. 3·1운동 때는 해외와의 연락 임무를 맡았다. 그해 상하이로 망명하여 임시정부수립과 동시에 외무차장, 문교부장 등을 역임하다가 광복과 더불어 귀국하였다. 1946년 대한독립촉성국민회 부위원장, 국민대학 초대학장을 역임했고, 1956년 대통령에 입후보하여 유세를 가던 중 열차 안에서 뇌일혈로 급사했다.

이
완
용

(1858-1926) 호 일당. 1896년 아관파천 때 친러파로서 외부대신, 농상공부대신 서리를 겸직, 1901년 궁내부 특진관으로 있다가 친일파로 바뀌어 1905년 학부대신이 되고, 을사조약 체결을 지지, 솔선하여 서명했다. 헤이그 밀사 사건 후 일본의 지시대로 고종에게 책임을 추궁하고 양위할 것을 강요, 순종을 즉위시키는 등 매국행위를 하고 죽을 때까지 일본에 충성을 다했다.

유학생 밀사

계동골목

막바지에 자리 잡은 중앙고등보통학교 운동장에 어둠이 깔리기 시작할 무렵 학교 운동장을 교문 밖에서 열심히 주시하고 있는 한 청년이 있었다.

불안한 듯 그는 외투 깃을 치켜세우고 긴장된 얼굴로 가끔 사방을 두리번거렸다. 1월 초의 차가운 날씨 탓인지 그의 얼굴은 붉게 상기되어 있었다.

교문밖에 서있는 청년은 누군가를 초조히 기다리고 있는 듯 했다.

이윽고 텅 빈 운동장에 청년이 기다리던 사람이 나타났다. 한복차림의 30세쯤 되어 보이는 사나이였다. 그는 옆구리에 책가방을 낀 채 수위의 인사를 받으며 교문을 나섰다.

청년은 살며시 다가가 낮은 소리로 조심스럽게 그를 불렀다.

"상윤이 형님!"

얼핏 돌아보던 중앙학교 교감 현상윤이 반색을 하며 청년의 어깨를 얼싸안았다.

"아니 자네 계백이 아닌가! 언제 왔나?"

현상윤을 찾아온 청년은 이날 아침 도쿄로부터 서울에 도착한 동경 유학생 송계백이었다.

"오늘 아침에 도착했습니다. 형님. 댁으로 연락을 했더니 송진우 선배와 함께 김성수 선배를 만나러 나가셨다고 하기에⋯."

"아니, 그럼 안으로 들어오지 않구."

"하지만⋯."

"어서 들어 가자구! 김성수와 송진우도 반가워 할 거야."

"두 분 선배님들도 다 안녕하신가요?"

"음, 빨리 만나러 가세."

"두 분 선배님은 차차 뵙기로 하고. 오늘은 상윤이 형님께 먼저 드릴 말씀이 있어서⋯."

"나한테만?"

"네!"

"아니, 김성수나 송진우한테도 얘기할 수 없는 내용인가?"

"아닙니다. 하지만 형님께만 먼저⋯."

"알겠네!"

"어디 조용한 곳으로 가시지요."

송계백은 현상윤의 팔을 잡아끌었다.

1918년 12월 28일, 도쿄에 있던 조선인 유학생들은 기독교청년회관에서 웅변대회를 열었다. 그때 그들은 조국의 독립을 위해 조선청년독립단을 조직하기로 하고 또한 독립선언서를 작성하여 조국의 독립을 선언하기로 결정했다.

그러나 그들은 도쿄유학생들만의 선언만으로는 크게 효과를 기대할 수 없음을 깨닫고, 국내의 동포들과 함께 일어나 범국민적인 독립운동을 벌이자고 생각했다.

도쿄와 서울에서, 그리고 가능한 한 국내의 여러 지방에서 한날한시에 일제히 독립을 선언하고 독립을 외치자는 것이다. 그 막중한 책임을 지금 송계백이 지고 온 것이다.

현상윤과 송계백은 현상윤의 집 사랑채에 마주앉았다.

"서울은 어떻습니까?"

"응, 영친왕 결혼식 때문에 이제는 나라가 영영 망했다고 탄식들을 하고 있네."

그 당시 장안의 화제거리는 오는 1월 25일로 결정된 왕세자 이은의 결혼식 이야기였다. 만나는 사람마다 한 마디씩 던졌다. 이은의 비운을 말하고, 고종의 슬픔을 이야기했다. 그리고 빼앗긴 나라의 서러움을 탄식하며 한숨을 내쉬었다.

"그동안 동경소식은 들으셨습니까?"

"왕세자 결혼 소식 말인가?"

"우리 유학생들 소식 말입니다."

"아니, 유학생들이 어떻게 됐기에?"

"우리 조선인 유학생들과 해외의 독립지사들 소식 말입니다."

송계백이 안타깝다는 듯이 말했다.

"알고 있네. 자네가 무슨 얘길 하려는지 대강은 짐작하네."

"형님!"

"조선 땅에 있으니 자세한 소식은 모르지만, 미국과 상해에 있는 독립 운동가들이 파리강화회담에서 우리나라의 독립을 호소하려고 한다면서?"

"바로 그겁니다. 상해에서 여운형, 장덕수 선배들이 신한청년당을 만들었고, 김규식 씨를 파리로 파견한답니다."

"김규식의 파리행 여비를 마련하기 위해 장덕수가 그 동안에 서울을 다녀 갔네."

"네?"

현상윤의 말에 송계백의 눈이 휘둥그레졌다.

"김성수가 마련해 준 돈을 가지고 갔네."

"아니, 그런 일이 있었습니까?"

"미국에서도 이승만 씨와 안창호 씨가 파리강화회담에 대표를 파견하려고 한다지?"

"네! 그런데 형님, 이승만 씨가 조선을 국제 연맹의 신탁위임통치하에 두어달라고 탄원서를 보냈답니다."

"얼빠진 사람 같으니! 그게 어디 독립인가, 독립을 하려면 명실상부한 독립을 해야지."

"그렇습니다. 형님! 명실상부한 독립을 해야 합니다."

"하지만 지금 우리 처지는….."

"형님, 이걸 보십시오."

송계백은 갑자기 입고 있던 저고리의 앞자락을 들추더니 실밥을 물어 뜯었다. 실밥이 뜯어지자 그 속에서 하얀 명주천 한 폭이 나왔다. 송계백은 그것을 현상윤에게 건넸다.

현상윤은 명주천을 받아 펼쳤다. 깨알같이 작은 글씨가 박힌 명주천을 펼쳐본 현상윤은 자신의 눈을 의심했다. 춘원 이광수가 쓴 독립선언서였다.

『조선 청년독립단은 2천만을 대표하여 정의와 자유의 승리를 득한 세계 민족주의 앞에 독립을 기성하기를 선언하노라….』

이렇게 시작된 독립선언서는 한일합방의 불법성과 강제성을 들어 우리 민족의 독립을 요구하며, 이상의 요구가 관철되지 않을 때에는 전 조선 백성이 일제에 항거하여 영원히 혈전을 전개하겠다는 선언으로써 끝을 맺고 있었다.

독립선언서를 읽고 난 현상윤은 한참동안 아무 말도 못한 채 담배연기를 내뿜으며 감격에 젖어 있었다.

"형님, 우린 아직 20대 젊은이들입니다. 흥분하기 쉬운 반면 실수하기도 쉽습니다. 우리는 우리들 자신을 잘 알고 있습니다."

"음!"

"그래서 본국에 게시는 선배님들과 함께 전 세계를 향해 우리 민족의 독립을 선언하기 위해 형님을 찾아 온 것입니다."

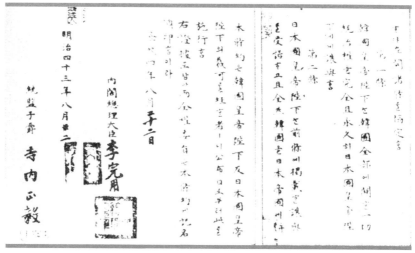

▲1910년 8월 22일, 총리대신 이완용과 데리우치 통감이 서명한 한일합방조약 조언서

두 사람의 대화는 열띤 흥분 속에서 계속되었다.

"자, 좀 더 자세히 얘기해 보게. 동경 유학생들이 이광수가 쓴 독립선언서를 가지고 일본 땅에서 독립선언식을 한다는 건가?"

"네! 전 세계를 향해 동경 땅 한가운데서, 아니 일본 땅 한가운데서 우리 조선 민족의 독립을 선언할 겁니다. 그러니 국내에서도 저희들과 함께 독립을 선언해 주십시오."

"…"

현상윤은 아무 말도 없이 고개만 끄덕였다.

"파리강화회담 개최로 지금 전 세계의 이목이 약소민족에게 집중되어 있습니다. 이러한 때에 선배님들께서 아무런 계획도 없으시다면?"

"허, 이 사람 보게. 실은 우리도 계획하는 일이 있네."

"네?"

"목적은 자네들과 같은 거야."

"아니, 그럼?"

"김성수, 송진우, 신익희, 그리고 보성학교 교장 최린 선생님이 우리 젊은이들과 뜻을 같이 하고 매일처럼 만나고 있네. 그리고 우리뿐만 아닐 걸세. 보이지 않는 곳에서 수많은 백성들이 우리와 같은 생각으로 무엇인가를 해보려고 계획들을 세우고 있을 것이네."

"그렇게만 되면 형님, 우리들의 성과는 더욱 커질 것입니다. 저희 유학생들과 국내에서 모두 같은 날 같은 시각에 일제히 독립선언식을 갖는다면…."

"쉿!"

현상윤이 입에 손을 갖다 대며 낮은 소리로 말했다.

"그렇게 하자면 2천만 우리 조선 민족의 단결된 힘이 필요하네. 그리고 조직이 있어야 하네. 방대한 조직이. 우선 내일 아침 김성수와 송진우를 만나야겠어."

"형님 말씀이 맞습니다."

이튿날 현상윤은 중앙고등보통학교에서 김성수와 송진우를 만났다. 그리고 송계백의 이야기를 신중히 의논했다. 세 사람은 저녁 때 다시 만나 구체적인 상의를 하기로 결정했다.

그날 저녁 세 사람은 김성수의 집에서 다시 만났다. 그들이 막 저녁 식사를 하려고 할 때 김성수의 어머니가 방으로 들어왔다.

"참 조금 아까 종로 경찰서에서 전화가 왔더구나."

"무슨 말을 하던가요?"

▶ 김성수 (1891~1955) 호 인촌. 동아일보 창간. 보성전문학교 교장.

▲ 보성전문학교 송현동 캠퍼스.

"응, 서장이란 사람이 너를 좀 만나자구…, 내일 아침에 경찰서로 나오라고 하더구나."

"알겠습니다."

대수롭지 않은 일이라는 듯 김성수는 가볍게 대답했다. 어머니가 밖으로 나가자 현상윤이 물었다.

"아니, 종로 경찰서에서 무슨 일로 오라는 거야?"

"음, 아무 것도 아니야."

"아니, 아무 것도 아니라니, 그게 무슨 말이야? 경찰서에서 보자는데…."

"방직회사문제로 공연히 귀찮게 구는 거야."

"뭐, 방직회사?"

"허, 거 참! 얘기하지 않으려고 했는데 자꾸 얘길 시키는군."

"또 방직회사를 차리나?"

"그런데 왜놈들이 자꾸 그만 두라고 하네."

"그러니 이 사람아! 잠자코 학교나 키우자니까!"

"학교야 자네한테 맡긴 거니까 자네가 알아서 해야지."

"아, 전문학교까지는 만들어야 될 것 아닌가. 전문학교까지는!"

"그야 물론이지. 하지만 광목 장사도 한 번 해봐야겠네. 2천만 우리 조선 백성이 다 광목천 속에서 사는데, 우리 손으로 만든 광목은 단 한 필도 없고 왜놈들 것이나 영국제품을 사다가 쓰니 나라꼴이 대체 뭐가 되겠나?"

"하지만 총독부에서 못하게 하지 않나."

"아, 그러니 그럴수록 더 민족자본을 육성해서 국력을 키워야 독립도 할 게 아닌가?"

"원, 이 친구는 할 일이 너무 많아서 탈이야. 전문학교를 만든다, 신문사를 만든다, 방직회사를 만든다."

"두고 보라구! 머지않아 내 언론기관도 하나 꼭 만들고 말테니. 비록 나라는 빼앗겼을망정 우리 민족의 울분을 대변할 수 있는 신문사 하나 정도는 내 손으로 꼭 만들어야겠네."

"알아서 하게. 하긴 총독부에서도 인촌 김성수라고 하면 함부로 대하진 못하니까."

그 당시 인촌 김성수는 서른이 채 안된 젊은 나이에 중앙고등보통학교를 설립하여 후진양성에 힘을 기울이고 있었다. 호남의 지주계급으로 태어난 그는 일찍부터 남달리 느낀 바가 많았다.

일제의 압박 아래 질식당하고 있는 그 당시의 형편으로는 무엇보다도 젊은이들의 교육문제가 가장 시급한 과제라고 생각했다. 그래서 그는 중앙고등보통학교를 설립하였고, 또 이를 전문학교로 발전시킬 게

획을 세우고 있었다. 그리고 또 다른 커다란 꿈을 키우고 있었다. 방직 회사를 차려 민족자본을 육성하고, 언론기관을 설립하여 민족문화를 향상시키려는 꿈이었다. 이러한 김성수의 일을 송진우는 친구의 입장에서 돕고 있었다.

저녁상을 물리고 나자 현상윤이 도쿄 유학생들의 얘기를 끄집어냈다.

"동경 유학생들의 제의를 어떻게 하면 좋겠는가?"

"글쎄…, 그게 문제로군. 젊은 혈기로 소릴 한 번 지르는 것도 좋지만 좀더 신중히 생각해보세."

"아니, 성수! 그게 무슨 말인가? 마사코인가 뭔가 하는 일본여자와 결혼을 하겠다는 영친왕처럼 흐리멍텅하고 호락호락하게 순종만 하는 민족이 아니란 것을 일본 놈들에게 보여줘야 하네."

"그래, 그건 상윤이 말이 맞아. 일본 땅에 가 있는 우리 유학생들이 독립단을 만들었다는데, 우리 선배라는 사람들이 가만히 보고만 있을 수는 없네."

아무 말도 없이 듣고만 있던 송진우가 입을 열었다.

"그렇다고 우리도 지하단체를 만들 수는 없지 않나?"

"성수, 일본사람들에게 우리 민족의 힘을 보여주고 그리고 전 세계에 조선 민족은 죽음을 무릅 쓰고 독립을 염원하고 있다는 것을 분명히 알려야 하네."

이번에는 현상윤이 좀더 구체적으로 말했다.

"음, 하지만 우리가 나선다고 모든 게 해결되는 것은 아닐세. 결국은 많은 민중이 움직여야 하니, 그러자면 민중들이 신뢰할 수 있는 명망 높은 지도층, 그러니까 국내외에서도 영향력이 있고 총독부에서도 함부로 할 수 없는 인사들을 앞에 내세워야 하네."

"그래서 인촌. 자네에게 기대를 거는 것 아닌가. 그리고 이 일을 성사시키기 위해서는 자네가 앞장을 서줘야 하네."

김성수를 보고 송진우가 다그치듯 말했다.

"물론 나도 나서겠지만 더 훌륭하고, 더 많은 사람들이 있어야 하네."

한참 생각에 잠겨있던 김성수가 계속 말을 이었다.

"육당…. 육당 최남선이 어떨까? 독립선언서를 초안하자면 최남선이 꼭 있어야 하네. 그리고 분명한 것은 우리가 전 세계를 향해 독립을 선언한다고 해서 바로 독립이 되는 것은 아닐 걸세. 하지만 다음 세대의 우리 후손들을 위해…."

"그러면 육당은 내가 책임지도록 하지."

"그래, 최남선은 상윤이가 책임진다고 하니 이제 됐네."

김성수가 송진우에게 동의를 구하듯 말했다.

"최남선도 동경 유학생들 소식을 들으면 가만히 있지는 않을 걸세. 어서 다른 사람들도 차례로 생각해 보세."

현상윤이 신이 나서 말했다.

"이갑성과 박희도는 어때?"

"이갑성?"

"성수, 이갑성과 박희도는 자네가 맡아 주게."

송진우가 두 사람을 추천하자 현상윤은 그 일을 김성수가 책임지도록 했다.

"그러지! 그렇잖아도 내일 세브란스 병원에 갈 일이 있으니 내가 설득을 해보겠네."

"자, 진우 더이상 망설일 것 없네! 이제 인촌이 나섰으니 일은 다된 거나 마찬가지일세."

"헛허, 또 서두르는군."

김성수가 조용히 웃으며 계속 말을 이었다.

"이봐, 진우! 또 마땅한 사람이 있는지 어서 명단을 만들어 보세."

독립운동은
거국적으로

김성수와

송진우, 현상윤은 조선의 명사들을 한 사람씩 손꼽아 보았다. 그리고 그들의 이름을 명단에 적었다. 백성들의 신망을 얻을 수 있고, 또 일제가 함부로 다룰 수 없는 인사들은 대부분 교육계와 종교계 인사들이었다.

그날 밤, 그들의 명단에 오른 사람들은 육당 최남선을 비롯하여 오산학교의 김도태, 연희전문학교의 김원벽, 보성전문학교의 강기덕, 정노식, 신익희, 한병익, 이갑성, 박희도, 보성학교 교장 최린 등이었다.

그들은 명단에 오른 사람들을 한 사람씩 맡아 설득하기로 하고, 현상윤은 육당 최남선을, 김성수는 보성학교 교장 최린을, 그리고 송진우는 신익희를 방문하기로 했다.

"그런데 한 가지 중요한 걸 빠뜨렸군."

김성수가 두 사람을 향해 말했다.

"아니 그게 뭔데?"

"무슨 일이든 참모장이 있어야 해."

"참모장?"

"행동부대를 실질적으로 관장할 사람이 있어야 하네."

"그거야 물론 최린 선생이 맡아 주시겠지."

현상윤이 당연하다는 듯 말했다.

"그래, 최린 선생이라면 적격일세."

두 사람은 고개를 끄덕였다.

그 당시 고우(古友) 최린은 40이 갓 넘은 나이로 보성학교의 교장으로 있었다. 그러나 그는 교육자라기 보다는 독립투사에 더 가까웠다. 만학이었던 그는 32세의 늦은 나이로 일본 메이지(明治)대학에 들어가 공부를 했다.

그때 도쿄에서 우리나라를 미개국으로 모욕하는 전람회가 열린 적이 있었다. 학생신분이었던 최린은 전람회장으로 뛰어 들어가 전시품을 주먹으로 마구 때려 부수었다. 또한 한일합병 때에는 군중을 이끌고 서울 거리에서 시위를 하다 일본 경찰의 신세를 진 일도 있었다.

그는 귀국 후 천도교 신도로서 천도교 내에서 중추적인 활동을 하였으며, 의암 손병희의 뜻을 받아 보성학교를 맡고 있었다.

이튿날 최린은 그를 찾아온 김성수의 말을 다 듣기도 전에 찬성부터 하고 나섰다.

"이거 야단났군. 선수를 빼앗겼으니…!"

흥분한 탓인지 최린의 얼굴은 붉게 상기되어 있었다.

"그리고 이 일은 선생님이 주도해 주셔야 되겠습니다."

"좋아! 동경에 있는 제자들이 들고 일어나겠다는데 내가 가만히 보고만 있을 수야 없지. 그러나 인촌!"

"보성학교 교장 최린이라면 경무국에서 무조건 배일분자로 주목하고 있네."

"네! 하지만 저 김성수 역시 마찬가지입니다."

"그러니 근본적인 뜻에는 동의를 하지만 내가 앞장을 서면 다른 동지들이 다치지 않을까 염려가 되네."

"아니, 그러시다면…."

"마음 같아서는 얼마든지 앞장을 서고 싶네! 내 가슴팍을 이렇게 놈들의 탄환 받이로 내 놓을 각오도 이미 되어 있네."

최린은 자신의 가슴을 활짝 펴 보이며 주먹으로 쾅쾅 쳤다.

"그러니 우리 민족이 일시에 들고 일어날 독립선언을 하자면, 아무래도 왜놈들의 감시가 다소 덜하고 인품도 중후한 대선배들을 내세워야겠네."

"그런 분이라면?"

"있지. 오세창 씨와 권동진 씨네. 나는 그분들을 설득해 볼 테니 자네는 젊은이들을 하나로 꽉 묶으시게."

최린이 추천한 오세창과 권동진은 천도교의 지도급 인사였다. 또한 덕망이 있었다. 특히 권동진은 구한국 육군참령을 지냈던 사람으로 60의 고령

▲ 최린(1878~1958) 호 고우. 신민회에 가입하여 항일구국운동에 투신

임에도 불구하고 기골이 장대하고 늠름했다.

그날부터 최린과 김성수, 송진우, 현상윤 등 네 사람은 각계의 명사와 젊은이들을 분담하여 설득작업에 나섰다. 육당 최남선을 만났던 현상윤은 즐거운 호응을 얻었고, 신익희를 만났던 송진우도 반가운 대답을 얻었다.

다음 날 보성학교 교장 최린은 돈의동에 있는 오세창의 집을 찾아 갔다. 오세창의 연락으로 권동진도 이미 와 있었다. 우당(憂堂) 권동진은 이미 청년들의 움직임에 뜻을 같이 할 것을 결심하고 있었다. 그러나 그가 생각하는 독립운동은 최린이 생각하는 것과는 다른 점이 많았다.

"동경에 있는 학생들이 움직인다고 해서 우리가 거기에 부화뇌동(附和雷同)해서야 되겠소?"

"아니, 선생님! 독립운동을 함께 하자는데 부화뇌동이라니 그게 무슨 말씀이십니까?"

권동진의 말에 최린이 반문을 했다.

"왜놈들이 볼 때에는 그렇게 밖에 더 보겠나?"

"아니, 선생님! 아까 말씀하셨던 것과 다르지 않습니까?"

"나라의 독립을 부르짖자는데 반대하자는 것은 아닐세."

"아니, 그러시다면…?"

"이번 세계대전의 종결을 계기로 전 세계의 약소민족이 독립을 부르짖고 있네. 이 때 우리 민족도 세계조류에 호응을 해서 전 국민이 다 같이 참여하는 독립운동을 하잔 말일세."

"전 국민의 거국적인 독립운동을 말씀하시는 거군요?"

"그렇지. 물론 동경유학생들의 궐기는 당연하고 또 가상한 일이야. 하지만 유학생 몇 백 명과 국내에서 몇 천 명, 아니 몇 만 명이 움직인다고 해서 일이 되겠나? 2천만 조선 민족이 다함께 일어나 독립을 요구해야 하네."

"그건…, 그렇게 까지 전 국민이 거국적으로 일어난다는 것은…."

"최 교장, 우리 천도교가 한데 뭉쳐 앞장을 서면 모든 백성들이 따라오리라고 나는 믿소. 그렇게 하려면 좀더 조직적이고 광범위한 계획을 세워야 하오. 그러자면 우선 의암 손병희 선생을 만나야겠소."

"교주님이 동의를 하실까요?"

최린이 조심스럽게 물었다.

"수운(水雲) 최제우 선사(천도교 교주)의 높으신 뜻인 구국안민(救國安民 : 나라를 구하고 백성을 편안히 함)의 교시는 어쩌면 이번에 의암이 이룩하게 될지도 모르는 일이오."

"예!"

"그렇다고 동경유학생들을 도외시하자는 것은 아니오. 그들도 때를 기다려 우리의 힘이 결속되는 대로 함께 일어난다면 더욱 보람있는 일이 될 것이오. 그러니 그렇게 알고…."

"알겠습니다."

최린은 깊숙이 고개를 숙였다.

"그리고 오세창 씨는 의암 선생께 긴요한 안건으로 우리가 들어갈 터이니 시간을 내달라고 하시오."

시간이 갈수록 독립운동의 폭이 넓어졌다. 처음에는 몇몇 사람에 의

해 희미한 윤곽만 잡혔던
계획이 독립운동에 뜻을
둔 인사들을 한 사람씩
만나게 될 때마다 윤곽도
뚜렷해지고 그 폭도 넓어
져 갔다.

▲ 오세창 (1864~1953)
호 위창. 만세보사와 대
한민보사 사장.

▲ 권동진 (1861~1947)
호 애당. 신간회 조직.

　최린에 의해 비롯되었
던 천도교도들의 움직임은 손병희에 의해 구체화되었다. 당시 천도교
의 영수였던 의암 손병희는 권동진으로부터 독립운동에 관한 계획을
듣고, 이를 즉각 찬성했다. 그러면서도 신중히 움직여야 한다고 거듭
당부했다.

　1월 18일부터 손병희와 권동진, 오세창, 최린 등은 은밀히 회합을 갖기
시작했다. 그들은 먼저 독립운동의 방향과 성격부터 뚜렷하게 정했다.

　첫째, 독립운동을 대중화 할 것.

　둘째, 독립운동을 일원화 할 것.

　셋째, 독립운동의 방법은 비폭력으로 할 것.

　이상과 같은 세 가지 원칙이 정해지자 그들은 이를 실천에 옮기기 위
한 구체적인 실행방법을 논의하기 시작했다.

　손병희는 이렇게 말했다.

　"이 운동은 조선 백성들이 죽지 않고 살아있다는 기개(氣槪)를 전 세
계에 보이기 위한 것이니, 마땅히 2천만 조선 민족의 이름으로 각계를
총망라해야 하오. 그리고 전국 각지의 동지들을 포섭하는 문제는 최린

교장이 맡아서 하도록 하시오. 또한 그만한 일을 추진하려면 비용도 많이 들 것이오. 그 비용은 우리 천도교에서 모두 부담하겠소."

한편 도쿄 유학생들과 함께 서울에서도 거사가 이루어지기를 기대하고 서울에 와 있었던 송계백은 초조하고 안타까운 나날을 보내고 있었다. 국내에서의 거사 일을 기다리기에 지쳤던 것이다.

"제가 서울에서 계속 기다리고만 있을 수는 없습니다."

송계백이 안타깝다는 표정으로 말했다.

"하지만 지금 우리가 추진하고 있는 계획은 자네들이 생각하고 있는 것 이상일세. 이제 곧 전 세계가 깜짝 놀랄만한 일이 이 삼천리강토에서 일어나고 말걸세."

"그러나 형님, 우리 유학생들은 지금 한시가 급한 상황입니다. 이 것 좀 보십시오!"

송계백은 호주머니에서 종이쪽지를 꺼내 현상윤에게 내밀었다.

동경에서 백관수와 최팔용이 보낸 독촉전보였다.

그 때 도쿄 경시청에서는 뭔가 이상한 낌새를 느끼고 문제가 있을만한 학생들은 형사들이 미행을 하면서 감시했다. 그래서 그들은 영친왕의 결혼식이 거행되는 1월 25일을 전후해서 거사를 하기로 결정했다.

"아무래도 그렇게 빠른 시일에는 힘드네."

"그럼, 결국 우리들만 먼저 거사를 하란 말씀인가요?"

"나나 김성수, 송진우, 최남선, 이갑성, 박희도 같은 동지들은 모두 자네들과 같이 일시에 하자고 했지만, 역시 손병희 선생의 말씀을 들어

봐야겠어."

"형님, 시간이 없습니다, 시간이! 저는 빨리 동경으로 돌아가야만 합니다. 저는 또 할 일이 따로 있습니다."

"할 일이 따로 있다니?"

"영친왕의 결혼식을 무산 시킬 계획입니다."

"뭐라고?"

현상윤의 눈이 휘둥그레졌다.

"그 일 때문에도 더이상은 기다릴 수가 없습니다."

송계백의 말을 듣고 현상윤도 마음이 조급해졌다. 그는 즉석에서 결정을 내렸다. 다음날 정오까지 결과를 알려 주겠으니 떠날 준비를 하라고 했다.

다음 날 정오에 송계백은 현상윤과 약속한 경성호텔 그릴로 갔다. 그러나 그곳에 현상윤은 보이지 않고 송진우가 와 있었다.

송계백이 다가가자 송진우는 반갑게 손을 내밀었다.

"상윤이 형님은 왜 안나오셨습니까?"

"상윤이 대신 내가 왔네. 상윤이도 곧 올테니 편히 앉게."

"예! 하지만…."

"자넨 오늘 돌아가기로 했다지?"

"예! 일본으로 돌아오라는 전보가 어젯밤에 또 왔습니다."

"우리도 자네들과 뜻을 같이 하려고 노력은 하고 있지만, 아무래도 같은 날 같은 시각에 일어나기는 힘들 것 같네."

"아니, 진우 형님! 그렇게 되면 제가 형님들을 찾아온 보람이 없지 않습니까?

송계백이 볼멘소리로 말했다.

"가능한 우리도 그렇게 하려고 노력은 하고 있지만…."

"상윤이 형님은 왜 여태 안 오십니까? 오늘 최종적인 답변을 해주기로 했는데…."

"현상윤은 지금 김성수, 최린 선생과 함께 천도교의 손병희 선생을 만나고 있네."

"정말 답답하군요. 제가 일본에서 건너온 지가 벌써 며칠째 입니까? 일본에 있는 동지들은 지금 한 시가 급한데…."

"알고 있네. 오늘은 무슨 일이 있어도 자네가 꼭 떠날 수 있도록 할 테니까 조금만 기다리게나."

송진우는 손짓으로 웨이터를 불렀다.

웨이터가 다가오자 두 사람은 차를 주문했다.

"왜놈들의 고관대작들이 판을 치던 이 경성 구락부도 총독이란 자가 일본으로 가고 없으니 절간처럼 조용하군."

"그러니까 말입니다, 형님! 영친왕 결혼식 때문에 총독뿐만 아니라, 이완용 같은 매국노들이 모두 일본에 가 있습니다. 이때 우리 민족이 다 같이 독립을 선언하고 일어나면 전 세계가 깜짝 놀랄 겁니다."

송계백이 한참 열변을 토하고 있을 때, 웨이터가 급히 다가와 송진우에게 전화가 왔다고 전했다.

"계백이를 데리고 당장 이리로 오게!"

무척이나 다급한 김성수의 목소리였다.

▲ 고종황제의 붕어(崩御) 소식이 전해지던 1919년 1월 22일, 덕수궁 대한문 앞으로 수많은 시민들이 몰려와 통곡했다.

"아니, 아직도 날짜를 정하지 못했단 말인가?"

"지금 그런 것 따질 시간이 없어."

"응?"

"오늘이네. 아니, 지금 당장이라도 조선 천지가 발칵 뒤집힐 일이 생겼네."

"아니, 그게 무슨 소리인가?"

"덕수궁 태황제께서 어젯밤 왜놈들에게 독살을 당하셨다네."

"뭐라구?"

송진우의 음성은 그대로 외침이었다.

"조금 전부터 그런 소문이 퍼지더니 지금 덕수궁 앞에…."

김성수는 목이 메이는 듯 말을 더 잇지 못했다.

"아니, 도대체 어떻게 그런 일이…?"

"지금 덕수궁 앞에는 수 백 수 천의 인파가 모여들어 태황제 폐하를 부르며 일본 총독을 규탄하는 소리를 외치고 있네."

"아니, 그게 사실인가?"

"지금 당장 덕수궁 건너 매일신보사 앞으로 오게. 상윤이도 이리로 오기로 했으니 계백이를 데리고 곧 오게."

그때 덕수궁 앞의 넓은 광장에는 수많은 백성들이 모여 태왕 전하를 부르며 울부짖고 있었다. 그리고 서로 수군거렸다. 고종을 독살했다고 수군거렸고, 두 상궁을 폭살시켰다고 수군거렸다. 대한 추위를 실은 차가운 바람이 휘몰아치는 거리에서 그들은 계속해서 울부짖고 수군거렸다.

"태왕제 폐하, 망극하여이다!"

"태왕전하, 망극하여이다!"

"이런 망극하옵신 참변을 당하시다니!"

"간밤의 난데없는 폭발소리는 일본 놈들에게 독살 당한 태왕전하의 임종을 지켜본 상궁 두 사람을 폭살시킨 소리였답니다."

"왜놈들이 하는 짓이니 무슨 일인들 못하겠습니까!"

이 돌발적인 사건은 모든 것을 멈추게 했다. 독립선언을 외치려던 손병희와 최린, 김성수, 송진우 등은 당분간 모든 계획을 중지하고 사태의 흐름을 주시하기로 했다.

독살당한 고종

함녕전에

누운 고종의 시신 위에는 이미 하얀 포백 (佈帛)이 씌워져 있었고, 그의 임종을 지켜 보았던 두 상궁들만이 돌아오지 않는 혼백을 애타게 부르고 있었다.

일제의 강압에 못 이겨 을사조약을 체결해야만 했고, 황제의 자리마저 순종에게 양위한 채, 빼앗긴 나라의 아픔을 지켜 보고만 있어야 했던 고종. 그에게 죽음의 촉수가 뻗어오기 시작한 것은 불과 서너 시간 전의 일이었다. 그때까지 고종은 예순여덟이란 나이가 믿어지지 않을 만큼 건강했다.

고종이 독살당하기 불과 몇 시간 전인 1919년 1월 21일 밤의 일이었다.

고종은 김 상궁과 조 상궁을 밤늦도록 붙잡아 놓고 옛날 이야기로 시간을 보내고 있었다.

"오늘은 왜 이다지도 목이 타는지 모르겠구나."

고종이 가벼운 기침을 하며 말했다.

"김 상궁이 지금 식혜를 가지러 갔사오니 잠시만 참으십시오."

김 상궁이 식혜를 가져오자 고종은 조급히 한 그릇을 마셨다. 그리고 아직도 목이 타는지 한 그릇을 더 마셨다.

자정이 가깝도록 두 상궁을 붙잡고 이런저런 이야기로 회포를 달래고 있던 고종은 갑자기 속이 거북하다고 하면서 토하기 시작했다.

갑작스러운 토사를 두어 번 치르고 난 다음에야 고종은 겨우 한숨을 돌렸다. 그는 두 상궁이 가져온 물로 입가심을 하고 나서 안정을 되찾았다.

"한숨 자고 나면 나을테니 내 걱정은 하지 말고 자네들도 어서 가서 자도록 하게."

"아니옵니다, 폐하! 신첩이 아침까지 입대해 있겠사옵니다."

김 상궁이 말했다.

"폐하, 신첩도 폐하께서 편안히 침수드실 때까지 있겠사옵니다."

조 상궁은 이렇게 말하면서 김 상궁에게 일렀다.

"아무래도 이대로는 쾌차하시기 힘들 것 같소. 전의에게 가서 간단한 소화제라도 한 첩 지어 오셔야겠소."

매서운 바람이 전각 뜰을 휩쓸고 있었다. 김 상궁은 넓은 뜰을 건너 석조전 아래층에 있는 전의 안상학의 거처를 찾아갔다.

"아니, 김 상궁께서 어떻게…!"

"폐하께 드릴 소화제 한 첩 빨리 지어 주셔야겠습니다."

"예? 전하께서 속이 불편하십니까?"

안상학은 눈을 껌벅이며 뭔가를 생각하는 듯 했다.

"예, 식혜를 잡수신 것이 좀 체하신 것 같습니다."

이 말에 안상학은 숨을 크게 내쉬며 이상한 표정을 지었다.

"아니, 뭐 잘못된 거라도 있습니까?"

안상학의 태도가 이상하다고 생각한 김 상궁이 안상학에게 물었다.

"아, 아니올시다. 근 일 년이나 약을 찾으신 적이 없으신 폐하께서 갑자기 신후가 생기셨다니 좀 이상해서 말입니다."

"뭐, 그렇더라도 그리 대단한 증세는 아닌 것 같습니다."

"제가 가서 어맥을 짚어 올려야겠습니다."

"진맥을 하지 않아도 다 아는 증세이니 간단한 소화제 한 첩만 지어 주십시오."

안상학은 약재 서랍을 열고 부스럭거려가며 약 한 첩을 지어 김 상궁에게 건넸다.

김 상궁이 함녕전으로 들어섰을 때 고종은 침상에 반듯이 누워 지그시 눈을 감고 있었다.

김 상궁이 지어온 약을 먹고 난 고종은 긴 호흡을 하고 난 후, 후련한 듯 가슴을 쓸어내렸다. 그리고 다시 침상에 길게 드러누웠다. 12시 30분경이었다.

"이제 그만 물러들 가게. 약을 먹었으니 괜찮을 거야."

고종이 잠을 청하기 위해 침상에 누워 있는 것을 보고 두 상궁은 방문을 열고 밖으로 나왔다.

바로 그때였다. 방문 뒤에서 시커먼 그림자가 튀어나왔다. 전의 안상학이었다.

"아니, 안 전의께서 어떻게⋯?"

"저⋯, 전하께서 쾌차하지 못 하시다기에⋯. 약은 드셨습니까?"

순간 당황함을 감추려는 듯 안상학이 머뭇거리며 물었다.

"예!"

"이미 약을 드셨단 말씀입니까?"

"예! 그런데 왜⋯?"

"아, 아니올시다. 됐습니다. 약을 드셨으면 곧 쾌차하실 것입니다."

김 상궁은 안상학의 태도가 아무래도 석연치 않은 듯 조 상궁을 바라보았다.

그때, 함녕전 쪽에서 누구를 부르는 소리가 들리는 듯 했다.

두 상궁은 부리나케 함녕전 안으로 달려갔다. 침상에 모로 누운 고종이 붉은 피를 토하며 신음하고 있었다.

"김 상궁, 내가 무엇을 먹었기에 이렇게⋯."

고종이 가쁜 숨을 몰아쉬며 말했다.

"전하!"

김 상궁은 고종의 상체를 안아 일으키며 입가에 묻은 피를 닦아 냈다.

그러나 고종은 절망적인 상태에 놓여 있었다. 점차 숨소리가 높아지면서 김 상궁을 보는 고종의 눈이 초점을 잃고 흐려지기 시작했다.

잠시 후 고종은 김 상궁의 팔에 안긴 채 손 한번 제대로 써보지 못하고 원인모를 죽음을 당했다. 이때가 1919년 1월 22일 새벽 1시 5분경이었다.

한일합방과 동
시에 조선 왕가에
관한 모든 업무는
총독부 소속인 이
왕직 장관이 맡고
있었다. 그런데 고
종의 죽음을 당한
이때 이 상사를 주

▲ 고종 붕어시 우리나라 고관들의 모습

관할만한 사람은 이왕직 사무관 곤도오 시로스케 밖에 없었다. 조선 총
독은 물론 이 일을 주관할만한 모든 고위관리들이 왕세자 이은의 결혼
식에 참석하기 위해 일본에 가 있었기 때문이었다.

그래서 찬시 김영갑은 제일 먼저 그에게 연락을 했다.

곤도오 사무관이 함녕전에 도착한 것은 1시 40분경이었다.

그에 앞서 사동군의 이강공 전하와 이재각 후작, 이지용 백작, 민영
휘 자작, 조중응 자작 등이 급보를 듣고 와 있었으며, 창덕궁으로 부터
달려온 순종은 유해가 된 부왕의 시신 앞에서 몸부림을 치고 있었다.

"한 많은 일생을 이렇게 마치시다니, 아바마마!"

순종은 부왕의 시신 앞에서 슬피 흐느꼈다.

"전하, 효로써 효를 상치 마옵시고 눈물을 거두십시오."

조중응이 순종의 곁으로 다가와 조용히 위로했다.

곡을 멈추고 난 순종은 임종을 지켜보았던 김 상궁과 조 상궁을 찾았다.

그런데 이상하게도 두 상궁의 모습이 보이지 않았다. 더욱 이상한 것

은 전의 안상학 마저 보이지 않았다.

고종의 갑작스런 죽음을 이상하게 생각한 순종은 여관들을 시켜 두 상궁과 전의 안상학을 찾아오도록 했다.

이때 갑자기 함녕전 뒤쪽에서 괴이한 폭발음이 들려왔다. 새벽 2시 경이었다.

"아니, 방금 들려온 것이 무슨 소리요?"

순종이 주위에 있던 왕족과 대신들을 돌아보며 물었다.

"이게 무슨…. 무슨 소리요? 김영갑 찬시?"

조중응도 눈을 동그랗게 뜨며 김영갑 찬시에게 물었다.

"예, 저…."

그러나 김영갑도 아무런 대답을 하지 못했다.

"괴이한 일도 다 있소…, 괴이한 일도…."

순종은 신음처럼 중얼거렸다.

순종의 머리 속에는 이상한 생각이 떠오르고 있었다.

'부왕 전하의 갑작스런 죽음과 방금 들려온 폭발음이 어떤 관련이 있는 것은 아닐까?'

순종은 문득 열흘 전의 일이 생각났다.

열흘 전, 그러니까 창덕궁 대조전의 화재로 침전을 낙선재(樂善齋)로 옮겨 있던 그에게 갑자기 고종으로부터 전화가 왔다. 그날 고종의 목소리는 매우 격앙되어 있었다.

"그래, 네게도 윤덕영이란 자가 서명을 하라고 하더냐?"

고종은 대뜸 그렇게 물었다.

"서명이라니, 그게 무슨 말씀이시옵니까?"

"파리강화회담에 갖다 낼 연판장에 서명을 하라고 한 일이 없었단 말이냐?"

"저는 알지 못하는 일이옵니다."

"그게 정말이냐?"

"예, 저를 일본으로 보내려고 못된 수작을 한 적은 있었사옵니다. 은 이의 결혼식에 참석하라고."

"총독부에서는 지금 윤덕영과 같은 매국노들을 앞장세워 한일합방 이 양국의 합의하에서 이루어졌으며, 지금 조선은 일본의 통치를 찬양 하고 있다는 내용의 연판장을 만들고 있다."

"아니, 전하! 그게 정말입니까?"

"한때 이 나라의 제왕으로 있던 사람이 어찌 그런 소식도 모르고 화 조월석이나 즐기고 있단 말이냐!"

고종의 질책에 순종은 아무 대답도 하지 못했다.

"전국의 각 면장들한테까지 서명을 받으려고 혈안이 되어 있으니 파 리강화회담에 가기 전에 필경 네게도 서명을 하라고 할 것이다."

"그럼, 부왕 전하께서는 어떻게 하셨습니까?"

"물어볼 것도 없는 것이다. 결단코 거절을 해야 한다. 알겠느냐?"

고종의 목소리는 단호했다.

그 고종이 지금 유해가 되어 누워 있고, 느닷없는 의문의 폭발음이 빈전을 뒤흔들고 울려왔으니, 비록 기력이 약한 순종이라도 부왕 전하 의 죽음과 그 요란한 폭발음이 어떤 연관이 있으리라는 것쯤은 쉽게 짐작할 수가 있었다.

"괴이한 일도 다 있소, 괴이한 일도…."

그때 곤도오 시로스케가 급히 들어섰다.

"망극하여이다, 전하!"

"곤도오 시무관!"

순종은 꾸짖듯이 그를 불렀다.

"예!"

"지금 들린 폭발음이 무슨 소리인지 어서 알아 오도록 하시오."

"예, 황공하여이다. 이렇게 망극하옵신 국상을 당하고 보니, 소신이 어찌 해야 하올지 황망스러워서…."

"어서, 나가보라니까!"

"예!"

곤도오 시무관은 머리를 조아리며 급히 물러갔다.

"김영갑 찬시도 곤도오 시무관과 같이 나가 조사를 하도록 하시오."

조중응이 말했다.

"예!"

김영갑도 곤도오 시무관을 따라 밖으로 나갔다.

그때 최 상궁이 울먹이며 들어와서 김 상궁과 조 상궁이 폭사했다고 말했다. 난데없는 폭발음이 나기에 그녀가 후원으로 달려가 보았더니, 김 상궁과 조 상궁의 신체가 찢겨진 채 흩어져 있었다는 것이다.

"아니, 김 상궁과 조 상궁이 폭사를 해?"

순종의 얼굴에는 깊은 의문의 빛이 감돌고 있었다. 한편 함녕전 후원에서는 안상학 전의가 폭살당한 두 상궁의 시신을 치우고 있었다.

그가 정신없이 두 상궁의 시신을 정리하고 있을 때 김영갑과 곤도오가 급하게 달려왔다.

"아니, 안상학 선생!"

"좀 도와주시오, 김 찬시!"

"아니, 안 전의. 이게 도대체 어찌된 일이요. 땅바닥이 온통 다 패였군요. 대체 누가 폭탄을 터뜨렸단 말이요?"

"그러게 말입니다. 자결을 한다고 해서 대행(大行)하신 태왕 전하께서 다시 살아나실 일도 아닌데…."

"아니, 누가 자결을 했다는 말이오?"

"폭탄인지 뭔지는 모르지만 내가 미처 쫓아오기도 전에 무엇인가를 터뜨리고 두 상궁이 쓰러졌습니다."

"…, 안 전의!"

폭탄이 터졌던 자리와 널려 있는 시체들을 살피며 묵묵히 두 사람의 대화를 듣고 있던 곤도오가 안상학을 불렀다.

"무엇 때문에 이 여관들이 자폭을 했다는 것이오? 인진의가 직접 목격이라도 했소?"

"글쎄올시다. 제가 직접 목격은 안했지만 태왕 전하께서 너무도 급작스럽게 승하를 하시자 가까이에서 뫼시던 두 상궁이…."

"아니, 그럼 이 사람들이 태왕 전하를 돌아가시게 하기라도 했단 말이오?"

김영갑이 물었다.

"그렇지는 않지만, 아마 책임감을 느끼고….."

안상학은 더듬거리며 더 이상 말을 잇지 못했다.

"안전의! 사건 경위를 자세히 말씀해 보시오."

곤도오가 추궁을 하듯이 말했다.

"새벽 1시경쯤 되어 이 사람들이 내게로 찾아와 태왕 전하께서 음식물을 토하고 계시다기에 약을 한 첩 지어 드리고 달려갔습니다. 전하께서 무엇을 드셨느냐니까, 식혜를 두 그릇씩이나 드셨다고 하기에….."

"그래, 식혜를 토하셨소?"

"예."

"아니, 그렇다면 식혜에 독이라도 들어 있었다는 말이오?"

"그건 아니올시다."

"그렇다면?"

"승하하신 원인은 분명히 뇌일혈이었습니다."

"뇌일혈?"

"네! 혈압이 높으신 분이 과도한 구토를 하다 보면 그런 증세를 일으키는 수가 왕왕 있습니다."

두 사람이 석연치 않다는 태도로 침묵을 지키고 있자 안상학은 계속해서 말을 이었다.

"그래서 제가 몹시 꾸짖었습니다. 더운 방 안에 계신 분에게 찬 식혜를 두 그릇씩이나 올리는 우둔한 상궁이 어디 있느냐고 그랬더니 저희들이 죽어야 했노라고 말도 안 되는 이야기를 하면서 울기만 하고 있더니, 창덕궁의 이왕 전하가 오시고, 황실의 근친 분들이 오시자, 슬그머

▲1915년경의 이왕가 (이은 황태자, 순종, 고종, 순종비, 덕혜공주)

니 일어나 밖으로 나가더군요. 들은 얘기도 있고 해서 미심쩍은 생각이 들길래 따라 나왔습니다. 아, 그런데 미처 따르지 못하고 저 아래까지 왔을 때 느닷없이 벼락 치는 소리가 나며 불이 번쩍하더군요. 결국 무엇인가 폭발물을 터뜨려 자결을 한 것이죠. 와서 보니 이 모양이었습니다…."

그러나 곤도오의 생각은 달랐다. 어딘지 미심쩍은 데가 있었기 때문이었다. 그리고 이 문제는 자신이 책임지고 처리할 수 없다는 것을 직감했다.

"내가 야마가타 정무총감 각하께 보고 드리고 와서 처리 방침을 알려드릴테니 그때까지는 태왕 전하의 승하 사실을 일체 외부에 밝히지 마십시오."

대한문을 나선 곤도오 시로스케는 부재 중인 고쿠부 차관의 전용차를 타고 정무총감 야마가타의 관저로 달려갔다.

"이태왕이 죽었다지."

긴장하고 당황한 곤도오에 비해 야마가타는 남의 말을 하듯 말했다.

"상궁 두 사람도 폭탄으로 자살을 했다면서?"

"아니, 각하! 그걸 어떻게…?"

"곤도오 시무관, 자네는 염려할 것 없어! 후루미 경무국장을 덕수궁에 보냈으니까."

"네…."

"폭발물 사고였으니까 경무국장이 알아서 적당히 처리할 거야."

"아, 하지만 안상학 전의의 말에 의하면…."

"나도 안상학의 연락을 받아 잘 알고 있으니까 자네는 입 다물고 있으면 돼."

"핫! 알겠습니다."

할 말을 잃은 곤도오는 고종의 죽음에 깊은 의문을 간직한 채 함녕전으로 돌아갔다.

고종의 죽음과 함께 1월 22일의 아침은 서서히 밝아오고 있었다. 이윽고 동대문 밖 낙산 위로 아침 해가 솟아오르며 고종의 유해가 놓인 함녕전에도 밝은 햇살이 비쳐왔다. 바람이 약간 멎은 시가지에는 행인이 하나둘 늘어나기 시작했다.

그때, 광화문 앞에 있는 전수(專修)학교 담벼락에 난데없는 벽보 한 장이 나붙어 오가는 행인들의 발걸음을 묶어 놓고 있었다. 벽보를 읽은 사람들은 자리를 떠날 줄 몰랐고 벽보 주변에 하나, 둘 모이기 시작한 사람들은 금방 군중을 이루었다.

『백성들아! 아느냐, 모르느냐? 총독
부의 왜놈들이 파리강화회담이 걱정되
어 어젯밤 독약으로 태황제 폐하를 독
살하였다.』

무심코 벽보를 읽던 사람들은 울분을
못 이기고 불끈 쥔 주먹을 공중에 대고
휘둘러댔다. 어떤 사람은 지나가는 사

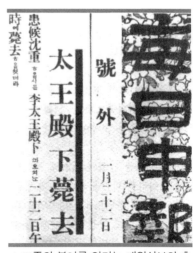

▲ 고종의 붕어를 알리는 매일신보의 호
외 (1919년 1월 22일).

람을 끌고 와서 벽보를 읽게 하는 하면, 어떤 청년은 고종의 승하 소식
을 힘껏 외쳐 대기도 했다.

순식간에 벽보의 소문은 바람에 불티 날리듯 온 장안으로 퍼지기 시
작했다.

"왜놈들이 태왕 전하를 독살했대."

"이완용, 송병준, 윤덕영이 왜놈과 짜고서 독을 먹였다는군."

소문이 퍼지는 동안 벽보의 내용은 비탈을 굴러 내리는 눈덩이처럼 불
어나 온갖 유언비어가 나돌았다. 이처럼 유언비어가 난무하고 민심이 흉
흉해지자, 총독부는 1월 22일 오전에 고종의 서거를 정식으로 발표했다.

『궁내성 고시 제2호. 대훈위(大勳位) 이태왕 전하, 금 22일 새벽 6시
뇌일혈증으로 훙거(薨去)하셨다.』

이렇게 그들은 고종이 임종한 시간조차 제멋대로 조작하여 발표했다.

어쨌든 조선 왕조의 제 26대 왕이며 대한 제국의 황제였던 고종의 서거는 이러한 파란(波瀾)을 겪은 후에 비로소 사실화되었다. 재위 40여 년 동안, 이 나라 한반도에 군림하던 그의 생애는 너무나도 파란 많은 생애였다.

그의 재위시절부터 임종시까지 다섯 번이나 바뀌어야 했던 그의 칭호가 이를 웅변적으로 증명해 주고 있었다. '조선 국왕 전하' 로부터 시작하여 '조선국 대 군주 전하', '대한제국 황제 폐하', '대한제국 태황제 폐하' 그리고 '이태왕 전하' 에서 끝이 났다.

그는 일본으로부터 받은 허울뿐인 호칭 이태왕이라는 욕된 칭호를 안은 채 한 많은 예순 여덟의 생애를 마쳤다.

고종의 서거가 공식적으로 발표되자 남녀노소 가릴 것 없이 상복 차림에 머리를 푼 백성들이 대한문 앞으로 밀려들었다. 그들은 대한문 앞에 주저앉아 땅바닥을 치며 울부짖었다. 온 국민의 정신적인 지주였던 고종을 잃은 서러움이, 나라를 잃은 서러움이 눈물이 되어 쏟아져 나왔고 넋두리가 되어 쏟아져 나왔다.

시간이 흐를수록 몰려드는 사람의 수는 늘었고, 통곡의 소리는 더욱 높아갔다. 자칫하면 덕수궁을 온통 뒤덮을 사태에 이를 것 같았다.

이에 당황한 것은 총독부 당국이었다. 이대로 방치해 둔다면 전조선이 혼란에 빠질 것 같았다.

정무총감 관저에 모인 총독부 관리들은 머리를 싸매고 해결책을 연구했다.

"각하, 대책이 있어야겠습니다. 이대로 두었다가는 전조선 사회가 혼란에 빠질 우려가 있습니다."

후루미 경무국장이 야마가타에게 말했다.

"울 수 있는 시간을 마련해 줘야겠군. 일주일 동안만 마음껏 울도록, 그리고 나서 다시 학교를 개학하고 생업에 종사하도록 지침을 마련해 주어야겠군."

"하지만 각하!"

"역시 이태왕은 죽어서까지 말썽을 부리는군."

"예…."

"우는 자들은 건드릴 필요가 없다. 그 대신 일주일 동안만 허락한다. 그 동안 아무 곳에서나 마음껏 소리 내어 울도록 내버려둬. 그리고 그 다음날부터는 우는 것을 철저히 단속하도록."

"알겠습니다. 각하!"

몰려드는 인파를 힘으로 제어할 수 없다는 것을 깨닫자 총독부에서는 그러한 방법으로 민심을 안정시키려고 했다.

상해로 떠나는 이광수

뜻하지 않은 고종의 승하로 이렇다할 성과도 없이 일본 땅을 향해 부산행 밤 열차에 오른 송계백이 도쿄의 우에노 역에 도착한 것은 1월25일 새벽이었다.

고종의 승하소식은 즉시 전파를 타고 동경 유학생들에게도 전해졌다. 그들은 이 소식을 커다란 충격과 분노로 받아들였다.

이러한 동지들을 향해 송계백은 우에노 역 출찰구를 나섰다. 그 때 누군가가 부르는 소리에 송계백은 발걸음을 멈추었다. 여행용 가방을 든 최팔용과 이광수였다.

"잘 만났다. 하마터면 만나지 못하고 떠날 뻔했구나!"

"떠나다니, 어디로 떠난다는 거야? 그리고 그 가방은 뭔가?"

반가움에 앞서 송계백은 두 사람을 번갈아가며 바라보았다.

"내가 가는 게 아니고 광수를 상해로 보내는 거야."

"상해는 왜?"

"글쎄, 그렇게 됐네."

"내가 도착한다는 전보를 받지 못했나?"

"물론 받았네."

"도대체 이광수는 무엇 때문에 상해로 가는 거야?"

"상해로 피신하는 거야."

"뭐라구. 피신?"

순간, 송계백의 눈이 분노로 이글거렸다. 송계백은 아직도 대한문 앞에서 절규하는 백성들의 울부짖는 소리가 들리는 것만 같았다. 그런데 이 판국에 이광수가 피신을 하다니 도저히 용서할 수 없는 일이었다.

"이 자식!"

송계백은 느닷없이 이광수의 뺨을 후려쳤다. 깜짝 놀란 최팔용이 송계백의 팔을 붙잡으며 말렸다.

"그런 게 아니야!"

"너희들을 동지라고 믿고…."

"이봐, 내 말 좀 들어보게. 지금 광수는 도망을 가고 싶어서 가는 게 아니야!"

지금 송계백에게는 아무 소리도 들리지 않았다. 그는 이광수를 노려보며 다시 한 번 고함을 질렀다.

"광수, 자네가 그렇게 비겁한 사람인줄…."

"…."

이광수는 고개를 푹 숙인 채 아무 말도 하지 못했다. 송계백은 여전히 화가 난 표정이었다.

"그렇게 흥분만 할 게 아니라 내 말 좀 들어봐. 어디 조용한 곳으로 가세."

최팔용은 억지로 송계백을 잡아 끌었다.

그들은 근처에 있는 찻집으로 들어갔다. 그 때 차표를 사러 갔던 최근우가 뒤따라 들어왔다.

"미안하네. 계백! 내가 어리석었어. 나는 절대로 안 떠나겠네."

"아니야, 넌 잠자코 있어!"

최팔용이 핀잔하듯 이광수를 타이르면서 송계백을 바라보았다.

"아니야, 난…."

이광수는 갑자기 기침을 하기 시작했다. 그리고 힘에 겨운 듯 의자에 몸을 기대며 조용히 눈을 감았다. 창백한 얼굴에 식은땀이 송알송알 맺혔다.

세 사람은 근심스러운 눈으로 이광수를 바라보았다.

"송계백. 자네도 보다시피 지금 광수의 건강이 매우 좋지 않네."

최팔용이 송계백을 향해 말했다.

"지금 광수에게 필요한 건 안정이네. 바로 건강 때문이야."

송계백은 그제야 어렴풋이 그간의 사정을 알 것 같았다. 잠시 어색한 침묵이 흐른 뒤 최근우가 분위기를 바꾸기라도 하듯 말을 꺼냈다.

"국내에서는 선배들이 모두 일어서기로 했다지? 인촌 김성수, 고하 송진우, 신익희, 현상윤…, 그리고 또 누구 누구랬지?"

송계백의 얼굴이 다시 밝아졌다. 그는 신이 나서 설명을 했다.

"이갑성, 최린, 오세창, 권동진, 그리고 손병희 선생!"

▲ 앞줄 중앙이 이광수, 그 오른쪽이 김병조, 뒷줄 왼쪽으로 부터 이원익, 장붕, 한 사람 건너 안창호, 김홍숙, 차균조.

"음, 손병희 선생까지 나섰구나! 네 공이 크다. 그러나 계백, 광수는 결코 피신하는 게 아닐세, 가지 않겠다고 버티는 걸 우리가 억지로 떠나게 하는 거야."

"억지로?"

최팔용은 차분히 그동안의 사정을 송계백에게 설명했다.

송계백이 서울로 떠나간 후 동경에 있는 유학생들은 송계백의 연락을 기다리며 독립선언식 개최문제와 영친왕 결혼식장 폭파 계획을 세우고 준비하느라 바삐 움직였다.

그런데 난데없는 고종의 승하소식이 날아 왔다. 그 소식이 전해진 것은 23일 오전이었다.

그날 오후, 사전에 무슨 약속이 있었던 것도 아닌데 400여 명의 유학생들이 간다의 기독교청년회관에 모였다.

누가 주동이 되어 연락을 했던 것도 아니었다. 고종의 승하 소식을 듣고 각자 찾아온 곳이 바로 그 곳이었다.

거기서 그들은 망곡회(望哭會)를 가졌다. 조국의 하늘이 바라보이는 서쪽을 향해 400여 명의 젊은이들이 일제히 통곡을 했다. 나라의 지주를 잃은 슬픔을, 그리고 나라를 잃은 슬픔을 통곡했다.

그중에는 여학생들도 끼어 있었다. 메지로여자대학의 김마리아, 나혜석, 황에스더, 정자영, 우병준, 현덕신, 노근영, 성덕진 등이 그들이었다.

그들은 날이 저물도록 울었다. 경시청의 기동대가 몰려와 강제로 해산을 시킬 때까지 울었다.

그날부터 경시청의 형사들이 그들의 뒤를 따라다녔다.

그러나 유학생들은 뜻을 굽히지 않았다. 그들은 거사준비를 계획대로 진행시켜 나갔다. 이광수는 방문을 걸어 잠그고 밤을 새워가며 글을 썼다. 선언식장에서 발표할 선언문과 일본제국의 의회에 보낼 결의서였다.

백관수와 최근우는 이광수가 작성한 독립선언문과 결의문을 일본 형사들의 눈을 피해가며 등사를 했다. 그리고 그것을 동지들에게 배부했다. 정말 바쁜 나날이었다.

그런데 시모노세키로부터 날아온 송계백의 전보를 받기 직전의 일이었다. 최근우가 최팔용의 하숙집으로 급히 달려와서 이광수가 쓰러졌다고 전했다. 각혈을 하고 쓰러졌다는 것이다.

"어제 선언문과 결의서를 가지고 메이지대학을 갔다가 경시청 놈들에게 미행을 당했대. 그래서 엉겁결에 뛰어든 곳이 백화점이었다는 거야. 백화점 옥상으로 올라가 찬바람을 맞으며 4시간이나 추위에 떨고 있었다는군. 그러다 각혈을 했대."

그 후 이광수는 김도연의 하숙집으로 거처를 옮겼다는 것이다. 최팔용은 최근우를 따라 김도연의 하숙집으로 달려갔다. 이광수는 건강이 그렇게 나쁘면서도 최팔용을 보자 송계백한테서 무슨 소식이 없느냐고 성화였다.

"서울에서는 아직 연락이 없나? 송계백은 언제쯤 온대?"

"곧 연락이 오겠지."

최팔용이 침통한 표정으로 대답했다.

"그리고 이은 전하의 결혼식은 어떻게 됐지? 물론 취소가 됐겠지?"

"이은 전하는 조선으로 떠났네."

"음! 그 치욕적인 결혼식을 피하게 된 것은 다행이지만…, 죽일 놈들! 고종황제를 독살하다니!"

이광수는 기침을 계속하면서 말했다.

"이봐, 자네는 아무래도 당분간 쉬어야겠어. 건강이 너무 나빠졌어. 만약 체포되어 고문이라도 당하게 되면…."

"아니, 지금 무슨 말을 하려는 거야?"

"여기 오기 전에 최근우, 백관수, 김도연과 함께 상의를 했네. 자네만은 독립선언식 전에 안전한 곳으로 피신을 시키자고!"

"날더러 피신을 하라고? 그런 쓸 데 없는 소리 하지 말게."

이광수는 다시 기침을 하기 시작했다. 처음에는 대수롭지 않게 시작된 기침이 자지러질 듯 계속 되었다.

"나는…. 안 간다…. 안 가!"

심한 기침 속에서도 이광수는 몸부림을 치며 외쳐댔다.

두 사람은 이광수를 설득했다. 그리고 상해 행을 반 강요하다시피 했다.

"조국의 장래를 위해서라도 자네는 가야해. 좋은 글, 좋은 작품으로 무지한 동포들을 일깨워 주기 위해서라도 자네는 살아남아야 해. 그런 건강으로 일제의 고문을 어떻게 견뎌낼 수 있겠나. 상해로 가게. 그 곳에서도 자네가 할 일은 얼마든지 있네. 상해에는 여운형과 장덕수 같은 동지들이 많이 있네. 그 친구들을 만나 우리의 계획을 알려 주고 우리와 호흡을 같이 할 수 있도록 해주게. 그리고 미처 깨우치지 못하고 있는 해외동포들에게도 우리의 소식을 전하고 그들을 깨우쳐 주게."

마침내 춘원 이광수는 뜻을 굽혔다.

송계백은 최팔용으로부터 그간의 이야기를 듣고 이광수의 손을 잡았다.

▲ 장덕수 (1895~1947) 호 설산. 상하이에서 독립운동. 신한청년당 조직.

▲ 여운형 (1886~1947) 호 몽양. 국외에서의 독립운동 필요성을 절감하고 상하이로 가 신한청년당 발기.

"광수, 내가 경솔했네."

"나만, 나만 이렇게 떠나다니…."

이광수는 송계백한테 손을 잡힌 채 울먹였다.

1월 25일, 동료들의 배웅을 받으며 이광수는 상해로 떠났다.

적진에서의

거사준비

도쿄에 남은 백관수, 송계백, 최팔용 등은 경시청의 눈을 피해가며 독립선언식 거사계획을 서둘렀다. 날짜는 아직 미지수였지만 서울로부터 언제 연락이 올지 모르는 일이었기 때문에 그들은 언제나 만반의 준비를 하고 있어야 했다.

어느덧 1월이 가고 2월에 접어들었다.

2월 3일 오후 3시경, 서울에서 뜻밖의 소식이 전해졌다. 이케부쿠로에 있는 송계백의 하숙집으로 전보 한 통이 날아온 것이다.

현상윤이 보낸 것이었다.

『선언식은 2월 8일에 거행하도록. 이쪽은 아직 준비 중. 같은 날에 거행하기에는 애로 많음.』

송계백은 즉시 최팔용의 하숙집으로 달려갔다. 연락을 받은 동지들이 하나둘 모여 들었다. 그들은 현상윤이 보낸 전보를 앞에 두고 심각한 토의를 벌였다.

"애로가 많다니까 무슨 사정이 있겠지."

"조선의 독립을 위해 투쟁하자는데 사정은 무슨 놈의 사정이야!"

"하지만 서울은 지금 국상 중일세."

"국상과 함께 일어나면 오히려 더 쉬울게 아니야?"

"잘은 모르지만, 아직 고종 황제의 국장일이 결정되지 않은 것 같네. 어쩌면 선배들은 국장일에 맞추어 계획을 세우고 있는지도 모르지."

"역시 나이 먹은 사람들이라 우유부단(優柔不斷)해서 결정을 내리지 못하고 있는 거겠지."

"아무튼 이렇게 된 이상 선배들의 지시대로 2월 8일에 우리끼리만 먼저 거사를 할 것인지, 아니면 좀더 기다리면서 국내의 동포들과 날짜를 맞출 것인지를 결정해야 할 것 같네."

"우유부단한 선배들은 이모저모 앞뒤만 재다가 결국은 아무 일도 못하고 깡그리 나자빠질 것이 뻔해. 그런 선배들만 믿고 더이상 기다릴 수는 없네."

백관수가 좌중을 둘러보며 단호히 주장했다.

"백관수 동지의 말이 옳아. 우리끼리 만이라도 먼저 거사를 하세!"

최근우가 단호하게 말하자 참석자 전원이 찬성을 했다.

마침내 거사일이 확정되었다. 1919년 2월 8일, 방 안에 있는 유학생들은 모두 희망에 부풀었다.

그들은 흥분에 들떠 한 마디씩 던졌다. 금세 방 안의 분위기가 소란스러워졌다. 그때 가벼운 인기척과 함께 김도연이 방 안으로 들어오면서 좌중을 긴장시켰다.

"골목 앞에 경시청 세퍼드들이 쫙 깔렸어."

"뭐라구?"

"오다가 불심검문을 당했네."

"그래서."

"무엇 때문에 최팔용의 집에 학생들이 이렇게 많이 모였느냐고 하더군."

최팔용의 가슴이 뜨끔했다.

"핫하하! 그래서 선거운동을 한다고 했지."

김도연이 갑자기 너털웃음을 터뜨리며 말했다. 일동은 어안이 벙벙해졌다.

"선거운동?"

최팔용이 음성을 높여 물었다.

"신학기가 시작되면 곧 학우회 임원선거가 있는데 내가 대의원으로 출마한다고 했지."

김도연은 다시 너털웃음을 터뜨렸다.

일동은 어이없다는 듯 따라 웃었다.

"그래, 내가 몇몇 놈을 매수해서 표를 얻으려고 소집을 한 것이라고 했더니, 오히려 잘 해 보라고 격려까지 해주더군."

일동은 폭소를 터뜨렸다. 방 안을 감싸고 있던 긴장감이 일순 말끔히

가셨다.

"어쩔 수 없이 요 아래 청요리 집에 들어가 청요리 한 상 푸짐하게 시켜놓고 왔으니 요리 값은 집주인인 자네가 내게."

김도연은 최팔용의 어깨를 툭 치며 이렇게 말했다.

일동은 다시 폭소를 터뜨렸다. 방 안이 소란해지자 최팔용이 나서며 이를 제지시켰다.

"예, 김도연이 결국 좋은 의견을 제시한 것 같습니다. 김도연이 방금 왜놈형사들을 속였듯이 2월 8일 우리들 독립선언식의 모임도 편의상 학우회 임원선거 임시총회로 위장합시다."

"좋소! 그렇게 합시다!"

일동은 모두 찬성했다. 그들은 그 자리에서 세부적인 계획을 짜기 시작했다.

『회의의 명칭은 재일 조선인 유학생 학우회 임원선거 임시총회로 할 것이며, 시일은 1919년 2월 8일 오후 1시, 장소는 간다구(神田區)에 있는 기독교청년회관으로 정한다.』

그리고 형식상 소집 통고문을 작성하여 보내기로 했다.

그러나 2월 8일까지는 앞으로 5일밖에 남지 않았으므로 회원들에게 날짜와 시간을 알리는 것이 가장 시급한 문제였다. 천여 명이 넘는 조선독립청년단 전원에게 알리려면 시간이 다소 촉박했던 것이다. 그들은 각자가 회원을 분담하여 연락하기로 하고 메지로여대의 김마리아는 송계백과 백관수가 맡기로 했다.

그 즉시 송계백과 백관수는 메지로여자대학으로 향했다. 차가운 날씨 탓인지 거리에는 인적이 끊겼고, 대학 정문에 달린 외등만이 희미한 빛을 내고 있어 있어 주위는 더욱 을씨년스러웠다.

그들은 교문을 지나 옆 골목길로 접어들었다. 남의 눈에 띄지 않는 으슥한 곳에 닿자 두 사람은 외투깃을 세우고 골목길을 서성거리기 시작했다.

얼마나 지났을까? 송계백이 시계를 보며 말했다.

"어떻게 된 걸까? 벌써 약속시간이 30분이나 지났어."

"혹시 연락을 못 받은 것은 아닐까?"

"아니야. 틀림없이 전했을 거야. 가와무라요코(川村洋子)란 일본여학생이 틀림없이 전해 주겠다고 약속했어."

"가와무라요코."

"응! 지난 번 소집 때에도 그 여학생을 통해서 불러냈어. 경시청 놈들이 유독 김마리아에게만 눈독을 들이고 있으니 아무래도 소등시간이 지나야 나타날거야."

백관수는 초조한 얼굴을 기숙사 쪽으로 돌렸다.

"만일 김마리아가 나타나지 않으면 여성단원은 한 사람도 연락이 안될테니 큰일이네."

얼마 후, 교문 쪽에서 인기척이 났다. 기모노 차림의 여자가 교문을 나서며 사방을 살피고 있었다. 두 사람은 실망했다.

"빌어먹을."

송계백이 피우고 있던 담배를 세차게 내던지며 중얼거리듯 내뱉었다.

그러나 기모노 차림의 여인은 그들을 향해 다가오고 있었다. 그녀의 얼굴에는 가벼운 미소가 번지고 있었다. 그제야 그들은 그녀를 알아 보았다. 기다리고 있던 김마리아, 바로 그 여학생이었다.

"죄송해요, 송계백씨! 가와무라요코의 기모노를 빌려 입고 오느라 할 수 없이 늦었어요."

김마리아는 속삭이듯 말했다.

"아니, 기모노로 변장할 것까진 없지 않습니까?"

기모노를 입은 김마리아가 못마땅하다는 듯이 송계백이 투덜댔다.

"그건 모르시는 말씀이예요."

"네?"

"사감 선생인 미스 론돈이 뭐라고 한 줄 아세요? 외출허가를 신청했더니 대뜸 얼굴을 뚫어지게 쳐다보면서 학생의 나라는 지금 일본의 지배를 받고 있으니 조심하라고 하더군요."

"아니, 그런 말까지 해요?"

"네 ! 그리고는 고종황제가 일본인에게 독살을 당했다는 소문으로 지금 조선 유학생들이 뭔가 일을 꾸미고 있지 않느냐면서, 외출은 허가해 주겠지만 일본 경찰의 감시가 심할테니, 일본인으로 변장을 하고 나가라는 거예요."

"음."

깊은 감동을 받았다는 표정으로 송계백은 고개를 끄덕였다.

"결국 미국인 미스 론돈이 우리의 동지가 되어 주었군요."

백관수의 말에 김마리아가 대답을 했다.

"말하자면 그렇지요."

"이번에 우리가 거사를 하고 나면 파리강화회담에서 미국의 윌슨 대통령도 반드시 우리 2천만 동포들의 편에 설 것입니다."

송계백은 주위를 한 번 살피고 나더니 호주머니에서 봉투를 꺼내 김마리아에게 건넸다. 봉투를 받은 김마리아는 그것을 재빨리 기모노 속에 감추었다.

"그럼, 전 먼저 가겠어요."

"2월 8일 오후 1시. 잘 부탁합니다."

백관수가 말했다.

"네. 걱정 마세요. 제가 책임지고 여학생들에게 전하겠어요."

이 말을 남기고 김마리아는 빠르게 교문 쪽으로 사라졌다.

2·8 독립선언식

마침내 2월 8일의 아침이 밝아왔다. 그 날, 도쿄에는 탐스러운 함박눈이 내렸다. 배꽃 같은 함박눈이 우울한 도쿄의 시가지를 하얗게 수놓고 있었다. 그러나 눈이 녹은 거리는 시궁창처럼 질퍽거렸다.

그 날 간다구 사루가쿠조에 자리 잡은 기독교청년회관 입구에는 '재일 조선인 유학생 학우회 임원선거 임시총회' 라는 붓글씨로 쓴 안내문이 나붙어 있었다.

이른 아침부터 질척질척한 진창길을 밟으며 조선인 학생들이 몰려들었다. 12시가 넘자 학생들의 수가 부쩍 늘기 시작했다. 입구에 선 최팔용과 임원들은 따뜻한 악수로 그들을 맞이했다.

12시가 조금 지나자 한 무리의 여학생들이 조용히 들어섰다.

한 여학생이 최팔용에게 다가왔다.

"아, 어서 오세요, 김마리아 씨."

최팔용이 반갑게 맞이하며 인사를 했다.

"수고가 많으시군요!"

"이렇게 나와 주셔서 정말 감사합니다."

김마리아는 여학생 한 사람을 최팔용에게 소개했다.

"반갑습니다. 여의전(女醫專)의 황에스더 씨죠?"

"아니, 어떻게 절…?"

"핫하… 잘 알고 있습니다. 이미 평양에서부터 많은 활약을 하고 계셨다는 것도요."

"최동지의 안목은 정말 놀랍군요."

"본명은 황애덕(黃愛德)씨!"

"어머, 에스더의 본명까지 알고 계시고!"

"평양에서 투쟁하던 송죽회의 구국운동을 동경에서도 계속해 주십시오."

"아니, 송죽회는 여성들만의 비밀결사인데…."

"알고 있습니다. 방금 들어가신 한소제, 송복신, 유영제 씨가 송죽회 회원이란 것도요."

"정말 놀랍군요."

황에스더가 다소곳이 고개를 숙였다.

12시 20분이 되자 약 400여 명의 학생들이 모였다. 그때 기독교청년 회관으로 들어오는 길목에는 형사들이 배치되어 있었다. 그들은 기독교청년회관으로 오는 조선인 유학생들을 붙잡고 불심검문을 했다. 그래서 마음이 약한 학생들 중에는 그냥 돌아가는 학생들도 있었다.

한편 학생들의 모임을 보고받은 도쿄 경시청은 그저 단순하게만 생각했다. 조선 유학생들의 모임이라면 그 목적이 뻔하다고 생각했던 것이다.

'기껏해야 이태왕의 서거를 애도한답시고 서쪽 하늘을 향해 절이나 하고 통곡을 하겠지.'

그들은 이렇게 생각하며 경찰부장 요시노를 참석시키는 정도로 일을 처리했다.

12시 40분이 되자 경시청에서 보낸 요시노 경찰부장이 기독교청년회관에 나타났다. 사복 차림으로 나타난 그는 보안상 참관을 해야겠다고 주장했다.

"오늘 회의가 무슨 회의이길래 이렇게들 많이 모였지?"

요시노가 실내를 둘러보며 최팔용에게 물었다.

"집회 신청서에 기록한 대로 입니다. 그리고 여기 쓰여 있는 내용 그대로입니다."

"흠, 재일 조선인 유학생 학우회 임원선거 임시총회라?"

"그렇습니다."

"흥, 부모들 잘 만난 덕에 동경까지 유학을 왔으면 공부나 할 것이지, 회의는 무슨 놈의 회의야!"

"아니, 뭐라구요?"

"바른대로 말해! 오늘 집회의 목적이 무엇인가?"

요시노는 버럭 소리를 질렀다.

"회의진행을 직접 참관해 보면 되지 않소?"

"뭐야? 흥, 좋아! 쓸데없는 수작 하면 용서하지 않겠다."

요시노는 입구 쪽에 서서 팔짱을 낀 채 실내를 노려보았다.

1시가 가까워오자 600여 명의 학생들이 모였다. 단상에 모인 임원들은 정시에 개회를 하자는데 의견의 일치를 보았다.

개회를 하기에 앞서 그들은 건장

▲ 도쿄 2·8 독립선언이 있었던 조선 기독교 청년회관 정문.

한 남학생 20여명을 뽑아 현관에 배치했다. 그들은 출입문을 잠그고 일체의 출입을 막았다. 독립선언서를 낭독하고 있는 동안, 밖에서 왜경들이 난입을 하게 되면 성스러운 모임이 중단될 우려가 있기 때문이었다. 그러나 이미 들어와 있는 요시노는 어쩔 수 없었다.

1시 정각이 되었다. 개회를 선포하기에 앞서 임원들은 각자의 역할을 재확인했다. 그러는 동안에 시간이 약간 지체되었다. 형식적인 임원 선거를 거쳐야 한다는 주장과 불필요한 과정은 생략하고 직접 독립선언으로 들어가자는 주장이 맞섰던 것이다.

"쓸데없이 시간을 낭비할 필요가 없잖아?"

백관수의 주장이었다.

"그러면 우리 모두가 체포를 당하게 돼."

"아니, 팔용이, 우리가 지금 체포 따위를 두려워하게 됐나? 어떤 고문을 당하더라도 설사 목숨을 잃는 한이 있더라도, 흔들리지 않기로 혈서까지 써서 맹세한 우리가 아닌가!"

"하지만 관수!"

"우리는 지금 아무것도 두려워할 게 없네! 우리는 2천만 조선 민족의 이름으로 전 세계를 향해 독립선언을 하는 거니까."

"하지만 우리가 오늘만 살고 쓰러질 수는 없네. 처음부터 독립선언식으로 들어가면 참석한 600여 명의 동지들이 모조리 공범자가 되어 체포를 당하고 말걸세."

"대체 그게 무슨 소리인가?"

백관수는 잠시 생각에 잠겼다.

"600명 모두가 사전에 우리의 독립선언식을 알고 있었다는 것이 증명만 되면 600명이 아니라 6,000명이라도 체포할 놈들이니까."

"…."

"그러니 체포당할 사람의 수를 최대한으로 줄이자는 거야. 가능한 우리 임원들만 희생당하는 방향으로 말이야."

"그래, 최동지의 말이 옳아!"

이윽고 백관수도 찬성을 하고 나섰다.

"결국 형식적으로 임원선거를 하는 체 한 다음, 독립선언식은 긴급 동의 형식으로 처리를 하자는 걸세."

최팔용이 자신에게 다짐이라도 하듯이 힘주어 말했다.

그들은 다시 한 번 각자의 임무를 재확인하고 개회를 선언했다. 사회는 청산학원 2학년생인 윤창석이 맡아 진행하고, 긴급동의는 도쿄 고등사범학교의 서춘이, 독립선언서 낭독은 백관수가, 그리고 선언서의 낭독이 있은 다음에 선언서에 서명을 받는 것은 최팔용이 맡기로 했다.

1시 10분경. 동경유학생들의 2·8독립선언식은 윤창석의 사회로 시작되었다. 형식적인 임원선거는 채 1시간도 지나지 않아 끝났다.

임원선거가 끝나자 긴급동의를 외치는 우렁찬 음성이 장내를 뒤흔들었다. 서춘이었다.

단상에 오른 서춘은 이렇게 외쳤다.

"애국학생 여러분! 우리 2천만 조선 민족은 반만년의 찬란한 역사와 단일민족으로서의 긍지를 갖고 대대손손 살아왔습니다. 그러나 여러분! 우리는 지금 우리들의 세대에 와서 나라를 빼앗기고 말았습니다."

그때 요란한 호각소리가 조용한 장내를 뒤흔들었다.

"오이, 중지하라! 중지!"

요시노의 외침소리였다. 그러나 서춘의 음성은 한층 더 높고 격렬하게 계속되었다.

"이 치욕의 역사적 현실을 우리가 더이상 보고만 있을 수는 없습니다. 여러분!"

우레와 같은 박수와 함성이 장내를 뒤흔들었다.

"중지! 중지! 사회자는 발언을 중지시켜라!"

요시노는 호각을 불어대며 외쳤다. 그러나 그 외침은 우레와 같은 박수와 함성에 묻혀 버렸다.

서춘의 열변은 계속해서 도도하게 흐르고 있었다. 그리고 다음과 같은 제안으로 매듭지어졌다.

　"오늘의 이 동경 유학생 학우회 임시총회를 조선독립청년단의 독립 선언식으로 발전시킬 것을 긴급동의로 제안하는 바입니다."

　다시 우레와 같은 박수와 함성이 터져 나왔다. 요시노는 새파랗게 질린 채 몸을 부들부들 떨었다. 그는 이를 악물고 단상으로 뛰어올라가 사회자 윤창석에게 회의를 중단하라고 했다. 장내에서 요시노를 향해 야유와 비난의 소리가 터져 나왔다.

　발악하는 요시노를 밀어젖히고 윤창석은 회의를 계속 진행시켰다.

　긴급동의에 대한 재청발언을 얻은 김마리아가 단상에 올랐다. 그녀는 카랑카랑한 음성으로 열변을 토했다.

　"여러분, 지금 우리들의 귓전에는 2천만 백성들의 통곡소리가 들려오고 있습니다. 일본제국주의의 마수가 국왕폐하를 독살하는 지경에까지 이르렀기 때문입니다. 여러분, 우리는 단호히 일어서야 합니다. 서춘 동지의 제안대로 오늘의 이 자리를 조선의 독립선언식으로 발전시킵시다!"

▲ 도쿄 2 · 8 독립선언을 주도한 유학생들.
앞줄 왼쪽부터 최원순, 두 사람 건너 장영규, 가운데 줄 왼쪽부터 최팔용, 윤창석, 김철수, 백관수, 서춘, 김도연, 송계백, 뒷줄 왼쪽부터 한 사람 건너 변희용, 강종섭, 이봉수

　또다시 박수와 함성이 장내를 진동시

컸다.

사회자인 윤창석은 긴급동의를 받아들인다고 선언했다.

"여러분! 서춘, 김마리아 두 동지의 제안대로 오늘의 이 회의는 재일본 조선인 유학생 독립선언식으로 개의를 하고 이대로 계속할 것을 의결하겠습니다."

만장의 박수갈채에 따라 백관수가 단상으로 뛰어올라왔다. 메이지 대학 상과 1학년이었던 그는 손을 들어 소란한 장내를 진정시켰다. 그리고 독립선언서를 낭독하기 시작했다.

이광수가 기초한 독립선언서였다.

"조선독립청년단은 아(我) 2천만 민족을 대표하여 정의와 자유의 승리를 득한 세계 만국의 전(前)에 독립을 기성하기를 선언하노라. 4천 3백년의 장구한 역사를 유(有)한 우리 오족(吾族)은…."

백관수의 열띤 낭독은 그칠 줄 모르고 계속되었다. 장내는 완전히 흥분의 도가니로 변했다. 낭독이 그치는 구구절절마다 박수와 함성이 쏟아졌다.

이때 김철수가 단상 한 가운데에 뛰어 올라가 태극기를 걸었다.

혼자서 발악을 하던 경찰부장 요시노는 급히 입구로 뛰어갔다. 그러자 입구를 지키던 학생들이 그를 가로막았다. 그는 권총을 빼들고 미친 사람처럼 날뛰며 출입문을 열도록 했다.

도쿄 경시청과 니시간다 경찰서에 연락이 간 것은 3시 5분 경이었다.

요시노로 부터의 보고와 응원병력의 요청이었다.

창 밖에는 여전히 눈이 내리고 있었다. 진눈깨비였다. 땅에 닿자마자 녹아버리는 진눈깨비로 도쿄의 거리는 진흙탕 그대로였다.

그 시간에도 백관수의 열띤 낭독은 계속되고 있었다.

"자에 오족은 일본이나 혹은 세계 각국이 오족에게 자결의 기회를 여하기를 요구하며, 만일 불연하면, 오족은 생존을 위하여 자유의 행위를 취하여 독립을 기성(期成)하기를 이에 선언하노라."

이렇게 하여 끝난 독립선언서의 낭독은 대표자의 이름을 낭독함으로써 매듭지어졌다. 뒤이어 최팔용이 등단했다.

"애국학생 여러분, 이 역사적인 독립선언서에 한 분도 빠짐없이 서명해 주시기 바랍니다."

그는 우렁찬 음성으로 동지들의 호응을 호소했다. 그리고 일본제국의 의회에 조선의 독립을 요구하는 청원서를 제출하자고 주장했다.

곧이어 청원서가 낭독되었고, 4개항으로 된 결의문이 낭독되었다.

"본단(本團)은 한일합병이 오족의 자유의사에 출(出)치 아니하고, 오족의 생존발전을 위협하고 동양의 평화를 요란(擾亂)케 하는 원인이 된다는 이유로 독립을 주장함… .이 4개항의 요구가 거부될 시에는 오족은 일본에 대하여 영원히 혈전을 선(宣). 차로써 발생하는 참화는 오족이 기책(基責)에 임(任)치 아니함."

백관수의 외침이었다.

박수갈채와 함성으로 장내는 다시 흥분에 휩싸이기 시작했다.

그때였다. 회관 밖이 갑자기 소란해지기 시작했다. 말발굽 소리와 오토바이 소리, 그리고 어지럽게 불어대는 호각소리가 천지를 뒤흔들었다.

기마부대와 오토바이부대가 달려와 회관을 둘러쌌다. 니시간다 경찰서와 경시청의 응원병력이 도착했던 것이다. 3시 반경의 일이었다.

그러나 그들은 태연했다. 감격에 찬 함성과 박수갈채를 보낼 뿐, 조금도 동요하는 기색을 보이지 않았다. 밖의 소란에는 아랑곳없다는 듯 그들은 예정대로 독립선언식을 진행시키고 있었다.

마침내 기독교청년회관을 포위한 경찰들이 회관으로 난입하기 시작했다. 칼을 휘두르며 요시노가 앞장서서 지휘했다. 그는 유학생들을 모조리 체포하라고 발악을 했다.

"여러분, 동요하지 맙시다. 우리는 떳떳합니다. 최후의 순간까지 우리는 폭력을 쓰지 않기로 했습니다. 오직 평화적인 방법으로 우리 민족의 독립을 선언한 것입니다. 우리는 우리가 할 일을 당당하게 했습니다."

최팔용이 우렁찬 목소리로 외쳤다.

장내에는 감격의 숨결이 물결쳤다. 학생들의 눈에는 이슬같은 눈물이 맺히기도 했다. 자신들의 입으로 조국의 독립을 선언한 감동, 그리고 말없이 펼쳐져 있는 태극기가 보내 주는 그 감동…. 학생들은 형언할 수 없는 감동에 젖어 가쁜 숨만 내쉬고 있었다.

그러나 그것도 한순간이었다. 총칼을 휘두르며 난입한 경찰들은 회의장 안을 무참히 짓 밟기 시작했다.

사회자 윤창석이 단상에서 외쳐댔다.

"애국동지 여러분, 본단의 조선독립선언은 부득이 이것으로써 산회(散會)하지 않을 수 없게 됐습니다. 이제 우리는 우리의 염원이 한시 바삐 이루어지기를 기원하며 만세삼창으로 독립선언식을 끝내도록 하겠습니다."

"대한독립 만세!"

"대한독립 만세!"

"대한독립 만세!"

학생들은 얻어맞고 쓰러지면서도 만세를 외치고 또 외쳤다.

"동지들, 이제 거리로 나갑시다! 우리들의 선언서를 일본 정부에 제출합시다!"

백관수가 태극기를 휘두르며 소리 높여 외쳤다.

간다의 거리는 순식간에 아수라장이 되었다. 비명과 아우성이 뒤섞인 만세소리가 마침내 거리로 퍼져갔다. 경찰의 호각소리와 말발굽소리가 요란하게 뒤쫓는 가운데 학생들은 거리 한복판을 달려가면서 만세를 외치고 또 외쳤다.

만세소리는 그 날 해가 질 무렵까지 계속되었다. 30여 명의 학생들이 부상을 당해 피를 흘렸고, 60여 명의 학생들이 체포되어 니시간다 경찰서로 끌려갔다.

그 날 해질 무렵, 경시청의 지다 경시는 현장에 나가 있는 무라다 경부에게 전화로 불호령을 내리고 있었다.

"도대체 자넨 뭘 하고 있었나? 병력을 100여 명이나 끌고 나갔으면서 그까짓 조선 놈 600명을 처리하지 못해?"

지다 경시는 버럭버럭 소리를 질러댔다.

"죄, 죄송합니다. 하지만…."

"지금 여기 앉아서도 조선 놈들의 만세소리가 들리는데 무슨 얼어 죽을 놈의 하지만이야."

"아, 경시청에까지 들리고 있습니까?"

"경시청뿐만이 아니야. 황공하옵게도 천황 폐하께옵서 계시는 궁성 에까지 들릴 지경이다."

"아, 그러시다면 경시님…."

"주모자들을 모조리 체포했다고 하더니, 저 놈들은 도대체 어떤 놈 들이냔 말이닷!"

"일단 해산을 했던 놈들입니다."

"해산을 했던 놈들?"

"네! 그런데 어느 틈에 히비야 공원에 약 200명하고 우에노 방면에 200명 가량이 다시 모였습니다. 그래서 지금 어떻게 할지를…."

"모조리 체포해!"

"실은 그래서 전화를 걸었습니다만, 모조리 체포를 하란 말씀입니 까?"

"무라다 경부! 자넨 명령대로 집행만 하면 될 게 아닌가, 명령대로!"

"수백 명이나 되는데 모조리 체포하란 말씀입니까?"

"왜 그렇게 말이 많나? 내란소요죄로 모조리 체포해!"

지다 경시는 무라다 경부에게 화풀이라도 하듯 수화기를 거칠게 내동댕이쳤다.

그러나 그 날 내무성에서 경시청으로 내린 명령은 달랐다.

주모자급을 제외하고는 해산을 시킬 뿐 체포하지 말고, 이미 구속된 학생들도 주모자급이 아니면 훈계방면을 하라는 지시였다. 파리강화 회담도 문제가 되었지만 고종의 서거가 결정적인 이유였다.

지다 경시를 불러 세운 경시총감은 이렇게 설명했다.

"지금 조선은 이태왕의 독살 소문으로 민심이 매우 불온한 상태라는 군. 이러한 때 조선인 학생들을 수백 명씩 일본 정부가 재판에 회부한다면 조선에서도 소요가 일어날 가능성이 많다는 견해일세."

"예, 잘 알겠습니다."

"그러나 주모자급들은 가차 없이 처단을 하도록."

"소관이 직접 니시간다 경찰서로 나가 현장지휘를 하겠습니다."

경시총감으로부터 명령을 받은 지다 경시는 경찰을 인솔하여 히비야 공원과 우에노 일대로 나갔다.

저녁 10시가 넘어서야 그는 학생들을 모두 해산시켰다.

한편 최팔용, 백관수, 송계백 등 체포를 당한 60여 명의 학생들은 혹독한 고문을 당해야만 했다. 니시간다 경찰서로 끌려간 그들은 밤새도록 고문을 받았다.

특히 최팔용을 비롯한 주모자급 11명은 혹독한 고문에 몸부림을 쳤다. 그들이 갇힌 취조실에서는 밤새도록 비명소리가 흘러나왔다. 혹독한 고문에 못 이겨 새어나오는 그들의 신음과 비명소리는 현해탄을 건너 2천만 조선 민족의 심금을 울렸다.

1919년 2월 8일에 일어난 동경유학생들의 만세시위는, 더욱이 적국의 심장부인 수도 한복판에서 그토록 폭탄적인 독립선언을 선포한 것은 세계 약소민족의 독립운동사에 그 예를 찾아볼 수 없는 우리 민족의 자랑스러운 쾌거였다.

숙직실의 모의

동경유학생 들의 2·8 독립선언의거 소식을 전해들은 서울에서도 크나큰 거사 계획이 무르익고 있었다.

"고하!"

계동의 중앙학교 숙직실 문 앞이었다. 밖에서 외출했다가 돌아온 현상윤이 송진우를 급히 찾고 있었다.

"고하! 나야, 현상윤이라고, 아니, 이 친구가…?"

아무리 불러도 대답이 없자 현상윤은 더럭 불안에 휩싸였다.

"송교장, 나야! 현상윤이라니까. 이것 봐 고하! 이 친구 어떻게 된 거야?"

현상윤은 계속 숙직실 문을 두드렸다. 그제야 비로소 방문을 여는 소리가 들리면서 송진우의 얼굴이 어둠 속에서 드러났다.

현상윤은 상체를 쑥 들이밀며 핀잔을 주었다.

"아니, 자지도 않고 있었으면서 왜 아무 대답이 없었나? 방 안의 불까지 다 꺼버리고."

"이 사람아, 목소리가 너무 커! 기차 화통이라도 삶아 먹었나? 왜 이리 소리를 지르는가!"

"허어, 아무리 왜놈이 무섭기로 여기서 까지 숨을 죽이란 말인가?"

"그래, 만나고는 왔겠지?"

"아예 데리고 왔네."

"뭐? 신익희를 데리고 왔다고, 지금?"

"그렇다네! 이봐, 해공!"

현상윤과 같이 온 신익희는 그 당시 보성법률상업학교에서 비교헌법과 국제공법, 재정학 등을 강의하고 있었다.

송진우는 신익희의 손을 덥석 잡으며 말했다.

"해공, 반갑네. 어서 안으로 들어가세!"

"이거야 원, 홀아비들이 사는 숙직실 출입절차가 이렇게 복잡해서야 어디 들어 가겠나?"

"미안하네. 때가 때인 만큼 조심하지 않을 수가 있어야지."

그러나 신익희는 송진우와 달리 여유를 보이며 너털웃음까지 웃어 댔다.

"허허허…! 이 중앙학교 숙직실이 독립운동가들의 아지트라는 것을 총독부에서 알고 있기라도 하나? 우선 불이나 좀 켜보게."

그제야 비로소 방 안에 전등이 켜지고 창에는 두꺼운 커튼이 내려졌다. 방 안으로 들어오자 조금 전까지 농담을 하던 신익희가 금세 정색을 하며 말했다.

"하긴 조심들 해야지. 이번에 후루미 경무국장의 후임으로 온 고지마는 정보통으로 사냥개처럼 냄새를 잘 맡는다는 소문이야. 덕수궁의 장례식이 끝나는 대로 신임 경무국장을 불러내서 술이라도 한 잔 해야겠어."

"해공, 술타령은 나중에 하고 오늘 만나기로 했던 분들은 어떻게 됐나?"

"미안하네, 고하!"

"아무도 만나지 못했나?"

"연락이 잘 안되는군."

"세 사람 다?"

"한규설 씨만 내일 만나기로 약속이 되었다는군."

현상윤이 신익희의 난처한 입장을 옹호라도 하듯 거들었다. 신익희는 그 일로 어지간히 속을 태운 듯 한숨을 내쉬며 말했다.

"도무지 사람을 만나려고 해야 말이지."

▲ 송진우 (1889~1945)
호 고하. 중앙중학교 교장. 임시정부 지도자들과 함께 정부수립에 힘썼다.

▲ 신익희 (1892~1956)
호 해공. 3·1운동때 해외와의 연락의 임무를 맡았다.

한규설은 1905년 을사보호조약 체결 당시 이를 거부했다가 참정대신 자리에서 파면까지 당한 사람인데, 옛 대한제국 고위관리들 중 그만이 겨우 신익희의 면담요청에 응해 주었던 것이다.

송진우의 표정이 잠시 침통해졌다.

"이거, 야단났군. 오늘 저녁에는 각자가 맡은 일을 최종적으로 점검하기로 하지 않았나!"

그러자 현상윤이 말했다.

"할 수 없지 않은가. 하루만 더 연기하도록 연락을 하게."

"이미 다들 모였네."

"뭐?"

현상윤과 신익희는 깜짝 놀랐다. 세 사람만 있는 줄로 알고 있었는데 이미 옆방에 보성학교 교장 최린, 육당 최남선, 인촌 김성수가 와 있다니.

"아니, 최린 선생님도 와 계신다고?"

"응, 자네들을 기다리고 계시네."

이렇듯 중앙학교 숙직실은 독립운동가들의 아지트가 되어 있었다.

세 사람은 옆방으로 갔다.

두껍게 커튼이 드리워진 방에는 전등을 끄고 촛불만 켜놓고 있었다. 밖에서 보면 거의 빛이 새어나가지 않아서 누가 와서 보더라도 아무 염려가 없었다.

현상윤이 인사를 하고 나서 최린에게 말했다.

"동경에서는 학생들이 들고 일어났다는데 우리는 아직 날짜조차 정하지 못하고 있으니 정말 야단났습니다."

"그러게 말일세. 의암께서도 재촉을 하고 계시는데…."

"고하, 대체 현재 어느 정도나 접촉이 되어 있나?"

현상윤이 송진우에게 물었다.

"나는 금릉위(錦陵尉)를 만났는데⋯."

금릉위란 철종의 사위인 박영효를 일컫는 말이었다.

"뭐라던가?"

이번에는 신익희가 바싹 다가앉으며 물었다.

"만나기는 분명 만났는데 말이야⋯."

송진우가 머뭇거리며 대답을 못하자 최린이 차분하게 말했다.

"주저할 것 없이 서로의 경과를 솔직히 다 털어놓고 대책을 세우도록 하세."

"예, 그럼 말씀드리겠습니다. 에⋯, 금릉위 박영효 씨는 독립선언을 하는 것에는 찬성을 하지만, 우리들이 구상하고 있는 방법에는 좀⋯."

"찬성할 수 없다는 말인가?"

현상윤이 약간 상기된 얼굴로 물었다.

"응, 그렇지."

"아니, 지금 망국의 한을 누구보다도 가슴 아프게 느껴야 할 금릉위가 그런 소리를 하다니!"

최린이 현상윤을 제지하며 말했다.

"가만, 그 분의 뜻에도 일리는 있다고 생각되네."

"네?"

"그렇다면 그 분의 생각은 뭐라던가?"

"예, 그 분의 의견은 우선⋯."

송진우는 잠시 주저하다가 말을 계속했다.

"독립선언보다도 포오츠머드 조약을 폐기시키는 일이 우선이라는 겁니다."

이번에는 국제공법에 밝은 신익희가 발끈하여 쏘아 붙였다.

"아니, 지금 그런 실현 불가능한 얘기를 할 때인가? 그런 소리는 잠꼬대에서나 하라고 해!"

"그 분 말씀은 우리 조선에 대한 일본의 우위권을 인정한 그 조약이 국제정치무대에 살아 있는 이상, 아무리 우리가 두 주먹을 휘둘러 궐기를 한다 해도 소용없는 일이 아니겠냐는 것이네."

현상윤이 분통이 터진다는 듯 한숨을 내뿜었다.

김성수가 최린에게 물었다.

"선생님은 어떻게 생각하십니까?"

"글쎄. 금릉위의 생각도 탓할 수만은 없소. 지금은 제정 러시아 정권도 무너진 상태이니, 이럴 때 그 무너진 정권이 체결한 포오츠머드 조약을 폐기시키면 자연 우리의 자주권도 회복되지 않을까?"

"예, 그 분도 그렇게 말했습니다. 그러니 국내에서 소란을 일으키는 것보다는 해외로 사람을 보내 망명 지사들로 하여금 국제적인 접촉을 벌이도록 하자는 의견입니다."

송진우의 말에 신익희가 고개를 가로저으며 말했다.

"한심한 얘기야. 사실 나쁘게 말하면 우리는 다칠까 무서우니 해외의 망명 지사들이나 실컷 부려먹자는 얘기나 마찬가지야. 아니, 우리나라가 일본의 속국이 된 것이 포오츠머드 조약 때문인 줄 아나? 그까짓

휴지조각이나 다름없는 조약이나 폐기시키는 운동을 벌이고 가만히 앉아 있자는 게 말이 되나? 포오츠머드 조약만 폐기시키면 을사조약, 정미조약, 경술국치 한일합방이 모두 폐기라도 된다는 말인가? 그런 잠꼬대 같은 말을 하다니 그 양반 정신이 나갔군!"

현상윤이 잘라 말했다.

"결론적으로 말해서 박영효 씨는 우리의 독립선언에 가담하지 않겠다는 거로군 그렇지?"

"결국 그런 얘기야."

다음은 신익회가 최남선에게 물었다.

"그럼, 자네가 만난 사람은 어떻게 됐나?"

"나도 별 신통한 결과가 없네."

"뭐?"

"…."

사실 그때까지도 국내에서의 독립선언 계획은 구체적인 발전을 보지 못하고 있는 답답한 실정이었다.

최남선이 변명하듯 볼멘소리로 말했다.

"월남 이상재 씨와 윤치호 씨 두 분을 만났는데, 월남은 기독교 교세 확장과 청년회사업 때문에 눈코 뜰 사이가 없으니 독립선언은 좀 뒤로 미루자는 거야."

"그러니까 자기는 바쁘니 파리강화회담이 끝난 뒤에 독립선언을 해서 행차 뒤 나팔이나 불어대자는 말인가?"

"나라의 독립보다 더 바쁘고 급한 일도 있는 모양이군."

"그럼, 윤치호 씨도 같은 의견인가?"

"비슷하네."

"그러면 두 분 다 실패로군 그래."

여러 사람들 입에서 동시에 한숨이 쏟아져 나왔다.

"수고들 많았소."

▲ 윤치호 (1865~1945)
호 좌옹. 독립협회 조직. 대한기독교청년회연맹 조직.

▲ 이상재 (1850~1927)
호 월남. 본명 계호. 독립협회 부회장. 신간회 초대회장.

최린이 경과보고를 듣고 침착하게 말했다. 그러나 최린 역시 침통한 기색을 감추지 못했다.

"애초에 우리들은 의암 손병희 선생을 중심으로 한 천도교 세력과 여러분과 같은 젊은 선각자들만으로 일을 하려고 했었소. 그러나 2천만 백성 모두의 일치된 분노이며 염원이라는 것을 만방에 선포하자는 뜻에서 각 종교계와 구한말 귀족 대표자들까지 참여시켜 보려고 했던 것이오. 하지만 솔직히 말해서 그들이 그렇게 쉽게 결속되리라고는 생각하지 않았소."

"결국 일만 더 늦어진 결과가 되지 않았습니까? 선생님!"

"무리도 아니오. 그들은 여러분들처럼 서로의 표정만 보고도 뜻을 같이 할 수 있는 사람들이 아니니까."

"그러면 어떻게 해야 되겠습니까?"

"광범위한 계층이 참여할 수 있도록 일을 추진시켜야 한다는 원칙만은 바꿀 수가 없소."

"그렇다고 불확실한 사람들을 무턱대고 접촉하다보면 공연히 비밀만 누설될 우려가 있지 않겠습니까?"

현상윤이 이처럼 부정적인 입장을 보이자 최린이 꾸짖듯 말했다.

"자넨 왜 그렇게 부정적으로만 생각하나?"

현상윤은 최린이 보성학교 교장 재직 시 보성학교를 졸업하고 일본으로 유학을 떠났으므로 엄격하게 따져서 두 사람 사이는 사제지간이었다.

"죄송합니다, 선생님!"

잠시 후 최린은 최남선을 향해 말했다.

"육당, 지금 조선의 젊은 문사로서 제일 명문이 높은 사람은 육당과 춘원 이광수요."

"별말씀을 다 하십니다, 선생님!"

"동경의 2·8독립선언문은 춘원 이광수가 썼다고 하니, 이번 우리의 독립선언서는 육당이 쓰는 것이 좋겠소."

이 말에 최남선이 당황한 얼굴로 반문했다.

"선생님, 아직 연소한 제가 어찌 감히 나라의 어른들께서 연서하실 선언서를 쓸 수 있겠습니까?"

"춘원은 나이가 많아서 선언문을 썼던가?"

"그렇지만 2·8독립선언문은 학생들이 서명한 것 아닙니까!"

"아무리 덕망있는 조선의 명사가 서명을 하는 것이라 하더라도 독립선언서는 육당 같이 젊고 패기있는 천하문장이 서릿발 같은 명문으로 써야 하오. 낡은 붓이 아니라 칼날 같은 새 붓으로 말이오."

최린의 말에 김성수도 찬성하고 나섰다.

"육당, 일주일 안으로 선언서를 기초해 오는 것이 좋겠네."

이로써 역사적인 독립선언서는 최남선이 작성하기로 결정되었다.

최린은 또 침착하게 말했다.

"다른 사람들은 각 종교계와 계속 접촉을 하되 이번에는 청장년 급들과 접촉해 봐야겠소."

"기독교 청년회의 박희도와 장두철은 이미 동지가 되었습니다."

"나이든 사람들보다는 아무래도 젊은 사람의 피가 쉽게 끓어오를 것이오."

"기독교에서 유력한 사람 한 분을 제가 설득해 보겠습니다."

현상윤이 나섰다.

"남강 이승훈 씨가 어떻겠습니까?"

"이승훈 씨?"

"예! 신민회 사건으로 4년 동안 옥살이를 하고 지금은 정주 오산학교에 내려가 계십니다."

"이승훈 씨라면 좋지!"

모두들 찬성하고 나섰다.

"그럼, 곧 연락을 하겠습니다."

"하지만 남강의 주변에는 항상 감시가 따르고 있을테니 조심해서 접촉을 하게."

"알고 있습니다, 선생님!"

이때 전화벨이 울려왔다. 사람들이 일시에 긴장하며 귀를 곤두세웠다. 현상윤이 전화를 받았다.

"아, 거기 중앙고보 아닙네까?"

"누굴 찾으시는지…?"

"예, 거기 현상윤 선생이라고 있디 않습네까?"

전화를 건 사람은 짙은 평안도 사투리를 쓰고 있었다.

"아니, 거 왜 숙직실서 송 교장과 같이 기거하고 있는 교감 있디 않소, 교감!"

전화를 건 사나이는 희천 김도태였다. 김도태는 상대방이 누구인지 금방 알아차리고 제법 왁자하게 떠벌이며 너스레를 떨고 있었다.

"야, 너 상윤이디? 하핫, 나 도태야 도태! 전화 좀 똑똑하게 받으라우!"

"도태? 마침 전화 잘 걸었네."

"엉, 뭐라구?"

"대체 자네 지금 어디 있는 거야?"

"하핫, 방학이래서 시골로 내려 갔드랬디. 그런데 할 일이 있시야디…."

"세상 돌아가는 꼴두 뒤숭숭 하구 말이야. 거 진우랑 성수, 그리고 상윤이 네놈이나 만나 이야기나 좀 할라구 올라왔디. 저녁 차루 내렸어."

"그러니까 지금 네가 있는 곳이 어디냔 말이야."

"우미관 앞이야. 기렇디, 우미관 앞에 있는 아사히 여관이야."

"알았다, 기다려!"

"야, 이것 보라우!"

"내가 곧 갈테니 기다리라구."

현상윤은 전화를 끊고 나서 크게 심호흡을 했다.

김도태는 평북 정주 출신으로 금년 29세였다. 20세 때 이승훈이 세운 오산학교를 졸업하고 이듬 해에 경기도 삼악학교의 교사가 되었다가, 그 이듬 해에는 만주의 신흥무관학교 교사로 갔다. 또 그 이듬 해에는 오산학교 교사를 거쳐 일본 세이소쿠 영어학교에 유학했다. 그리고 귀국해서 작년부터 재령의 명신학교 교사로 재직하고 있었다.

혹시 불길한 전화가 아닌가 하여 잠시 긴장했던 사람들은 안도의 한숨을 내쉬며 자리에서 일어났다. 최린이 말했다.

"우린 이만 가봐야겠네."

"알겠습니다, 선생님! 김도태 덕택에 이승훈 씨와의 연락이 한결 수월해지게 되었습니다."

"그렇겠군. 나도 돌아가 의암께 오늘의 회합결과를 보고드려야겠네."

"선생님, 의암 선생님께는 아직 말씀을 드리지 않는 것이…."

"아직?"

"예, 지금 이대로의 상황을 그대로 여쭈었다간 의암께서 매우 실망하실 겁니다."

송진우의 말에 김성수가 동의를 표하고 나섰다.

"그렇지요."

"그러니 좀 계시다가 몇 사람 더 포섭이 된 다음에…."

"예, 송군의 말이 옳은 것 같습니다."

송진우의 의견에 따라 손병희에게 보고를 하는 것은 뒤로 미룬 채 최린, 신익희, 최남선은 중앙학교 숙직실을 조심스럽게 빠져나갔다.

"그럼, 나도 좀 나갔다 와야겠네. 늦으면 자고 올지도 모르니 인촌이 내 대신 고하와 같이 있어주게."

현상윤이 김성수를 향해 말했다.

"김도태를 이리 오라고 하지 그랬나!"

"나도 그 생각을 했었는데, 가능하면 여기에는 사람이 드나들지 않는 게 좋을 것 같네."

"그런데 김도태를 만나 어쩔 셈인가?"

"어쩔 셈이냐니? 도태가 남강 선생의 수제자 아닌가!"

"오산학교로 보내려고?"

"그렇지."

"마침 그 친구가 잘 와 주었군."

"자, 내 다녀오겠네."

현상윤은 중앙학교 교정을 나와 서둘러 우미관 앞으로 향했다.

3·1 운동의 거사 계획은 그날부터 조금씩 진전을 보이기 시작했다.

현상윤과 만난 김도태는 전화에 대고 수선스럽게 떠들던 것과는 달리 밤새 차분하게 이야기를 나누고 날이 새기가 바쁘게 이승훈을 만나기 위해 정주로 떠났다.

모
두
가

하
나
되
어

김도태가

남강 이승훈을 찾아갔을 때, 이승훈의 집에는 상해에서 국내로 잠입한 선우혁이

찾아와 있었다.

당년 56세인 이승훈은 선우혁과 20여년의 나이 차이에도 불구하고 마치 또래나 가까운 선후배처럼 흉허물없이 지내는 사이였다.

이승훈은 선우혁으로부터 상해 소식을 듣고 매우 기뻐했다.

"김규식이 파리로 떠났다고?"

"예!"

"그것 참 잘한 일이군. 김규식은 작년 모스크바에서 열린 세계 약소민족대회에 가서도 큰 활약을 했지."

"이번에는 상해뿐만 아니라, 중국 땅에 있는 동지들 모두가 파리 강화회담에 맞춰 소리를 지르기로 했습니다."

"소리를 질러?"

"강화회담에 모인 각국의 대표들이 깜짝 놀랄 정도로 큰소리를 지르기로 했습니다."

"오, 그렇다면 우리도 뒤에서 소리를 질러 주어야 김규식의 맹활동이 빛을 발한다 그런 얘기군."

"여운형은 해삼위 방면의 동포들을 규합하려고 아령으로 떠났고, 장덕수는 일본으로, 서병호는 국내로 잠입했습니다."

"그렇다면 우리도 국내에서 가만히 앉아 있을 수 없지."

"아니, 선생님! 지금 세계 조류가 약소민족의 해방을 논하고 더욱 이태황제 폐하가 왜놈들에게 독살을 당해 쓰러지셨는데도 국내에서는 여태 아무 계획도 세우지 않았다는 말씀입니까?"

"그러니 지금부터라도 각계 인사들의 연판장을 받아 강화회담에 간 김규식의 뒤라도 밀어야겠군."

"아니, 그럼 여태껏 그런 생각조차도 하지 않고 계셨다는 말씀입니까?"

▲ 김규식 (1881~1950)
호 우사. 대한민국임시
정부 부주석. 신탁통치
반대운동에 앞장섰다.

선우혁이 이렇게 추궁해 들어오자 느긋이 응수만 하던 이승훈이 슬그머니 자신의 심중을 털어놓았다.

"자네, 이 이승훈이가 몇 년 옥살이를 했다고 해서 완전히 폐물이 되었다고 생각하는 건가?"

"아, 그런 말씀이 아니라 저는 선생님께서 무언가 큼직한 일을 벌여놓고 계실 줄 알고 있었습니다. 그래서 이렇게 찾아온 것이구요!"

"이것 보게!"

"예!"

"실은 나대로 추진하고 있는 일이 있네."

"예…?"

"우리 기독교 신자들끼리만 극비리에 내통을 해서 태황제 폐하의 인산(因山)날에 독립만세를 한 번 세상이 떠들썩하게 불러볼까 하네."

선우혁은 눈을 크게 부릅떴다.

"계획이 서신 것입니까?"

"어찌 그만한 일에 계획이 없겠나. 선천 장로교회의 양전백 목사와 유여대 씨, 또 평양의 길선주 목사와 신홍식 목사도 있지."

"평양 감리교회의 신목사 말씀이시군요."

"응, 그들과 같이 긴밀히 연락을 취하고 있는 중이네."

"알겠습니다, 선생님! 역시 제 생각이 맞았군요."

바로 이때 현상윤의 부탁을 받고 정주에 도착한 김도태가 이승훈의 집 대문을 들어섰던 것이다. 이 날이 1919년 2월 17일이었다.

김도태는 남강 이승훈에게 김성수가 학교일로 급히 상의드릴 일이 있으니 상경해 달라는 부탁을 전하러 왔다고 말했다.

이승훈은 김성수가 어떤 사람인지 잘 알고 있었다. 그러므로 더이상 생각할 것도 없이 그 자리에서 바로 김도태를 따라나섰다.

그가 밤차를 타고 서울 계동 김성수의 집에 도착한 것은 그 다음날인 2월 18일이었다.

이승훈과의 첫 대면에는 주인 김성수 외에 신익희, 현상윤, 송진우가 자리를 함께 했다.

이승훈은 김성수의 설명을 다 듣기도 전에 쾌히 승낙을 했다.

"나서겠소! 나서고말고. 이 늙은 목숨이 무엇이 아깝다고 안 나서겠소, 고맙소이다."

"감사합니다, 목사님! 이렇게 쾌히 승낙해 주시다니…."

"내게 이런 기회를 주신 하나님께 감사해야지요."

"사실은 선생님의 의중을 알 수 없어 김도태에게 학교문제로 제가 상의드릴 말씀이 있노라고 전한 것입니다."

"암, 그렇게 조심성 있게 행동해야 하오. 그렇잖아도 내가 요즘 왜놈 순사들의 감시를 받고 있기에 혹시 미행이라도 당할까 무척 조심하고 있소. 그리고 내 다른 건 몰라도 우리 기독교는 몽땅 책임을 지겠소."

이승훈의 말에 김성수는 힘이 절로 나는 것 같았다.

"목사님, 실로 백만 원군을 얻은 것 같습니다. 목사님 덕택에 우리 거사 계획이 한결 앞당겨지게 됐습니다."

"인촌! 아무 염려 마시오. 서북지방은 이미 해결된 것이나 마찬가지니 우선 서울에 있는 기독교인들부터 오늘 당장 만나러 가겠소이다."

"서울에도 일부는 연락이 됐습니다. 목사님!"

"누구누구인가?"

"기독교청년회의(YMCA) 박희도가 앞장을 서서 세브란스 교회 함태영 장로의 동의를 얻어 놓았습니다."

"거 잘했군. 그럼, 나는 우선 승동 예배당 쪽으로 손을 뻗쳐야겠군.

그런데 왜 최남선이
보이지 않지?"

"예, 최군은 지금
세계만방에 공포할
독립선언서를 쓰고
있습니다."

"오, 그렇군! 최남
선이 쓴다면 더 얘

▲ 옛 YMCA건물. 1903년에 창설되어 청년운동을 비롯, 봉사와 계몽 등 근대화 운동을 활발히 전개했다.

기할 것도 없지. 조선의 명문이니까."

"하여간 목사님을 만나 뵈니, 용기백배합니다. 기독교인 모두를 목
사님께서 일어서게 해주십시오."

"자, 나가세. 이러고 있을 때가 아니야!"

이승훈은 그 즉시 서울의 기독교 신도들을 두루 만나본 후 선천으로
내려가 양전백 목사, 이명룡 장로, 유여대 목사, 김병조 목사의 동의를
얻은 후, 2월 23일에 다시 서울로 올라왔다.

이렇게 일단의 매듭을 지은 그들은 총사령관격인 손병희의 집에 모
여 거사날짜를 결정하기에 이르렀다.

2월 23일, 계동에 있는 손병희의 집에 모인 사람은 주인 손병희를 비
롯해서 천도교의 최린, 권동진, 오세창과 기독교 측의 거두 남강 이승
훈, 그리고 불교계를 대표하는 만해 한용운과 백용성이었다.

당시 한용운은 41세의 승려로서 최남선에 버금가는 문필을 떨치고

▲ 한용운 선생의 법정신문 기사.

▲ 한용운 (1879~1944)
호 만해. 〈님의 침묵〉을
출판하여 저항문학에 앞
장. 신간회에 가입

있었다. 1879년 충남 홍성에서 태어나 일찍이 한학을 하다가 1904년 동
학혁명이 일어나자 이에 가담하였고, 1905년 백담사에서 출가, 승려가
되었다.

이어서 불교계의 지도자가 된 그는 한일합방이 되자 중국, 만주, 시
베리아 등지로 유랑하면서 민족정신을 고취시켰고, 1913년에 귀국하여
불교학원에 들어가 교편을 잡았다. 또한 이 무렵에 「불교대전」을 저술
하는 한편 종래의 무능한 불교를 개혁하고 현실참여를 강력히 주장했
다. 이것은 곧 산중에 숨어 있던 불교도를 일으켜 독립운동에 참여시키
는 행동이론이기도 했다.

그 당시 한용운은 월간잡지 '유심(惟心)'을 발간하고 있었다. 마침
'유심' 제3호를 발행하기 위해 서울에 왔다가 전부터 교분이 두터웠던
최린을 만나 이번 소식을 들었던 것이다.

"아니, 이 사람 고우! 이 운동은 2천만이 다 나서야 할 일인데 200만
신도를 가진 불교계를 제외하려는 건가? 어째서 교도가 30만 밖에 안

되는 기독교와 천도교만이 거사를 하려는 것인가?"

"그럴 리가 있나, 이 사람아! 불교나 유교는 미리 손이 닿지 못해 이러고 있지 않았나. 하여간 때 맞춰 잘 왔네. 어떻게 하겠나?"

"그걸 말이라고 하나."

"만해의 200만 원군을 합쳐 주겠나?"

"이 사람아, 좀더 일찍 귀띔이라도 해줄 것이지."

한용운은 날짜가 촉박한 것을 안타까워했다.

한용운은 우선 학승(學僧)으로서 불교계에 큰 영향력을 행사하고 있던 백용성을 데리고 이 자리에 참석했다.

이밖에 이날 손병희의 집에는 3·1운동 계획에 가장 먼저 앞장을 섰던 젊은 기수 김성수, 송진우, 현상윤, 신익희 등도 같이 참석해 있었다.

"이제 우리가 해야 할 일은 거사날짜를 언제로 정하느냐 하는 문제인 것 같소이다."

"그렇지요!"

손병희가 운을 떼자 이승훈이 그 말을 받으며 송진우를 바라보았다.

"거, 송 교장은 어떻게 생각하시오? 아무래도 젊은 사람들이 우리 늙은이들보다 좋은 생각이 있을테니 의견을 말해 보시오."

"예! 저희들은 3월 3일이 어떨까 하여 의암 선생님께 말씀드린 바 있습니다."

"3월 3일?"

손병희가 송진우 대신 설명을 했다.

"저희들의 생각은 3월 3일이 덕수궁 태황제 폐하의 인산날이니, 그

날은 각지에서 모여든 수많은 백성들이 모두 거리로 나와 통곡할 것이고, 그렇게 되면 자연히…."

"그 문제는 좀 달리 생각해 볼 일이 있소이다."

"예?"

"인산날에 많은 백성들이 거리로 나올 것은 분명한 사실입니다. 또한 인산날에 편승해 군중운동을 확대한다는 생각은 아주 좋은 생각이긴 합니다만, 왜 하필 한을 품고 승하하신 태황제의 인산날을 수라장으로 만듭니까? 왜놈 경찰들과의 충돌은 어차피 피할 수 없는 일인데, 태황제께서 마지막 가는 길을 소란스럽게 한다는 것은 이 나라 백성으로서 할 일이 아니요, 바람직한 일이 못됩니다. 그러니 이날만은 피하는 것이 좋겠습니다."

한용운의 말에 모두들 크게 공감하여 고개를 끄덕였다.

그래서 이날은 피하기로 하고 최린이 대안을 내놓았다.

"그러면 하루만 앞당겨 3월 2일로 하는 것이 좋겠습니다."

그러나 이번에는 이승훈이 반대를 하고 나섰다. 3월 2일이 일요일이기 때문에 기독교인들에게는 좀 곤란하다는 것이다.

"그렇다면 하루를 더 앞당겨야겠군요. 3월 1일은 어떻겠습니까?"

손병희가 말했다.

"3·1독립선언, 3·1독립운동, 어쩐지 어감도 좋은 것 같소이다."

"좋습니다!"

이렇게 되어서 독립선언식 날짜는 3월 1일로 결정이 되었다.

원래 3·1운동의 시초는 일본에서 이광수가 기초한 2·8독립선언서를 가지고 온 유학생대표 송계백이 현상윤, 김성수, 송진우를 만나서 태동되었다.

그리고 여기에 최린과 최남선, 신익희, 오세창, 권동진, 손병희 등이 가담하여 하나의 중심세력을 형성했으며 또한 김성수와 현상윤이 기독교대표 이승훈을 가담시킴으로써 더욱 박차를 가했다.

이승훈은 선천 장로파 목사 양전백과 유여대를 가담시켰고, 다시 이명룡을 권유하였으며, 평양의 장로교 목사 길선주, 북감리파 목사 신홍식을 포섭했다. 한편 중앙 기독교 청년회의 간사 박희도는 최남선의 권유를 받아 남감리파의 목사 오화영, 정춘수, 북감리파의 감리사 오기선을 가담시켰고, 이렇게 연합이 된 기독교세력은 다시 세브란스 교회의 장로 함태영과 세브란스 병원 사무원 이갑성, 평양 그리스도교 서원(書院) 총무 안세환과 장로파 목사 현순 등을 합류시켰다.

이렇게 해서 제일 먼저 기독교와 천도교의 단합이 이루어졌다. 그리고 여기에 불교대표 한용운과 상해운사(上海雲寺) 승려 백용성이 합류함으로써 이 나라의 3대 종교단체가 오직 독립운동이라는 하나의 기치(旗幟) 아래 완전히 뭉쳐진 것이다.

이제 3월 1일로 거사날짜까지 확정지은 이들은 손병희의 부인 주옥경이 시중드는 저녁상을 받아 놓고 실로 흔쾌하지 않을 수 없었다. 특히 이 일의 젊은 주체였던 김성수와 송진우의 감격은 더욱 컸다.

"의암 선생님을 모시고 이렇게 한자리에 앉게 되니 정말 감개무량합니다."

"하하하…! 주인으로서 내 감개가 더 크오. 자, 이 목사님께서도 어서 드십시오."

"고맙소이다. 교주(教主)께서도 어서 드십시오."

다정하게 음식을 권하는 의암 손병희와 남강 이승훈, 그들은 상극이었던 두 종교의 거두였지만 3·1운동의 거사에는 모든 것을 초월하여 뭉쳐진 것이다.

원래 천도교는 1세 교주 최제우가 서학(西學), 즉 천주교를 배척하고 자기의 주체성을 기리기 위하여 일으킨 동학(東學)이었다. 동학, 즉 천도교는 서양이건 일본이건 모든 외세를 물리치자고 표방하면서 토착화된 종교였던 만큼, 한때 서양세력의 선도자 역할을 하면서 밀려들어왔던 기독교와는 처음부터 생리적으로 맞을 리가 없었다.

그런가하면 기독교 측에서는 천도교 신자들을 부적이나 차고 다니며 미신을 신봉한다며 그들을 심지어는 까마귀라고까지 빗대어 부르며 비천한 취급을 했다.

이렇게 상극이었던 두 종교의 지도자와 함께 불교의 지도자들이 함께 만찬을 나누는 모습을 바라보던 김성수와 송진우는 뜨거운 감격으로 잠시 수저를 들지 못하고 있었다.

"오늘 기미년 2월 23일이야말로 역사에 길이 남을만한 날입니다. 지금 이 자리에는 각기 다른 종교와 종파의 지도자들이 마주앉아 계십니다. 그러나 종교가 다르고 단체가 다르고 무리가 다르다고 해서 털끝만치도 배척하거나 적대하는 기색이 조금도 없으십니다. 이것이야말로 위대한 힘이요, 단합입니다. 일찍이 우리나라 역사에는 다른 종교와 다른 당파가 서로 힘을 합쳐 일해 본 적이 없습니다. 지난 500년 역사를 뒤돌아보면 우리 조상들은 미증유의 국난을 당했을 때도 서로 헐뜯고 싸웠습니다. 그러나 지금, 바로 오늘 이 자리에는 우리 반만년 역사상 처음으로 각기 다른 조직과 각기 다른 종교단체들이 이처럼 하나가 되었습니다. 이것이야말로 기적이 아니고 무엇이겠습니까?"

송진우의 말은 모든 사람의 심금을 울려 주었다.

"설사 우리들의 이 거사가 실패로 돌아간다 해도 이처럼 합심할 수 있었다는 것을 역사는 길이 기억할 것입니다."

"이 사람, 다 좋은데 그런 상서롭지 못한 실패라는 말은 왜 하나?"

"그렇소. 그 실패라는 말은 쏙 뺍시다!"

"그렇소. 실패란 있을 수 없소. 우리는 꼭 성공할 거요."

"죄송합니다. 제가 어린 생각에 부질없는 말씀을 올린 것 같습니다."

"자, 어서들 많이 드시고 기운을 내서 3·1운동의 성공을 위해 돌진합시다."

거사날짜가 정해졌으니 이제 다음으로 중요한 것은 독립선언서였다.

그러나 독립선언서를 작성하기로 한 최남선은 이 자리에 참석하지 못하고 있었다. 이날이 약속된 일주일이었으나 아직 완성이 되지 않았던 것이다.

손병희가 최린에게 물었다.

"최남선은 어찌 되었소? 그 사람 아직도 일이 끝나지 않았나?"

"예, 오늘까지는 마치기로 했는데, 거 송 교장에게 혹시 연락이 없었소?"

"되는대로 일단 마무리를 지어 이곳에 오기로 했습니다."

그런데 여기서 엉뚱한 문제가 생겼다. 만해 한용운이 자기도 독립선언서를 기초해 왔다고 했기 때문이다.

마음 속에 항상 독립을 생각하고 있던 한용운은 만세운동을 벌이기로 하자 누구와 상의할 것도 없이 자신의 생각을 다듬어 독립선언서를 만들어 왔던 것이다.

그와 절친한 최린 조차도 몰랐던 일이었다. 한용운은 품 속에서 정성스럽게 기초해 온 독립선언서 초안을 꺼내 놓았다. 좌중은 일이 이렇게 되자 서로의 안색만 살피고 있었다.

그때 이승훈이 만해가 써 온 독립선언서를 받아들었다.

"허허허, 그렇지. 만해 스님이 응당 그럴만하지. 하여간 한용운 이름 석 자나 최남선 이름 석 자나 계림팔도(鷄林八道)에서 명문을 꼽자면 용호상박(龍虎相搏)이니까."

이승훈이 마악 만해가 써 온 독립선언서를 읽으려고 할 때, 손병희의 부인 주옥경이 손님을 안내하여 들어왔다. 바로 육당 최남선이었다.

뒤늦게 도착한 최남선이 꺼내 놓은 독립선언서로 그날의 회합은 다시 흥분하기 시작했다.

손병희는 최남선이 기초해 온 독립선언서를 단숨에 읽어 내려가더니 무릎을 탁 치며 감격했다.

"훌륭하오! 과연 최남선다운 명문이오. 그런데 이걸 어찌 하면 좋겠소?"

"예? 무슨 말씀이십니까, 선생님?"

"만해 스님도 독립선언서를 기초해 오셨소. 그런데 그 선언문 또한 이와 우열을 가릴 수 없을 만큼 훌륭하니, 이거 난처하게 되었소이다."

손병희는 최남선이 당황해 하자 이승훈에게 무슨 좋은 수가 없겠느냐고 물었다. 그러나 이승훈 역시 난색을 표할뿐이었다.

"허, 이런 뜻하지 않은 일이 생기다니…."

"음….."

벽시계가 밤 9시를 알렸다. 손병희는 두 사람이 기초한 선언서를 돌려가며 읽어보게 하였다. 그런 다음 최린을 보고 말했다.

"내가 이래라저래라 할 것은 못되고, 최 도사(道師)가 말을 좀 해보시오."

도사란 천도교의 교직으로, 기독교의 목사에 해당하는 명칭이었다. 그러나 최린인들 뾰족한 방법이 있을 리 없었다. 어색한 침묵이 계속되자 이승훈이 말했다.

"모두들 두 사람의 글을 다 보셨으니 뭐라고들 말씀해 보십시오. 고하는 어떻게 생각하시오?"

"글쎄요. 육당과 만해 스님 두 분이 다 조선의 명문들이니 무엇으로 비교를 하겠습니까?"

"그럼, 최 도사는?"

"저는 말씀드리기 더욱 난처한 입장입니다. 육당의 선언서는 제가 기초해 오도록 한 것입니다."

그러자 손병희가 최린에게 선언서를 만들도록 하라고 지시한 장본인은 자기였노라고 말했다.

"아니, 의암 선생! 그렇다면 만해 선사는 스스로 결정해서 작성해 온 것이군요. 그렇지요?"

"말하자면 그런 셈이지요."

"그러나 남강 목사님!"

"예, 최 교장!"

"육당이나 만해나 모두 나라를 위한 충성심에서 출발한 것이니, 이 자리에서 그런 것을 따질 수는 없습니다."

"아니, 그렇다고 조선의 두 명문을 놓고 우열을 가리자고 할 수도 없는 일 아니겠소?"

"그러니 말씀입니다."

"뭐, 더 이상 생각할 필요도 없소이다. 이렇게 합시다."

이승훈이 역시 평안도 사람답게 뚝 잘라 말했다.

"만해 선사가 양보를 하시오. 어떻게 하겠소?"

순간 긴장감이 돌았다. 그러나 잠시 후 한용운의 입에서 쾌히

"좋습니다!"

하고 힘찬 대답이 나왔다.

이로써 독립선언서를 누구의 것으로 채택하느냐의 문제는 해결이 된 셈이다.

광
고
지
뒤
의

독
립
선
언
서

한용운이 | 최남선이 써온 독립선언서 초안을 가리키며 말했다.

"육당, 2천만 동포를 대변할 독립선언서인데 정결한 백지에 공을 들여 쓰셔야지, 이게 뭐요? 왜놈들의 활동사진(영화) 광고지 뒷면에 낙서하듯 적어 놓았으니 말이오."

"아, 거기에는 그럴만한 까닭이 있습니다."

최린이 최남선 대신 이 중요한 독립선언서를 왜 하필 일본 영화 광고지 뒷면에 써왔는지를 설명했다.

그것은 두말할 것도 없이 경찰의 눈을 피하자는 생각에서였다. 이 장문의 초안을 가지고 오다가 만에 하나 왜놈들의 검문을 당할 경우를 생각해서 일본인이 경영하는 우미관 극장의 광고지를 구해다가 쓴 것이었다.

이것은 최린의 제안이었으며, 최남선은 이 우미관의 영화 광고지를 구하느라 꼬박 하루를 허비해야만 했다. 그것도 한두 장이 아니라 여러 장을 구해야 했으므로 쉽지가 않았다.

최남선은 스승 임규(林圭)의 의붓아들인 일본인 중학생을 시켜서 그 것을 구했다. 그리고 독립선언문을 기초하는 것도 만일을 생각해서 그 일본인 중학생의 방을 빌려 사흘 동안을 틀어박혀 썼던 것이다.

그러니까 비록 소년이라고는 해도 일본인의 손을 빌어 입수한 종이 에 일본인의 방에 들어가 이 거창한 독립선언서를 탄생시킨 것이었으 니, 독립선언서의 탄생은 그야말로 우여곡절의 연속이었다.

다시 한번 최남선의 독립선언서를 들여다보던 손병희가 말했다.

"두 조선 문장이 써 온 독립선언서를 만해 선사가 이렇듯 큰 아량으 로 양보를 하셨으니 정말 다행이오. 그러나 내가 보기에는 육당의 선언 서에도 한 가지 미흡한 점이 있는 것 같소."

"예?"

"선언서 자체는 훌륭하오. 그러나 그 끝부분에 첨가해야 할 것이 있 지 않겠소? 우리 민족의 결의를 표명하는 비장한 공약을 말이오."

"네, 그렇지요. 그게 있어야겠군요."

일본을 상대로 우리가 어떻게 행동할 것이라는 적극적인 의사표시 를 공약으로 내걸어야 한다는 말이었다. 손병희는 그것을 한용운에게 작성하라고 하였다.

"만해 선사가 작성하도록 하시오. 조선의 두 명문이 합작을 하여 탄 생시킨 독립선언서야말로 2천만 조선 민족을 대변하는 참뜻이 사는 길이오."

여러 사람이 진심으로 권
하자 한용운은 최남선에게
물었다.

"육당, 괜찮겠소?"

"도와 주십시오!"

"그렇다면…."

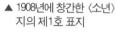

▲ 1908년에 창간한 〈소년〉
지의 제1호 표지

▲ 최남선 (1890~1957)
호 육당. 3·1독립선언문
기초

한용운은 즉시 육당이 기초한 선언서 끝부분에 공약3장을 추가했다.

이렇게 하여 전국 방방곡곡에서 낭독되어 2천만 조선 민족의 뜨거운
피를 뿌리게 하였던 독립선언서는 완성되었다.

다음은 「독립선언서」의 전문이다.

『오등(五等)은 자에 아(我) 조선의 독립국임과 조선인의 자주민(自
主民)임을 선언하노라. 차(此:이것)로써 세계만방에 고(告)하여 인류
평등의 대의를 극명(克明)하며, 차로써 자손만대에 고(誥)하여 민족
자존의 정권(政權)을 영유(永有)케 하노라.

반만년 역사의 권위를 장(仗:의지)하여 차를 선언함이며, 2천만 민
중의 성충(誠忠)을 합하여 차를 포명(佈明)함이며, 민족의 항구여일
한 자유발전을 위하여 차를 주장함이며, 인류적 양심의 발로에 기인
한 세계개조의 대기운에 순응 병진하기 위하여 차를 제기함이니, 시
(是:이는) 천(天)의 명명(明命)이며, 시대의 대세이며, 전 인류 공종 동
생권(同生權)의 정당한 발동이라. 천하 하물(何物)이든지 차를 저지

억제치 못할지니라.

구시대의 유물인 침략주의, 강권주의의 희생을 작(作)하여 유사이래 누천년(累千年)에 처음으로 이민족(異民族) 겸제(箝制:쇠사슬의 제압)의 통고(痛苦)를 상(嘗:맛봄)한 지 금(今)에 10년을 과한지라, 아(我) 생존권의 박탈됨이 무릇 기하(幾何:얼마)며, 심령상 발전의 장애됨이 무릇 기하며, 민족적 존영(尊榮)의 훼손됨이 무릇 기하며, 신예와 독창으로써 세계문화의 대조류에 기여 보비(補裨)할 기연(機緣)을 유실(遺失)함이 무릇 기하뇨.

희(噫:한숨 탄식)라! 구래의 억울을 선양하려 하면, 시하(時下)의 고통을 파탈(擺脫)하려 하면, 장래의 협의를 삼제(芟除)하려 하면, 민족적 양심과 국가적 염의(廉義)의 압축 소잔(銷殘)을 흥분 신장하려 하면, 각개 인격의 정당한 발달을 수(遂)하려 하면, 가련한 자제에게 수치적 재산을 유여치 아니하려 하면, 자자손손의 영구 완전한 경복(慶福)을 도영(導迎)하려 하면, 최대 급무가 민족적 독립을 확실하게 함이니 2천만 각개가 인(人)마다 방촌(方寸)의 인(刃:칼)을 회(懷:품음)하고 인류통성과 시대양심이 정의의 군과 인도의 간과(干戈:무기)로써 호원(護援)하는 금일, 오인은 진(進)하여 취(取)함에 하강(何强:어떤 강한 것)을 좌(挫:꺾음)치 못하랴. 퇴(退)하여 작(作)함에 하지(何志:무슨 뜻)를 전(展:폄)치 못하랴.

병자 수호조규(丙子修護條規)이래 시시종종(時時種種)의 금석(金石)맹약을 식(食)하였다 하여 일본의 무신(無信)을 죄하려 아니하노라. 학자는 강단에서, 정치가는 실제에서 아(我) 조종세업(祖宗世業)을 식민지시하고, 아 문화민족을 토매인우(土昧人遇:토매인 대우)하여 한 갓 정복자의 쾌(快)를 탐할 뿐이요, 아의 구원한 사회기초와 탁락한 민족심리를 무시한다 하여 일본의 소의(少義)함을 책하려 아니하노 라. 자기를 책려(策勵)하기에 급한 오인은 타의 원우(怨尤)를 가(暇:여 가로이 탄)치 못하노라. 현재를 주무(綢繆)하기에 급한 오인은 숙석 (宿昔)의 징변(懲辨)을 가(暇)치 못하노라.

금일 오인의 소임을 다만 자기의 건설이 유할 뿐이요, 결코 타의 파 괴에 재(在)치 아니하노라. 엄숙한 양심의 명령으로써 자가(自家)의 신운명을 개척함이요, 결코 구원(舊怨)과 일시적 감정으로써 타를 질 축(嫉逐) 배척함이 아니로다. 구사상, 구세력에 기미된 일본 위정가 의 공명적 희생이 된 부자연 우(又) 불합리한 착오상태를 개선 광정 (匡正)하여 자연 우(又) 합리한 정경대원(正經大原)으로 귀환케 함이 로다. 당초에 민족적 요구로서 출(出)치 아니한 양국 병합의 결과가 필경 고식적 위압과 차별적 불평과 통계숫자상 허식의 하(下)에서 이 해상반한 양 민족간에 영원히 화동(和同)할 수 없는 원구(怨溝:원한의 구렁)를 거익심조(去益深造:갈수록 깊이 팜)하는 금래 실적을 관(觀) 하라.

용명(勇名) 과감으로써 구오(舊誤)를 곽정(廓正)하고, 진정한 이해 와 동정에 기본한 우호적 신국면을 타개함이 피차간 원화소복(遠禍 召福:화를 멀리하고 복을 부름)하는 첩경임을 명지할 것이 아닌가. 또 2천만 함분축원(含憤蓄怨)의 민(民)을 위력으로써 구속함은 다만 동 양의 영구한 평화를 보장하는 소이가 아닐 뿐 아니라, 차로 인하여 동양 안위의 구축인 4억 지나인(支那人)의 일본에 대한 위구와 시의 (猜疑)를 갈수록 농후케 하여, 그 결과로 동양 전국(全局)이 공도동망 (共倒同亡)의 비운을 초치할 것이 명(明)하니, 금일 오인의 조선독립 은 조선인으로 하여금 정당한 생영(生榮)을 수(遂)케 하는 동시에 일 본으로 하여금 사로(邪路)로서 출하여, 동양 지지자(支持者)인 중책을 전(全)케 하는 것이며, 지나(支那)로 하여금 몽매에도 면하지 못하는 불안 공포로서 탈출케 하는 것이며, 또 동양평화로 중요한 일부는 삼 는 세계평화, 인류행복에 필요한 계단이 되게 하는 것이라. 이 어찌 구구한 감정상의 문제리오.

아아, 신천지가 안전(案前)에 전개되도다! 위력의 시대가 거(去)하 고, 도의의 시대가 내(來)하도다! 과거 전세기에 연마 장양(長養)된 인 도적 정신이 바야흐로 신문명의 서광을 인류역사에 투사하기 시(始) 하도다! 동빙한설(凍氷寒雪)에 호흡을 폐칩(閉蟄)한 것이 피(彼:저) 일 시의 세(勢)라 하면, 화풍난양(和風暖陽)에 기맥을 진서(振舒)함은 차 일시의 세니, 천지의 복운(復運)에 제하고 세계의 변조(變潮)를 승(乘) 한 오인은 아무 주저할 것 없으며, 아무 기탄할 것 없도다.

아의 고유한 자유권을 호전(護全)하여 생왕(生旺)의 낙을 포향(飽 享)할 것이며, 아의 자족한 독창력을 발휘하여 춘만(春滿)한 대계(大 界)에 민족적 정화를 결유(結紐)할지로다. 오등이 자에 분기되도다. 양심이 아와 동존하며, 진리가 아와 병진하는도다! 남녀노소 없이 음 울한 고소(古巢)로서 활발히 기래(起來)하여, 만휘군중(萬彙群衆)으로 더불어 흔쾌한 부활을 성수(成遂)하게 되도다. 천백세(世) 조령(祖靈)

이 오등을 음우(陰佑)하며, 전 세계 기운이 오등을 외호(外護)하나니, 착수가 곧 성공이라. 다만 전두(前頭)의 광명으로 맥진(驀進)할 따름인저.

〈공약3장〉

　1. 금일 오인의 차거(此擧)는 정의, 인도, 생존, 존영(尊榮)을 위하는 민족적 요구이니, 오직 자유적 정신을 발휘할 것이요, 결코 배타적 감정으로 일주(逸走)하지 말라.

　1. 최후의 일인까지, 최후의 일각까지 민족의 정당한 의사를 쾌히 발표하라.

　1. 일체의 행동은 가장 질서를 존중하여 오인의 주장과 태도로 하여금 어디까지든지 광명정대(光明正大)하게 하라.

조선 건국 4252년 3월 1일

조선 민족 대표』

이와 같이 독립선언서가 완성되었으니 이제 거기에 민족대표가 연서만 하면 되는 것이다.

그러는 동안 벽시계가 10시를 알렸다.

"자, 이제 또 하나의 과제는 해결이 되었소."

"이만하면 참으로 훌륭한 선언문이오!"

"그러면 이것을 수만 장씩 인쇄하는 것이 문제요. 그것을 비밀리에 각처로 배포하는 것도 문제고…."

"그런데 그보다 앞서서 해야 할 큰일이 있소이다. 인쇄 작업에 앞서서 민족대표로 이름을 연서할 사람들을 확정해야 합니다."

"암, 그렇지요. 대표들의 이름이 함께 인쇄되어야지요."

거사일은 앞으로 6일밖에 남아 있지 않았다. 그동안 민족대표를 확정해서 서명케 하고, 수만 장을 인쇄하여 비밀리에 전국 각처에 배포해야만 했다.

그러나 아직 누가 민족대표로 독립선언서에 서명할 것이며, 또 몇 사람이나 망라할 것인가에 대해서는 구체적인 확정이 없었다.

손병희가 말했다.

"시초의 방침은 구한국의 명신들도 서명을 하도록 하려고 했으나 한규설, 박영효, 윤용구 씨 등의 인사가 얼른 나서지 않고 있는 실정입니다. 그러니 누구누구로 할 것이며 몇 사람으로 하면 좋겠소?"

"그런데 선생님, 그 문제로 인해 날짜를 또 허비할 수는 없지 않습니까?"

"그렇다고 아무나 민족대표라고 서명을 받을 수는 없지 않겠나? 진정 2천만 민족을 대표할 수 있는 사람이라야 하네."

"이렇게 하시지요."

최린이 말했다.

"어떻게?"

"우리 천도교에서는 이미 열여섯 명의 지도급 인사들이 내정되어 있습니다."

"열여섯이나…?"

이승훈이 좀 많다는 표정을 지었다. 그러나 최린은 천도교 측에서 16

명을 낼 테니, 기독교 측에서도 그만한 수효를 내
고 불교계와 기타 지도급 인사들을 합하여 48인 정
도로 하자는 안을 내놓았다.

그러나 여기에서 김성수가 자기네 젊은 사람들
은 빠지겠노라고 했다.

"아니, 그대들이 빠지겠다니 무슨 소리요? 처음
부터 발 벗고 뛰던 사람들은 서명에서 다 빠지고,
지금 이 자리에 있지도 않고, 이 일을 알지도 못하

▲ 이승훈 (1864~1930)
호 남강. 신민회 발기에
참여. 물산장려운동, 민
립대학설립 추진

고 있는 사람들이 이토록 영광된 자리를 차지한단 말이오?"

이승훈은 당치않은 소리라며 정색을 했다.

"그러나 선생님, 뒷일을 맡아서 할 후진이 있어야 하지 않겠습니
까?"

"후진?"

"그렇습니다. 저희 젊은이들뿐 아니라 어른들 가운데서도 활동적인
인사 몇 분은 서명을 하지 않는 게 좋겠습니다. 모두가 감옥으로 들어
가면 뒷일은 누가 맡습니까? 뒤에 남아서 계속 운동을 추진하고, 또 남
은 가족의 생계도 돌보아 줄 사람이 있어야 합니다."

"과연 인촌의 말이 옳군!"

이로써 김성수, 송진우, 현상윤, 최남선 등의 젊은이들은 민족대표의
자리에 오르는 것을 사양했다.

그 날의 회합에서는 독립선언서에 서명할 인원수만 확정되었다. 젊
은이들과 거사 후에 활동할 사람들은 제외시켰으므로 전체 서명자는

48인에서 33인으로 줄이기로 했다.

민족대표를 33인으로 한 것은 3자가 우리나라에서 고래로부터 내려오는 상서로운 행운의 숫자였기 때문이었다. 서명식은 사흘 뒤인 2월 26일로 결정되었다.

회의는 밤 11시가 넘어서야 끝이 났다. 2월 26일 오후에, 그들은 민족대표로 서명할 사람들과 함께 손병희의 집에 다시 모이기로 결정하고 조심스럽게 헤어졌다.

손
병
희
의
주
장

그러나 3·1운동의 숨가쁜 태동은 그 밤이 다하도록 멈
출 줄 몰랐다.

다들 돌아가고 난 다음 의암 손병희는 최린과 머리를 맞대고 독립선
언서에 서명할 대표들에 대해 논의를 했다.

"이봐, 고우!"

"예."

"대표로 누구를 넣지?"

"…글쎄요."

"임규와 김세환을 넣으면 어떻겠나?"

"그 두 사람은 일본 정부에 우리의 결의문을 전달하러 미리 떠나야
할 사람들이라서 안 됩니다."

"음…, 그렇군. 김지환은 만주로 가서 우리 망명 지사들에게 국내의

소식을 전하기로 했으니 안 되고⋯."

"그리고 신익희, 윤익선, 최창식도 빼야겠습니다."

"그 세 사람도?"

"예, 파리강화회담에도 속히 우리들의 궐기를 전달해야겠기에 신익희도 상해 방면으로 보내기로 했습니다."

"신익희가 거사 날에 빠지려고 할까?"

"그것은 신익희 자신의 쾌히 응낙을 했습니다. 그 대신 이종일을 넣어야겠습니다."

"이종일을⋯?"

옥파 이종일은 같은 천도교 도사(道師)로 천도교의 월보과장(月報課長) 겸 천도교에서 직영하고 있는 인쇄소인 보성인쇄주식회사의 사장으로 있는 사람이었다. 그는 당년 62세로 일찍이 한문을 수학하였고, 1882년에는 사신으로 일본에 다녀와 정3품의 위계(位階)까지 받은 바 있었으며, 1898년에는 제국신문의 사장이 되었다.

천도교에 입교한 것은 1906년이었다. 그는 또한 한글을 연구 개발하는 일에도 공헌하고 있는 선각자였다.

"선생님, 독립선언서 인쇄는 기밀을 지킬 수 있는 보성사에서 해야 합니다. 그런 만큼 옥파의 역할이 클 것인즉, 그를 넣어야 큰 보람을 가지고 일할 것입니다."

"좋은 생각이야, 넣지."

"아니, 그리고 보니 열 사람도 채 안되는군. 그런데다가 너무 알려지지 않은 사람들이야."

"그게 무슨 상관입니까? 선생님."

"아니야. 왜놈들이 볼 때 과연 조선을 대표할만
한 인물이라는 것을 느끼게끔 해야지. 이래가지고
는 안 되겠네."

"그럼 어떡합니까, 선생님?"

"야단났군!"

손병희는 깊은 한숨을 내쉬다가 문득 생각이 났다

▲ 이종일 (1858~1925)
호 옥파. 보성인쇄소 사
장. 조선국문연구회 회장.

는듯 단호하게 말했다.

"그 사람을 넣어야겠네."

"누구 말씀입니까?"

"이완용을 넣어야겠어."

"아니, 선생님!"

최린은 어이가 없다는 듯 손병희를 바라보았다.

"잠자코 거기 이완용을 써넣게. 이완용이 거기 끼어들면 이 일은 대
성공일세."

"그게 무슨 말씀이십니까, 선생님?"

"생각해 보게. 그 사람은 나라를 일본에 팔아먹은 장본인이네. 그런
그가 독립을 선언하고 감옥으로 들어간다고 가정해 보게. 왜놈들이 얼
마나 어이가 없고 할 말이 없겠나? 그리고 우리 백성들도 이완용같은
매국노조차 독립을 선언하고 감옥으로 들어가는 걸 보면 이제 독립을
할 때가 오기는 왔구나 하고 생각할 것 아닌가. 그리고 세계 여론도 일
제의 통치가 얼마나 악랄하기에 나라를 팔아먹은 친일 매국노 장본인

이 팔아먹은 나라를 되찾겠다고 독립운동을 하였겠느냐고 생각할 것 아닌가. 그래도 모르겠나?"

"하지만 이완용이 서명을 할까요?"

"그것은 내게 생각이 있으니 어서 거기 적어 넣기나 하게."

의암 손병희의 도량은 과연 크고 웅장한 데가 있었다. 일찍이 동학혁명 때부터 일세의 풍운을 구사한 바 있는 손병희는 사람을 사귀고 일을 추진하는데 있어 능소능대하였으며, 사람을 가리지 않는 포용력이 있었다. 그것이 바로 그의 위대한 점이었고, 3·1운동이라는 전대미문의 거창한 의거를 이 나라와 세계의 역사에 기록케 한 추진력이었다.

어느덧 새벽이 가까워지고 있었다.

"곧 날이 새겠습니다. 조금이라도 주무셔야지요."

"음, 최 교장 먼저 눈을 좀 붙이게."

"예?"

"그 명단을 이리 좀 주게."

천도교 측의 인사를 일단락지은 명단을 보고, 손병희는 고개를 절레절레 흔들었다.

▲ 송병준 (1858~1925)
조선후기 친일 정치가.
민족반역자.

"이대로는 도저히 안 되겠네."

"그러면 어떡합니까?"

"이거 야단났군! 그래서 내가 한규설, 박영호, 윤치호, 윤용구 같은 소위 귀족명사나 구한국 대관들을 넣자고 했던건데, 그 사람들이 모두 몸을 사린다니 허, 그것 참…."

손병희는 구한국의 명신대표가 반드시 필요하다고 생각했다.

"결국, 송병준도 포섭해야겠어."

"예? 아니, 이번에는 송병준까지…? 차라리 이완용은 그 놈에 비하면 신사입니다. 그런 불한당을 포섭하시겠다니 절대 안됩니다."

"나도 많이 생각해 보았네."

"그런 매국노를 어떻게 민족대표로 내세웁니까? 이완용과 송병준이 응하지도 않겠지만, 만약 독립선언서에 그자들의 이름 석 자가 들어 있다면 백성들이 대체 뭐라고 하겠습니까?"

지난 날 고종 황제의 면전에서 고함을 치며 양위를 강요한 만고역적 송병준의 악명은 이완용보다 한층 더했다.

한 인간으로서 송병준처럼 못 되게 일생을 장식하기도 쉽지 않은 일이었다. 그러므로 송병준하면 이완용과는 또 다른 한 인간형을 대표하는 매국노의 상징이었다.

"이완용이나 송병준을 넣었다고 해서, 이 나라 백성들이 나 손병희나 자네 최린을 매국노라고 하지는 않을걸세."

"송병준까지 거론하시면 저는 못하겠습니다."

"응?"

"선생님께서 굳이 그자들을 넣으시겠다면 저는 여기서 손을 떼겠습니다."

"뭐, 뭐라고? 아니, 이 사람아! 내가 누굴 믿고 이렇듯 큰일을 하는데 그런 소리를 하나?"

"그러면 송병준에 대한 얘기는 절대 입에 올리지 마십시오."

"아니야. 그자들을 넣어야 해."

손병희가 고집을 꺾지 않자 최린은 다음 날 낮에 송진우에게 도움을 청했다. 그러자 송진우, 현상윤, 김성수, 오세창, 권동진 등이 서둘러 손병희 집으로 달려왔다.

우선 송진우가 격한 소리로 반대를 했다.

"지금 우리는 나라를 불법으로 합병한 일본을 향해 독립을 선언하려는 것입니다. 그런데 합방운동을 벌이고 그 조약에 도장을 찍은 장본인들을 참가시킨다는 것은 있을 수 없는 일입니다."

김성수도 열변을 토했다.

"선생님, 그러면 백성들이 호응하지 않습니다. 용납하지 않습니다. 만일 그자를 참가시키면 백성들은 등을 돌릴 겁니다. 조선 천지에 어느 누가 그런 매국노와 함께 독립을 부르짖겠습니까? 아무리 우리가 독립을 선언하고 만세를 외친들 백성들의 호응이 없으면 아무 의미가 없는 것입니다."

"나도 그 점에 대해서는 나름대로 깊이 생각해보고 내린 결정일세."

"선생님, 다시 한번 재고해 주십시오. 우리 민족의 신성한 의거에 왜 군이 그런 자들의 이름을 넣으려고 하십니까? 또 만약 그 자들에게 우리의 대사를 알렸다가 왜놈에게 고스란히 일러바치면 어찌 되겠습니까? 우리는 거사도 하기 전에 일망타진될 것이고, 이완용과 송병준은 훈장을 하나 더 달게 될 것입니다."

"자네의 말이 무슨 뜻인지도 잘 알겠고, 나도 수없이 생각해 본 바네. 그렇다면 송병준은 아예 생각지 말기로 하고, 이완용한테만 한 번 얘기해 보기로 하지. 내가 보기에 이완용도 한때는 우리 민족의 개화를 위해 깊은 뜻을 품었던 자네. 애당초 그 자에게도 무슨 생각인가는 나름 대로 서 있었고, 선각(先覺)이 있었던 것만은 부인할 수가 없네. 우리가 가슴을 열고 같은 피를 나눈 동포라는 입장에서 호소하면, 이완용은 결코 왜놈에게 고발하지는 않을 것이네."

"하지만 보장할 길이 없지 않습니까? 한 번 쏟아진 물은 다시 담지 못합니다. 대체 이완용이 뭐라고 그런 큰 도박을 합니까?"

"비록 매국노는 되었지만 이완용이란 인간이 원래 그런 사람은 아니네. 그것만은 내가 보장할 수 있네."

"선생님, 이렇게 모든 사람이 만류하는데도 꼭 하셔야 겠습니까?"

"거듭 말하지만 우리의 의사를 왜놈들에게 더욱 강하게 표시하자면 역시 그런 사람이 하나쯤 있어야 하네. 그가 아무리 군왕을 능상(凌上)하고 나라를 팔아먹은 도적이라 해도, 그 역시 지금은 우리와 마찬가지로 나라를 잃은 조선 백성에 불과하네."

"그야 그렇습니다만…."

"일본 놈도 이완용이 아무리 신통하고 기특하다고 해도 그를 일본 백성으로 생각하고 있지는 않을 것이네. 그리고 천지개벽이 되도 이완용을 조선 총독으로 삼을 리도 없을 거네."

"그것은 억설입니다. 선생님!"

"억설이라도 좋고 궤변이라고 해도 좋네. 하지만 일본 놈들이 그토록 저희들 편이라고 믿었던 이완용조차 조선의 독립을 부르짖는다면…, 그것을 생각해 보게! 얼마나 통쾌하겠나!"

송진우는 손병희의 뜻을 더이상 막을 수가 없었다.

이완용과의 만남

손병희는 그 자리에 같이 있는 사람들한테 이완용에게 연락을 하도록 부탁했다. 그러나 손병희의 뜻은 막지 못할망정 이완용에게 연락하는 일은 못하겠다고 했다.

그러자 손병희는 부인 주옥경을 불렀다.

"임자, 이회구라는 젊은이를 알고 있지?"

"이회구요?"

"우리 교당에 나오는 독실한 신도라고 언젠가 임자가 내게 소개한 사람 있지 않소?"

"아, 그 이회구 씨요? 이완용 후작의 당질인…."

"그렇소. 그 사람을 좀 찾아보도록 하시오."

"아니, 그 사람은 무슨 일로…."

"아무 말도 하지 말고 그냥 오늘 해질 무렵까지 우리 집으로 오도록 연락을 취하시오."

이날 해질 무렵, 이완용의 당질이며 천도교도인 이회구는 주옥경의 급한 연락을 받고 손병희의 집을 찾아왔다.

"선생님! 무슨 일이십니까?"

"어허, 조용히 하게, 이 사람아!"

손병희로부터 너무도 뜻밖의 말을 들은 이회구는 까무러칠 듯이 놀랐다.

"그런 중대한 임무를 제게 내리시다니…."

"이 일을 할 사람은 자네 밖에 없네. 그러니 당숙을 만나 뵙고 그런 얘기를 전하게."

"하지만 선생님…!"

"아니야. 그 사람이 세계 대세에는 우리보다 더 밝은 사람일세. 아마 무턱대고 거절은 안할 것일세."

"하지만 안됩니다."

"왜 안된다는 건가?"

"비록 제 당숙이지만, 이완용 후작이라면 전조선 백성들의 원수가 아닙니까?"

"그러니까 천추의 과오를 씻을 수 있는 기회가 곧 이 선언서에 서명을 하는 것이라 전하게."

"그렇지만 제 생각에는 절대로 응하지 않을 것입니다. 지나친 모험입니다."

"모험인 줄 알고 있네."

"공연히 천금같은 기밀만 누설됩니다."

"그러니 자네가 일단 만나고 나서 내가 또 만나겠다는 것 아닌가?"

"정 그렇게 결심을 내리셨다면 내일 제가…."

"아니야, 지금 당장 가야 하네!"

"예?"

"오늘 밤 안으로 결정을 지어야 하니 지금 곧 옥인동으로 가게."

"그럼, 선생님께서 만나시는 것은 언제로…?"

"모든 것을 오늘 밤 안으로 매듭지어야 하네."

"아니, 그럼 선생님께서도 오늘 밤 안으로 만나시겠다는 말씀입니까?"

"자네가 가서 그렇게 되도록 만들어야지."

"일본 경찰들이 득실대는 친일파의 본거지에 이런 용건을 가지고 가시겠다는 말씀입니까?"

"그러니 내가 자네에게 이 일을 맡기는 것일세. 설마하니 자네가 보는 앞에서 나를 잡아넣지는 않겠지."

"만약 그렇게 된다면 어떻게 하시겠습니까?"

"이완용은 천추에 씻지 못할 죄를 또 하나 남기는 거겠지."

"그렇지만…."

"이군!"

"예, 선생님!"

"나 손병희 하나쯤 없어진다고 해도, 조선의 독립은 이루어지고 마네. 끝내 조선은 독립한다네."

"그렇게까지 각오가 서 계시다면 좋습니다."

"미리 가서 잘 얘기해 두게. 다른 사람들의 이목을 피해야 하네. 이 군의 당숙이나 나나 피차 같은 처지이니, 자정이 가까울 무렵에 갈 터인즉, 호위순사에게 미리 알아서 지시를 내리라고 하게."

"알겠습니다."

잠시 동안의 면담으로 손병희는 또 한 사람의 젊은 애국지사를 탄생시켰다. 이회구는 비장한 각오로, 오히려 손병희보다 더 열띤 가슴을 안고 옥인동에 있는 이완용의 집으로 향했다.

이회구가 떠나고 한참 후, 손병희의 인력거도 옥인동 이완용의 집으로 향했다.

한창 공사가 진행 중인 조선총독부 신축 공사장인 경복궁 앞을 지나 옥인동 길로 접어들었을 때는 이미 자정이 가까운 시간이었다.

손병희는 태연했다. 인력거꾼 최 서방이 오히려 서두르는 것을 보고 손병희는 안심을 시켰다.

"여보게, 그리 급히 가지 않아도 되네."

"예…. 그런데 교주님!"

"왜?"

"국상 중이라서 그런지 왜경들의 순찰이 꽤 많은 것 같구면입쇼."

"아무려면 어떤가. 어서 가기나 하세."

"교주님, 혹시 순사들이 물으면 뭐라고 대답합니까?"

"이완용 후작의 친척이라고 하게."

▲ 1916년 6월에 기공하여 1926년에 완공된 총독부 청사 공사 현장.
1910년에 총독부는 경복궁 안의 건물 4,000여 칸을 헐어 불하했고, 1926년에는 근정전 앞
마당에 총독부 청사를 지어 식민통치를 상징화했다.

"예?"

"이 후작의 친척인데 덕수궁 이태왕 전하의 국상 문제로 상의할 일이 있어서 급히 가는 길이라고 하게."

"그러다가 그 자들이 자꾸 캐물으면…?"

"그러거든 후작 댁까지 동행하자고 하면 되지."

이렇듯 손병희의 옥인동 행은 위험천만한 일이었다.

초저녁에 찾아간 이회구의 말을 듣고 이완용이 이미 경무국에 고발을 해놓았는지도 알 수 없는 일이었다. 공명을 위하여, 그리고 일본을 향한 한없는 충성을 과시하기 위해 손병희가 나타나기만을 회심의 미소를 짓고 있는지도 모를 일이었다.

그러나 손병희는 생각했다. 서대문의 독립문 휘호도 이완용이 쓸 정

도로 그는 당대의 명필이었다. 예로부터 글씨는 도라고 했다. 글씨에는 그 지기가 있는 것이고, 명필치고 지기가 없는 사람은 있을 수가 없었다. 그러니까 인간 이완용보다 명필 이완용을 한 번 믿어보자고 생각했던 것이다.

이때였다.

일본인 경찰이 부는 호루라기 소리가 밤의 정적을 깨뜨렸다.

이완용의 저택이 바라다 보이는 골목길에서 손병희의 인력거가 마침내 일본인 경찰의 검문을 받았다. 그러나 미리 예상했던 일이었으므로 손병희는 조금도 당황하지 않았다.

한편 이완용의 집 안채에서는 지금 한참 숨가쁜 대화가 진행되고 있었다. 이회구는 처음부터 전화기를 등지고 앉아 있었다. 그는 일이 잘못될 경우 최후에는 당숙을 죽이고 자기도 죽을 각오까지 하고 있었다.

그날따라 깊은 밤중인데도 불구하고 전화가 계속해서 걸려오고 있었다. 이회구는 재빨리 전화기를 들고 한 손으로 송화기를 막았다. 이완용이 노성을 질렀다.

"이리 내놔."

"안됩니다. 말씀을 마저 끝내시고 전화를 받으십시오."

"이리 내!"

"못하겠습니다."

이회구는 전화를 끊어버렸다.

"아니, 이런…."

"아저씨, 어서 회답을 내려 주십시오. 어떻게 하시겠습니까? 그 분들은 아저씨를 민족대표로 꼭 모시고 싶다고 하지 않습니까?"

"이놈!"

"아저씨!"

"돌아가라, 돌아가."

이완용은 격노하여 고함을 쳤다.

"네 이놈! 내가 경무국에 전화하기 전에 어서 돌아가란 말이다."

"제가 여기서 묶여 나가느냐, 아저씨의 승낙을 받느냐 둘 중 하나입니다."

"이 고얀 놈."

"아저씨, 어서 결단을 내리셔야 합니다. 아저씨는 작년에 이미 성대한 회갑을 지내셨습니다. 그만하시면 세상의 부귀영화와 공명에는 더 바라실 것이 없을 것입니다. 이제는 이 세상에서 사신 60년보다 천만 년 영겁을 생각하실 때입니다. 나라를 위하고 후손들을 위해서라도 명예를 회복할 수 있는 마지막 기회입니다. 대저 무엇에 더 연연하시고 두려워하십니까?"

"닥쳐라 이놈, 네가 무얼 안다고 그러느냐?"

"비록 제가 어리지만 제 말씀을 들으셔야 합니다."

"네가 뭐라고 해도 소용없다. 나는 나대로의 생각을 가지고 있는 사람이다. 어서 돌아가라."

▲ 이완용 (1858~1926)
호 일당. 을사조약 체결
을 지지. 매국행위를 하
고 죽을때까지 일본에
충성을 다했다.

이처럼 젊은 당질에게서 강박을 당하고 있는 이완용, 그도 사실은 착잡한 심정이었다. 그에게도 어찌 아무런 생각이 없을 것인가.

원래는 그도 나라와 임금에게 충성하는 것이 무엇인지 그 도리를 아는 명문 집안에서 태어났다. 그의 양아버지 이호준은 판중추부사를 지낸 분이었다. 이미 어려서부터 준재를 인정받은 이완용은 25세 때 대과에 급제하였다. 그는 우리나라 최초의 현대식 교육기관인 육영공원(育英公院)에 선발되어 우리나라에서 최초로 수학, 영어, 지리학, 정치, 경제 등을 미국인 교사로부터 배웠다. 그리고 주로 청환직(淸宦職)과 교수직에서 학문을 닦다가 1887년에는 미국 주재 참찬관으로 건너갔고, 1889년에는 미국 주재 대리공사가 되었었다. 또 쟁쟁한 문신(文臣)이라야 가능한 성균관의 대사성(大司成)도 역임한 그였다.

그러다가 한때는 나라가 분탕질로 기울어가는 것을 걱정하여 개화의 길을 모색하기 위해 정동의 외교가를 드나들면서 독립협회의 초대 회장이 되기도 했다. 한때는 윤치호, 이승만, 이상재 등이 그를 받들고 일하려고 한 때도 있었다.

이때 그는 민씨를 중심으로 하는 수구당정권의 분탕질과 부패를 그대로 두고는 나라를 구할 수 없다고 생각했다.

그래서 먼저 친미파(親美波)가 되었다. 그러다가 러시아와 손을 잡고 국정의 개혁을 모색하는 동안 친로파가 되어 아관파천에 중요한 역할을 했다.

여기서 다시 친일파로 급선회한 데에는 나름대로 이유가 있었다. 친로파의 우두머리 이범진이 당시 러시아 대리공사 웨베르와 결탁하고 국정을 제 마음대로 하고 다녔으며, 또한 러시아의 야심이 무지막지하여 조선을 한 입에 삼키려 했기 때문이었다.

이완용은 러시아보다는 피부색이 같고 풍속이 비슷한 일본과 일을 도모하는 것이 나라를 위해 보다 더 좋을 것이라 생각했다. 그러나 러시아가 곰이었다면 일본은 이리였다.

일본을 생각하면 고개가 저절로 가로저어졌다. 그들은 너무도 무섭게 성장하고 있었다. 당분간은 일본을 제압하고자 필요 이상의 힘을 소모할 어리석은 나라가 없을 정도였다.

일본은 지금 당장은 한국은 그만두고라도 독일의 조차지(租借地)였던 중국의 산동반도와 귀주를 자기들이 대신 양도받으려고 했다. 세계대전에서 연합국의 일원으로 독일과 싸운 대가로 전리품을 달라는 것이었다. 사실은 중국도 같은 연합국의 일원으로 독일과 싸운 셈이었다. 그러니 싸움에 이기고 나서 자기가 힘이 세다고 전우의 잃었던 물건을 제가 전리품으로 빼앗아가겠다는 것이나 마찬가지였다.

일본이 이토록 강해진 데는 조선이라는 발판이 있었기 때문이다. 한반도를 잃으면 그들은 대륙정책을 포기해야 하고, 세계 최강국 건설은 꿈도 꿀 수 없는 것이다. 한반도는 일본의 성장에 생명선과 같았다. 그런 만큼 그들이 망하기 전에는 한국을 놓아줄 리가 없었다.

그러한 일본에게 누가 압력을 넣을 것인가! 게다가 지금 미국, 영국, 프랑스 등이 일본과 함께 세계 4대강국을 형성하고 서로 배가 맞아 돌아가는 형편이 아닌가.

그런 판국에 맨손으로 독립선언을 하고 만세를 부르며 뛰쳐나간들 무슨 소용이 있단 말인가. 그것은 다만 무의미한 출혈일 뿐이었다.

이완용은 세계 대세를 이와 같이 풀이하고 있었다. 일본이 세계의 공의(公儀)에 굽혀 한반도를 내준다는 것은 지금 상황으로 보건대 어림없는 잠꼬대에 불과했다.

그러면 어떻게 할 것인가? 부지런히 민족의 저력을 기르고 때를 기다리는 것이다.

사실 용렬한 임금 고종은 나라를 쇠잔케 한 장본인으로서 하나도 아까울 것이 없었다. 게다가 정신적 불구자에 가까운 순종의 왕위쯤은 그가 생각할 때 실제로 아무 가치도 없어 보였다. 또 시아버지 대원군과의 싸움으로 나라를 철두철미하게 망치려고 했던 민비는 오히려 일본인의 손이라도 빌었기 때문에 제거할 수가 있었다. 민비가 10년만 더 일찍 제거되었더라도 나라는 회생될 가망이 있었을지 몰랐다. 그러므로 민비가 시해 당했다고 일본을 철천지원수로 삼을 것도 없었다.

이러한 생각이 이완용의 모든 매국행각을 정당화했던 것이다. 어쨌거나 이만한 생각이라도 가지고 있었던 그였기에 이회구의 강박을 그나마 받고 있었는지도 몰랐다.

만약 송병준과 같은 인간이었다면, 오히려 일본으로부터 훈장을 받을 일이 넝쿨째 굴러들어왔다며 속으로 기뻐했을 것이다.

"다시 한번 생각해 보십시오. 조금만 있으면 의암 선생님이 이리로 오실 것입니다."

"만약 손병희가 내 집안에 들어서기만 하면 경무국으로 압송하고 말겠다."

"정녕 그렇게 하시겠습니까?"

"아니, 그러면 내가 어떻게 하리라 생각하느냐?"

"그것은 아마 제가 내쏟은 피가 이 방을 물들인 다음일 것입니다."

"이놈!"

"재고해 보십시오."

"재고는 네가 해라. 손병희가 내 집에서 붙들려가는 것을 나도 바라지는 않는다."

이때 전화가 또 울렸다.

"비켜라!"

이번에는 이완용이 전화를 받았다.

"여보시오."

"아, 후작 각하!"

"누구시오?"

"신임 경무국장 고지마입니다, 각하!"

"무슨 일이오, 이 시간에?"

"아까부터 무려 다섯 번이나 전화를 걸었는데도 통화가 안 되더군요."

"그래요?"

"예, 무슨 일이라도 생기셨나 해서요."

"아, 하하하! 뭐 별다른 일은 없었는데….."

"하핫, 다행입니다. 실은 이태왕 전하 장례식 경호 문제로 여쭈어 볼 일이 있어서 전화를 드린 것입니다."

"오, 그런 일이라면 낮에 직접 만나서 하실 일이지."

"하하…. 죄송합니다, 각하! 소관은 어차피 철야근무를 하고 있는 중이라서요."

"철야근무라니요?"

"일부 조선인들의 움직임이 약간 수상한 데가 있다고 해서 특별경계를 펴고 있는 중입니다."

"특별경계?"

"예, 하지만 염려하실 것은 없습니다. 뭐 대단치는 않지만 그저 만일의 소요에 대비하기 위해서입니다. 그럼, 내일 찾아뵙겠습니다."

"그렇게 합시다."

"그럼, 안녕히 주무십시오, 각하!"

이완용이 전화를 끊자 옆에 있던 이회구의 얼굴이 환하게 밝아졌다.

"아저씨, 고맙습니다."

그러나 이완용은 여전히 굳은 표정으로 소리쳤다.

"어서 돌아가거라."

"안됩니다."

이때 이완용의 호위순사 아라이가 방문을 조심스럽게 노크했다.

"각하, 손님이 오셨습니다."

"응?"

이회구는 반사적으로 몸 속에 감추고 온 비수로 손을 뻗었다.

"손 선생님이라고만 하면 잘 아실 거라고 하시는군요."

"음…."

이완용의 입에서 짧은 신음소리가 새어나왔다. 이회구가 다급하게 재촉했다.

"아저씨, 그 분이 도착하셨습니다. 어떻게 하시겠습니까?"

"음….."

"제가 나가서 모시고 들어오겠습니다."

"그만둬!"

이완용은 소리쳤다. 그리고는 밖에다 대고 말했다.

"그래, 손선생이라고만 하면 내가 안다고 하던가?"

"핫!"

"혼자서?"

"핫, 옥인동 파출소의 순사가 앞장을 서서 왔다가 돌아갔습니다."

"순사의 호위를 받으면서 왔어?"

"핫, 각하 댁을 찾아온 손님이시니 당연한 일이겠습니다만….."

영문을 알지 못하던 아라이도 마침내는 무언가 심상치 않은 일이 있다는 것을 직감적으로 느끼기 시작했다.

"흥, 어리석은 자로군."

"각하! 약속을 하신 게 아닌가요?"

"약속? 하하하."

"각하, 약속을 하신 게 아니시라면 돌려 보낼까요?"

"아라이 순사."

"핫!"

"저쪽 사랑채로 모시도록 하게."

"핫, 알겠습니다."

이윽고 손병희와 이완용의 극적인 상면은 1월 26일 새벽 1시경에 이루어졌다. 두 사람은 이완용의 집 사랑채에 마주앉았다.

그 당시 이완용의 나이는 62세였으며 손병희는 그보다 3년 연하인 59세였다. 이회구가 가슴을 조이며 배석했다. 그러나 정작 마주앉은 두 거물은 퍽 차분한 태도였다.

수인사가 끝나자 이완용이 먼저 입을 열었다.

"손 선생께서 훌륭한 일을 추진하고 계시다는 이야기는 잘 들었소이다."

"훌륭한 일이라 말씀을 하시니, 시생도 대감을 만나 뵙는 보람이 있는 것 같습니다."

손병희는 일부러 시생과 대감이라는 말에 힘을 주었다. 대감은 우리나라 조상대대로 수백 년 동안 내려오던 향질은 존칭이었고, 시생은 전통적으로 자기를 낮추어 부르던 호칭이었다.

천하의 의걸 손병희, 비록 관록으로는 자기와 비교가 안 될지라도 민중의 신망이 큰 손병희로 부터 그런 말을 듣자, 이완용은 침울한 유혹을 느끼지 않을 수 없었다.

"흐음…. 나 같은 매국적을 만나시고 무슨 보람이 있겠소?"

"이 대감!"

"공연히 나 같은 사람을 만나시는 것 같소."

"이 대감, 회구 군에게서 자세한 말씀을 들으셨을테니 긴 말씀은 여쭙지 않겠습니다. 우리의 독립선언식에 참여해 주십시오. 민족대표의 첫 자리는 대감을 위해 비어 두었습니다."

"솔직히 말해서 지금은 어렵소이다."

"이 대감!"

"조선을 위해 일할 수 있는 기회는 다음에도 또 있겠지요."

"기회는 다시 오지 않습니다."

"예?"

"내일 중으로 우리 동지들은 모두 서명식을 마쳐야 합니다. 그래서 오늘 밤 안으로 이 대감이 거취를 결정하셔야겠기에 밤이 야심한데도 불구하고 이렇게 결례를 저지르고 있는 것입니다."

손병희는 이완용의 얼굴에서 잠시도 눈을 떼지 않고 형형한 광채를 발하고 있었다.

"내일 오후 6시로 시간을 정했습니다."

"내일 오후 6시!"

"그렇습니다."

"흠…, 누구누구입니까?"

이완용의 물음에 손병희는 약간 당황을 했다. 애당초 모든 것을 허심탄회하게 털어놓고 모험을 하고자 여기까지 온 것이었지만, 그래도 동지들의 이름은 선뜻 나오지 않았다.

"아, 그건…."

"아니, 뭐 내가 군이 알아야 할 필요는 없겠지요."

"아, 아닙니다. 말씀을 드리지요."

"차라리 모르는 게 좋겠지요."

"알아두셔야 합니다."

손병희는 내친걸음에 술술 말하기 시작했다.

"본인 손병희와 우선 최린!"

"최린? 저 보성학교 교장 말씀이오?"

"아시는군요."

"음, 그 사람까지도…."

이완용은 뭔가 느끼고 있는 듯 보였다. 손병희는 좀더 적극적으로 이완용을 설득해야겠다는 생각에 3·1운동의 거사계획을 모두 말했다.

"그렇습니다. 권동진, 오세창, 임예환, 권병덕, 이종일, 나인협, 홍기조, 나용환, 이종훈, 홍병기, 박준승, 김완규 등의 천도교 측 대표 외에 기독교 측에서 남강 이승훈 목사를 비롯해서…."

"그만, 그만 하시오."

"아닙니다. 어차피 이 대감은 우리의 비밀을 다 아셨습니다."

"그만 하시오."

"그 분말고도 기독교계의 양전백, 길선주 목사, 박희도, 최성모, 신홍식 목사, 유여대, 이명룡, 이갑성, 이필주, 그리고 불교계의 한용운, 백용성 씨 등입니다. 이밖에도 뜻을 같이 하는 인사들은 얼마든지 있습니다."

"과연 조선 민중을 대표한다 할만한 분들이군요."

"이 대감, 거기에 이 대감의 성함 석 자가 필요합니다. 이 대감의 성함 석 자는 반드시 일본사람들에게 우레와 같이 크게 들릴 것입니다."

"그렇지도 않소이다."

"대감, 도탄에 빠진 2천만 백성과 주권을 빼앗긴 조국을 위해 한 번 크게 변신을 하십시오."

▲ 손병희 (1861~1922)
호 의암.
천도교 3세 교주.

▲1905년 일본에서 찍은 사진. 앞줄 왼쪽부터 조의문, 권동진,
손병희, 오세창, 뒷줄 왼쪽부터 양한묵, 이진호, 최정덕.

손병희는 미리 생각해 두었던 말을 열심히 토로했다. 이완용은 묵묵
히 듣고 있었다. 그러나 손병희가 아무리 설득을 해도 이완용은 지금
다시 변신할 수 있는 사람이 아니었다.

이완용은 다만 이렇게 말했다.

"손 선생이 나라를 위하는 것이나, 불초 이 이완용이 나라를 위하는
것이나 마음은 다 하나요. 나 같은 사람의 마음 속에도 항상 어떻게 하
면 이 조선의 강토가 낙토가 되고 독립이 될 수 있는가를 생각하고 있
소이다. 명색이 나도 위정자가 아니오?"

"그러니까 이 강토에서 왜놈을 몰아내야만 우리가 사는 것 아닙니
까?"

"손 선생!"

"예!"

"조선인치고 누가 진심으로 일본인을 좋아하겠소?"

"그렇습니다. 이 대감도 분명 조선 사람입니다."

"그렇소. 나도 분명 조선인이오. 그러나 조선은 스스로 독립을 하고, 나라를 지킬 힘이 없소."

"아니, 이 대감!"

"조선은 우연히 망한 게 아니오."

"아니…!"

"망할 때가 되어서 망한 거요. 임금은 나약하고 밝지 못하며, 정치는 부패하고, 백성은 게으르고 타락했었소."

"이완용 대감!"

"다시 말하지만 조선은 우연히 망한 것이 아니오. 망할 수밖에 없었고, 모두들 정신을 차리라고 망한 것이오."

이완용에게는 타협의 여지가 없었다.

"손 선생, 지금 일본제국의 위세가 어느 정도인지 아시오? 그 앞에서 우리가 지금 무엇을 어떻게 할 수 있겠소?"

"싸워야지요. 싸워서 찾아야지요."

"싸워도 부질없는 일이오."

"부질 없으면 죽어야지요!"

"손 선생, 사람은 죽으려고 태어난 것이 아니오. 무릇 생명은 삶이 목적이지 죽음이 목적은 아니오."

"결국 거절하시는 겁니까?"

"승산이 없는 싸움은 애당초 시작하지 않는 게 좋소."

순간 손병희의 표정이 분노로 일그러졌다. 옆에서 보고만 있던 이회구도 덤벼들었다.

"아저씨는 이미 우리의 비밀을 다 아셨습니다. 그러니 거절하실 수 없습니다."

이완용은 이회구의 마음 속을 들여다보고 있었다.

"회구야, 네가 내 목숨을 빼앗더라도 할 수 없는 일이다. 장부는 일을 할 때 언제든 목숨을 건다. 나도 이 나이가 되도록 살아오면서 어찌 사생관이 없었겠고, 죽음에 대한 준비가 없었겠느냐. 그래도 나는 동의할 수가 없다."

그리고 나서 손병희에게 말했다.

"손 선생께서 뭐라고 해도 좋소이다. 또 회구를 통해서 오늘 손 선생을 만나게 된 인연도 후회하지는 않겠소이다."

손병희는 깊은 한숨을 내쉬며 자리에서 일어섰다.

"이군, 가세."

이완용이 그들을 불러 세웠다.

"한 가지 더 분명히 말씀드리겠소. 나는 2천만 동포에게 매국노가 된 지 이미 오래요. 이제 와서 내 일신의 오명이나 씻고자 독립운동가로 변신을 해 3·1운동에 동참한다는 것도 우습고 무의미한 짓이오. 다만 웃음을 살뿐, 아무 의미가 없는 짓이오. 만에 하나, 다행히도 3·1운동이 성공을 하여 조선이 독립을 한다면, 이 이완용을 죽일 사람은 멀리 갈 것도 없이 이 옥인동에도 수없이 많을 거요."

"알고는 계시군요!"

손병희는 씹어뱉듯이 말하고 소매를 떨쳤다. 그러나 이완용은 계속 말을 이었다.

"손 선생, 그러나 선생의 큰일이 부디 성공하여 내가 그렇게 죽게 된다면 더욱 다행한 일이오!"

손병희가 진의를 알 수 없는 이완용의 말을 등 뒤로 하고 나가자 이완용은 호위순사 아라이를 큰소리로 불렀다.

"두 분 손님을 자동차로 모셔다 드리게."

"하!"

손병희는 이완용이 마련해 준 자동차를 타고 옥인동을 떠났다. 그러나 자동차가 향하는 곳은 이회구의 집이었다. 이회구의 집에서 자동차와 아라이를 돌려보낸 후 손병희가 다시 인력거로 자기 집에 돌아온 것은 날이 뿌옇게 밝아올 무렵이었다.

그 시각 이미 그의 집에는 최린이 와서 그를 기다리고 있었다.

제3부

전야의 가쁜 호흡

26
일 아침의
정경(情景)

최린은 새벽이 다 되도록 손병희가 돌아오지 않자 혹시 이완용의 집에서 바로 경무국으로 연행이라도 된 것이 아닌가 하여 매우 초조하고 불안했다. 손병희의 아내 주옥경도 뜬눈으로 밤을 지새우기는 마찬가지였다.

만약 손병희가 이완용의 집에서 잡혀갔다면 최린은 모든 계획을 바꾸고 대책을 강구해야만 했다. 불길한 생각만 하고 있던 최린은 손병희가 무사히 돌아오는 것을 보고 하늘로 날아오를 것만 같았다.

"선생님, 무사하셨군요. 어떻게 되셨습니까?"

"이완용은 실패요."

"그야 당연한 일 아닙니까! 무사히 돌아오신 것만도 천만다행한 일입니다."

"다른 사람은 어찌 됐소? 최남선은?"

"예, 한규설 씨를 만났답니다."

"그래서?"

"자기는 그저 망국대부(亡國大夫)로 자처하며 두문불출 한 채 남은 여생이나 보내겠다고 하더랍니다."

"결국 고관귀족들은 모두가 허사로구만…."

다른 사람은 몰라도 한규설만은 이름을 내주리라 기대했던 손병희는 이완용을 만나고 온 뒤라 더욱 낙심했다.

"최 교장, 오늘 6시의 서명식 장소를 바꾸던가 아니면 연기해야겠소."

"예?"

"이완용에게 모든 것을 말하고 말았으니…."

"아니, 서명식 장소까지도 모두 말씀하셨단 말입니까?"

"우리 계획을 다 말했소."

"아니, 선생님…."

"그럴 리는 없겠지만 만약 이완용이 경무국에 고발이라도 할 경우에는 거사도 하기 전에 일을 그르치게 되오. 그러니 계획을 일부 변경합시다."

최린은 가슴이 찢어지는 심정이었으나 그렇다고 손병희를 다그칠 수도 없는 일이었다.

잠시 후에 최남선이 찾아왔다. 그리고 송진우, 김성수, 신익희 등으로부터도 계속 전화가 걸려왔다. 손병희의 집은 부산한 아침을 맞았다.

김윤식을 만나기로 했던 신익희도 실패했다. 간밤에 김윤식을 간신

히 만나기는 하였으나 시간을 두고 생각해 보겠다는 대답만 들었을 뿐
이었다.

　김윤식은 당년 85세로 일본 정부의 자작이기는 하였으나 흥사단, 대
동학회, 기호학회 등을 조직하였고, 대종교의 창시자 나철(羅喆)을 돕
고 있었다.

　그는 3·1운동 직후에 장문의 독립청원서를 일본 정부와 총독부에 제
출하여 떠들썩하게 한 사건으로 작위를 삭탈당한 채 잡혀 들어가 3년
간의 집행유예를 받았다. 이때 김윤식이 시간을 두고 생각해 보자고 했
던 것도 그가 당시 한국 유학계를 대표할 수 있는 인물이었던 만큼 나
름대로 어떤 계획을 실천하기 위해서였다.

　만일 이때 김윤식이 단군신앙의 종교인 대종교를 끌어넣고, 유학계를
합쳤더라면 3·1운동은 실로 대단했을 것이다. 나중에 한국 유림의 파
리장서(巴籬長逝)운동이 뒤따라 일어나기는 하였으나 독립선언서 33인
의 민족대표 가운데 유교계가 빠졌다는 것은 참으로 애석한 일이었다.

　손병희는 신익희의 보고에 아쉬운 생각이 들었으나 시간이 촉박하
여 어쩔 도리가 없었다.

　"역시 김윤식 대감도 불응하는 것으로 받아들일 수밖에 없군."

　"그러나 선생님! 김윤식 씨나 한규설 씨는 왜놈에게 고발을 할 염려
가 없지만 이완용은 좀 다릅니다."

　"이완용도 고발을 할 사람은 아니네."

　"그렇다면 아까는 왜 두려워하셨습니까?"

　"그야 일단은 안전한 것이 제일이니까…."

그러나 손병희가 아무리 이완용을 믿고 있더라도 그의 배신이나 변심을 예상하지 않을 수는 없는 일이었다. 아무튼 손병희는 여러 사람에게 미안했다.

"괜한 고집을 피우다가 여러 동지들에게 면목이 없게 되었소. 그러나 기왕 이렇게 되었으니 어쩔 수 없고, 계획을 조금씩만 변경해서 진행시킵시다."

"어떻게 말씀입니까?"

"내가 이완용에게 이름을 알려 준 대표들에게 3월 1일, 거사 당일까지만 거처를 옮기고 있으면서 수시로 중앙학교 숙직실로 연락을 하라고 하게."

"그 정도라면 좋습니다."

"그리고 아까 말했듯이 서명식 장소도 바꿔야 할 것 같소."

"선생님, 그런데 마땅한 장소가 있을지 걱정입니다."

문제는 이것만이 아니었다. 제일 심각한 문제는 보성인쇄소 사장 이종일의 이름이 알려졌으니 독립선언서를 인쇄할 곳을 새로 찾아야만 했다.

"그러면 최남선의 인쇄소는 어떤가?"

그 당시 최남선은 잡지와 출판 관계로 자체 인쇄시설을 가지고 있었다.

"선생님, 육당의 인쇄시설은 소규모입니다. 그리고 인쇄공도 믿을 수 없습니다."

그래서 조판과 지형까지만 최남선이 책임지기로 하고 인쇄는 그냥 보성인쇄소에서 하기로 했다.

그리고 이날 오후 6시로 약속되어 있던 서명식 장소를 변경한다는 통첩이 각 대표들에게 전해졌다. 그러나 당장은 마땅한 장소를 물색할 수가 없었으므로 손병희가 오전 중으로 결정을 해서 12시 정각에 중앙학교로 통지해 주기로 했다.

통첩을 받은 각 대표들은 불안에 싸이게 되었다. 더욱이 12시경에 송진우에게 온 손병희의 전화는 이들을 더욱 불안하게 만들었다.

"고하인가?"

"예, 선생님!"

"아직 장소를 물색하지 못했네. 마땅한 곳이 없군."

"그러시면…?"

"내일 12시까지 연락을 다시 하겠네."

"알겠습니다."

이렇게 해서 서명식은 2월 27일로 하루 연기되고 말았다.

3·1거사일이 이틀 앞으로 다가온 27일 정오, 중앙학교 숙직실에는 서명식에 참여할 몇몇 대표들이 이른 시간부터 모여들어 손병희로부터의 연락을 초조히 기다리고 있었다.

그러나 최린이 12시경에 직접 찾아와 침통한 목소리로 말했다.

"부득이 서명식을 하루만 더 연기해야겠소."

"아니, 모레가 거사일인데 또 연기를 한다고요?"

송진우가 절규하듯 말했다.

"하지만 장소는 결정이 됐소."

"장소가 결정됐는데 왜 또 연기를 하신다는 말씀입니까?"

　손병희가 자꾸 서명식을 연기하는 이유는 왜놈들의 감시 때문이기도 했지만, 평양의 길선주 목사와 유여대 장로를 비롯한 서명식에 참석할 기독교측 인사 중 아직도 도착하지 못한 사람들이 있었기 때문이다.

　"시간은 같은 6시, 장소는 계동 84번지에 있는 우리 천도교도 김상규 씨 집으로 정했네."

　"계동 84번지 김상규 씨 집…?"

　"20분 전 부터 보성인쇄소 앞으로 오면 안내인을 배치하도록 하겠네."

　이때 학교 수위 영감이 노크소리와 함께 숙직실로 들어왔다.

　"저 누가 최린 선생님을 찾아왔구만요."

　"응…?"

　최린이 방금 여기로 온 것을 누가 알고 찾아왔다는 말에 일동은 더욱 긴장했다.

　"어떤 사람입니까?"

　"일본 중학생인데…."

　"일본 중학생이라고요?"

　최린은 더욱 의아한 표정이 되었다.

　"아니, 웬 일본인 학생이 날 찾아왔다는 거지?"

　"예, 무슨 종이보따리를 하나 끼고 와설랑은 누가 보성학교 교장 선생님이 여기 계실테니 찾아가라고 해서 왔다는굽쇼."

　최린은 일본인 학생이 기다리고 있다는 길모퉁이로 나갔다.

　길모퉁이에 있던 일본인 중학생은 최린을 보자 가지고 있던 종이꾸

러미와 편지 한 통을 내밀었다.

"이 편지하고 이걸 최선생이라는 분이 전해 드리라고 해서 왔습니다."

"그래?"

종이꾸러미와 편지를 받아든 최린은 짧게 탄성을 질렀다.

"아, 육당!"

"네. 최남선 선생님의 심부름으로…."

"오, 수고했다. 그런데 넌?"

"갖다 드리기만 하고 곧바로 돌아오라고 하셨습니다. 안녕히 계십시오."

일본인 학생은 총총히 사라졌다. 최남선이 보낸 편지를 읽어본 최린은 안도의 한숨을 내쉬었다.

『그 부근 일대에 검정개들이 많은 것 같아서 제게 자주 출입하는 아이를 시켜서 선언서의 지형을 보냅니다. 인쇄시설은 빈약하지만 활자는 보성인쇄소의 것보다 훨씬 좋은 것으로 압니다. 작업이 끝나는 대로 각 지방으로 가지고 가서 배포할 학생대표들이 대기하고 있으니, 곧 보성사로 넘겨 인쇄를 착수하십시오.』

최린은 즉시 숙직실로 들어와 일을 서둘렀다.

"자, 또 한 가지는 성공했네. 이것이 최남선이 보내온 독립선언서 지형이네!"

"아, 그렇습니까?"

"고하, 나는 이 길로 곧장 보성인쇄소로 가서 오늘 밤 안으로 인쇄를 마쳐야겠네. 최남선은 이미 선언서를 전국에 배포할 학생들까지 대기시켜 놓구 있다네."

"알겠습니다."

"그러니 송 교장과 상윤은 내일 서명식에 차질이 없도록 잘 수배해 주게."

이렇게 뒷일을 부탁해 놓은 최린은 지형을 가지고 곧장 보성인쇄소로 가 이종일을 만났다.

위기의 보성인쇄소

2월 27일 이종일은 일상 작업시간을 3시간이나 앞당긴 4시 정각에 작업을 끝마쳤다.

"거, 몸들 씻고 어서들 나가 보라니까 뭘 그리 꾸물거리고 있나?"

직원들은 이태왕의 장례식 예행연습을 구경하라고 특별히 일찍 보내주는 것이라는 이종일 사장의 말에 어린 아이들처럼 좋아하며 밖으로 달려 나갔다.

이때 안동 별궁에서는 이태왕의 장례식 날 상여를 멜 여사꾼들이 예행연습을 하고 있었다. 그 당시에는 구경거리가 많지 않았으므로 이런 행사를 큰 구경거리로 삼을 때였다.

이종일이 인쇄공들을 내보내고 들어오자 최린이 물었다.

"어떻게 됐습니까, 이 사장님?"

"염려 마십시오, 최 교장. 인쇄공은 한 사람만 남기고 다 보냈으니까요."

"한 사람만으로 되겠습니까?"

"그럼, 어떻게 합니까? 인쇄를 안전하게 하기 위해서는 한 사람이라도 줄여야죠."

"하지만…."

"염려 없소이다. 연판은 내가 직접 붓고, 인쇄는 최교장이 좀 도와주시면 됩니다."

"제가 할 수 있을까요?"

"잠깐이면 아무나 할 수 있습니다. 종이도 준비되었으니, 앞으로 1시간 반이면 인쇄를 걸 수 있습니다."

한편 중앙학교 숙직실과 보성인쇄소에서 3·1 독립운동 준비가 한창일 때 종로의 제동과 안국동 일대는 꽤나 의심이 많던 신임경무국장 고지마의 명령으로 특별 경계령이 내려졌다.

"핫, 안국동 파출소 고무라 순사올시다. 핫, 아무 이상 없습니다. 조금 전부터 군중들도 흩어지기 시작했습니다. 알겠습니다."

일본인 경찰관 고무라가 본서에서 온 전화를 받고 있는 소리였다. 고무라는 전화를 끊고 나서 투덜거렸다.

"아, 조선 놈들은 정말 극성스러워, 귀찮은 자식들…."

이때 종로 경찰서 소속의 조선인 형사 신철이 파출소로 들어왔다.

"아, 수고 많으시오. 본서에서 무슨 연락이 없었나요?"

"방금 고등계장님께서 이쪽 상황을 물어 오셨습니다만…."

"고등계장께서요?"

"아무 움직임도 없다고 보고했습니다."

"사실 아무런 움직임도 없는 것 같소이다."

고무라는 신철이 맞장구를 쳐주자 매우 좋아했다.

"하핫! 그렇소이다. 신 형사. 백성들은 이태왕의 붕어를 슬퍼하고 있을 뿐이지요. 안 그렇소? 신 형사?"

"예… 뭐, 그렇죠."

"하핫…, 지금 저들은 다른 생각은 할 여유조차도 없습니다. 공연한 수고들만 하는 겁니다. 그렇지 않습니까?"

"예, 맞습니다."

"자, 그럼 수고하시오. 하핫하하…! 하, 고쿠로(수고)."

고무라와 말을 주고받은 신철 형사는 안국동 파출소를 나왔다. 그리고는 해가 지면서부터 흩어지기 시작한 인파들을 바라보며 투덜댔다.

▲ 서구식 건물이 들어서기 시작한 종로

▲ 맑은 물이 흘렀던 청계천 수표교와 빨래터

"이거 복명서를 쓸 자료가 하나도 없잖아. 흠, 조선인이라고 맨 날 천대만 받는 처지에, 빌어먹을!"

자못 불만에 찬 신철은 무엇인가를 찾으려는 듯 재동 거리로 접어들었다.

"오이, 신상!"

같은 종로 경찰서에 근무하는

일본인 형사 후쿠다가 신철에게 말을 걸어왔다.

"오이, 땅바닥에서 무슨 불온한 냄새라도 나나?"

"오, 후쿠다."

후쿠다는 마침 재동 골목의 잠복근무를 마치고 본서로 돌아가고 있던 중이었다. 신철이 후쿠다에게 물었다.

"무슨 소득이라도 있나?"

"보고서 대신 사표나 써야겠어."

"결국 재동 골목에도 별 이상한 움직임이 없다는 말이군."

"응, 아무 것도 없어. 오늘따라 더 조용한 것 같아."

그러다가 후쿠다는 한 가지 생각났다는 듯이 말을 했다.

"한 가지 있긴 해."

"뭔데?"

"보성인쇄소 작업시간."

"뭐, 보성인쇄소 작업시간?"

"매일같이 7시가 넘어야 끝나는데, 오늘은 이태왕 전하 장례식 예행연습을 구경하러 가라고 하면서 4시경에 끝내더군. 조선 친구들은 공짜 구경거리만 생기면 일손도 집어치운단 말이야."

이 소리에 신철은 문득 호기심이 일었다.

"오이, 신상! 뭘 그렇게 생각하나?"

"난 좀더 다녀보고 들어가야겠어."

"다니긴 뭘 다녀. 아무 일도 없으니 어서 들어가자고."

"먼저 들어가."

"하, 이 친구 열성이로구만."

신철은 후쿠다를 먼저 들여보내고 재동으로 갔다.

"음, 보성인쇄소라고 했겠다."

보성인쇄소라면 신학기에 납품해야 할 인쇄물이 잔뜩 밀려 있을텐데, 인쇄공을 4시경에 내보냈다는 것이 아무래도 이상했다.

신철은 어느덧 보성인쇄소 문 앞에 다달았다. 문은 잠긴 채 안에서는 아무런 기척도 없었다.

"내가 괜히 공연한 생각을 한 모양이군. 흠….."

신철은 몇 차례 문고리를 비틀어보다가 아무 이상이 없자 발걸음을 돌렸다. 그때였다. 안에서 인쇄기 돌아가는 소리가 들려왔다.

몇 발자국 떼어놓던 신철은 귀가 번쩍 뜨였다. 보성인쇄소의 인쇄기는, 그러니까 정확히 말해서 그 날 6시 25분경부터 독립선언서를 인쇄하기 시작한 것이다.

진한 잉크냄새와 함께 인쇄되어 나온 독립선언서를 보자 최린과 이종일, 공장 감독 김홍규 세 사람은 가슴이 벅차 올랐다.

"인쇄는 이만하면 훌륭하군요."

"지금 인쇄 상태를 가지고 따질 때가 아닙니다. 새벽까지 무사히 찍어내느냐가 문제지요."

"저, 먼저 나온 것 중에서 100여 부만 따로 뽑아서 잉크를 말려야겠습니다."

"아니, 그건 왜요?"

"먼저 쓸 데가 있습니다."

"예?"

"내일 서명식에 모일 동지들에게도 한 장씩 나누어 주어야 하고, 또 상해로 갈 신익희, 윤익선, 최창식 동지들과, 동경으로 갈 임규와 김세환 동지들에게도 전해 줘야 합니다."

"참, 그렇군요."

"그리고 포장은 여러 뭉치로 나누어서 해주십시오."

"예!"

"각 학교 학생대표들과 또 여러 지방으로 분산시켜 발송해야 할테니 번거롭지 않도록 하자면 말입니다."

"알겠습니다. 엇,… 거기 누구요!"

이때 김홍규가 깜짝 놀라며 소리를 질렀다.

"선생님! 보, 보셨습니까?"

"응?"

"아니, 이 사람! 왜 이래?"

"저 창문을 누가 열어 놓았습니까?"

"원, 이 사람도! 그렇게 담이 약해서 무슨 일을 하겠나."

"아닙니다. 사장님! 분명히 누가 저리로 들여다보는 것 같았습니다."

"예끼, 이 사람 아까 낮에 공기가 탁해서 내가 열어 둔 것일세."

"하, 하지만….."

"있긴 뭐가 있나. 어서 하던 일이나 계속하게."

그러나 최린은 예감이 좋지 않았다. 창문을 닫고 나서 그들은 다시 기계를 돌렸다.

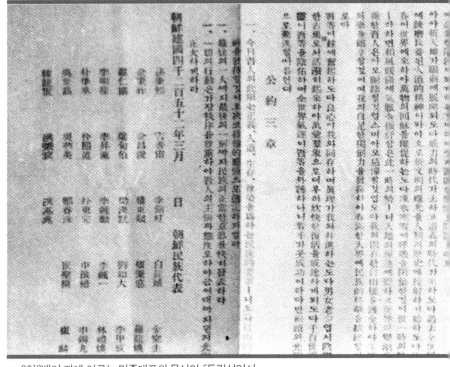

▲ 2천6백여 자에 이르는 민족대표의 문서인 「독립선언서」

기계가 몇 바퀴쯤 돌았을 때였다. 밖에서 누군가가 문을 두드리며 소리를 질러댔다.

"지금 당장 문을 여시오!"

세 사람은 황급히 기계를 멈추었다.

"누구시오?"

"문 여시오. 빨리!"

잔득 소름이 끼치는 기분 나쁜 목소리였다.

"최 교장! 대체 누굽니까?"

"큰일 났습니다. 어서 인쇄물을 감춰야겠습니다."

순간 문을 잠궜던 고리가 힘없이 떨어져 나가면서 권총을 뽑아든 신철 형사가 안으로 뛰어들었다.

"손들엇!"

공장 감독 김홍규는 두 손을 번쩍 들어올렸다.

신철 형사의 느닷없는 습격으로 인쇄물을 치울 겨를도 없었다.

신철은 최린에게 권총을 겨누며 인쇄물이 있는 곳으로 다가가려고 했다. 최린은 필사적으로 신철을 가로막았다.

"자, 잠깐만!"

"비키시오!"

"선생, 선생은 조선 사람이죠?"

"뭐요?"

"그리고 성함이 어떻게 되시더라…?"

최린은 언젠가 신철을 본 적이 있었다. 최린은 마지막 사력을 다했다.

"그런 건 나중에 따지고 우선 조사를 해야겠소."

"신 형사! 그렇죠? 종로 경찰서 신 형사 아니시오?"

"비키시오."

"저, 신 형사!"

이번에는 보성인쇄소 사장 이종일이 나섰다. 신철은 이종일을 알고 있었다.

"선생이 이 보성인쇄소의 대표시죠?"

"예, 그렇소만…."

"인쇄물을 좀 조사해야겠습니다."

"신 형사!"

최린은 또 한 번 신철의 앞을 막으며 거의 필사적으로 말했다.

"나 최린이란 사람이오. 기억 안 나시오? 보성학교 교장 최린이오. 거 왜 언젠가 우리 학교에 오시지 않았소. 그때 분명히 인사를 한 적이 있습니다. 나는 분명히 신 형사라고 기억하고 있는데, 선생은 기억이 안 나시오? 신 형사!"

"알고 있소."

"기억하시는군요…."

최린의 눈에 한가닥 희망의 빛이 스쳤다. 그러나 신철은 여전히 얼음처럼 싸늘한 눈초리였다. 신철은 그들이 인쇄하고 있는 것이 독립선언서라는 것을 이미 알고 있었다. 방금 창틈으로 그들이 말하는 소리를 들었던 것이다.

"선생이 보성학교 최린 교장 선생이라는 것은 잘 알고 있소. 그리고 저 인쇄물이 무엇이며, 당신들이 하고 있는 일이 무엇인지도 알고 있소."

"아, 아니…."

최린은 순간 눈앞이 아득했다. 독립선언서 인쇄 현장이 발각되다니, 거사를 이틀 앞둔 이 순간에 민족의 큰 뜻이 불발로 끝나려는 순간이었다.

신철은 인쇄기가 있는 쪽으로 걸어가서 독립선언서 한 장을 집어 들고 자신의 권위를 의식적으로 세우려는 듯 일본말로 명령했다.

"모든 행동을 중단하시오. 현장을 지금의 상태로 보존해야 하오. 오이, 당신!"

신철은 김홍규를 가리켰다.

"모든 걸 그대로 두고 이리 나오시오."

신철은 세 사람을 사무실 안으로 몰아넣었다. 이제 전화만 걸면 종로경찰서 경찰들이 몰아닥칠 판이었다.

그러나 신철은 그렇게 서두르지 않았다. 그는 너무도 큰 먹이를 보고 흥분해 있었다.

"보성학교 교장 선생이 이런 불온한 음모를 꾸미고 있을 줄은 몰랐소이다!"

"신 형사."

"뭐요?"

"모든 것은 나 최린의 책임 하에서 진행된 일이오. 나하고 얘기 좀 합시다."

"아, 잘 알고 있습니다. 아까 창문으로 보았으니까요."

"예…? 그렇다면 한 가지만 대답해 주시오. 지금 신 형사 혼자서 오셨오?"

"그건 왜 물으시오. 내가 혼자 왔다면 나를 처치라도 할 작정이오?"

"신 형사, 그게 무슨 말씀이시오."

"당신들이 지금 무슨 일을 했는지 아시오? 당신들은 지금 무서운 국사범이요."

"신 형사, 당신도 조선 사람이라면 내 말 좀 들어보시오!"

신철은 여전히 싸늘하게 웃었다.

"그렇다면 같은 조선 사람인 나에게 모든 일을 여기서 실토하시겠소? 아니면 본서에 가서 자백하시겠소?"

"신 형사!"

"본서에 연락하게 전화 좀 써야겠소."

신철은 전화기 앞으로 갔다. 이제는 모든 게 끝이 났다. 물거품으로 돌아가려는 순간이었다.

바로 그때 전화가 걸려왔다. 신철은 최린의 옆구리에 권총을 들이대고 전화를 받도록 했다.

조선인 형사 신철

전화를 걸어온 사람은 손병희였다.

"보성인쇄소입니다."

"아, 여보시오."

"말씀하십시오."

"아, 최교장이구려."

"선생님, 말씀하십시오."

"아니, 최 교장…! 나요, 나 의암이라고."

"예, 선생님! 말씀하십시오."

신철이 최린의 옆구리에 들이댄 권총에 힘을 가했다. 제대로 받으라는 협박이었다. 그러나 손병희가 이쪽 상황을 알 리 없었다.

"이것 봐, 고우! 답답해 죽겠구려. 어떻게 된 거요? 잘되고 있소?"

"예."

"다행이로군. 내일 새벽까진 어떤 일이 있어도 인쇄가 끝나겠지?"

"예."

"이갑성 군에게서 계속 연락이 오고, 연전(延專)의 학생대표 김원벽 군과 의전(醫專)의 김성국, 강기덕 군도 기다리고 있고…."

"선생님…."

"그뿐이 아닐세. 중앙학림의 백성욱 군과 김법린 군도 기다리고 있다고 만해에게서 기별이 왔네."

"서, 선생님! 그만 하십시오."

신철이 다시 권총을 들이대며 낮게 속삭였다.

"최 선생, 계속하시오."

최린은 신음하듯 손병희를 불렀다.

"선생님!"

"아니, 무슨 일이오, 고우? 어?"

그제야 비로소 손병희가 눈치를 챈 모양이었다.

"혹시 무슨 사고라도 생겼단 말이오? 그렇게 되면 큰일이요, 최교장! 무슨 어려운 일이라도 생겼다면 말을 하시오."

"아닙니다."

"어려운 일이라면 내가 곧 그리로 가리다."

"안됩니다."

"응?"

"아, 아무 일도 없습니다. 인쇄는 예정대로 잘되고 있습니다. 새벽까지 3만 부가 납품됩니다. 염려 마십시오."

최린은 전화기를 내려놓고 신철을 향해 돌아섰다.

"누구요?"

최린은 대답 대신 한숨을 내쉬었다.

"방금 그게 누구요? 말 못하겠소?"

"마음대로 생각하시오."

"순순히 털어 놓는게 좋을거요. 아까는 모든 것이 최 선생의 책임이라고 하더니 지금 최 선생에게 지시하는 사람은 누구요?"

"말할 수 없소!"

"음…, 좋습니다! 최 선생께서 묻지 않아도 저절로 말이 나오게 해드리겠소."

마침내 최린은 죽음을 각오했다. 그리고 뚫어질 듯이 신 형사를 쏘아보며 다가갔다.

"가까이 오지 마시오. 무슨 짓을 하려는거요?"

"신 형사, 우리 한 가지만 약속 합시다."

신철 형사가 의아스러운 눈초리로 최린을 쳐다보았다.

"신 형사, 당신과 나는 같은 조선 사람이오. 우리 같은 조선의 사나이들끼리 약속 하나만 합시다."

그러나 신철은 싸늘하게 웃으며 지금 전화를 건 사람이 누구냐고 다시 한 번 다구쳤다.

"그 사람이 누구인지 말할테니, 저 두 사람에게는 책임을 묻지 마시오."

"음…."

"두 사람은 이 사건과 아무런 관계가 없소. 같은 조선 사람이기 때문에 내 청을 거절하지 못한 것뿐이오."

"흥, 그런 억지라면 그만 두시오."

"신 형사, 빼앗기고 망한 나라이지만 당신과 나는 같은 핏줄 같은 민족이오!"

"공연히 시간 끌지 마시오."

'나 한 사람만 데려가 주시오. 그러면 지금 전화를 건 사람이 누구인지 말해 주겠소."

"누구요?"

"그 분 이름을 대면 당신은 아마 까무러칠 거요."

"아니, 지금 날 놀리는 거요?"

"이름만 가르쳐 줄뿐 아니라, 지금 곧 신 형사를 그 분이 계신 곳으로 안내하겠소."

"대체 그토록 어마어마한 인물이 누구요?"

이종일이 최린을 가로막으며 절규했다.

"최 교장, 절대 그 분의 이름을 말해서는 안됩니다!"

"그러나 이 사장님, 무슨 일이 있어도 독립선언서는 꼭 찍어야 합니다!"

어떻게든 시간을 끌어서 독립선언서를 인쇄해야 한다고 생각한 최린은 신철을 데리고 혼자서 손병희의 집으로 갈 생각이었다. 그리고 그동안 독립선언서를 찍어 놓으려는 것이다.

"신 형사, 인쇄만은 계속할 수 있도록 해 주시오. 그러면 지금 당장

신 형사를 그 분에게 안내하겠소."

"좋소. 도대체 그 사람이 얼마나 큰 거물인지 한 번 봐야겠소."

최린이 신 형사와 함께 나가자 이종일과 김홍규는 서둘러 인쇄기를 돌렸다. 잡혀가는 순간, 죽는 순간까지 단 한 장의 선언서라도 더 찍어 놓아야 했다. 압수가 되고 소각이 될망정 최후의 순간까지 한 장이라도 더 찍어 놓아야만 했다.

보성인쇄소를 나온 최린과 신철은 어둠이 깔린 계동 골목을 조심스럽게 걸어갔다. 최린이 잠시 걸음을 멈추었다.

"왜 그러시오?"

"잠시 쉬었다 갑시다. 숨이 차는구려."

어떻게든 시간을 벌어보려는 속셈이었다. 이때 신철의 입에서 자기도 모르게 한숨이 새나왔다.

"왜 한숨을 쉬시오?"

신철은 아무 말 없이 담배를 피워 물었다. 그것은 그의 마음이 어느 정도 무뎌졌음을 뜻하는 행동이었다.

북악산의 능선이 초승달 아래 거무스름한 형체를 은은히 드러내고 있는 계동 막바지 비탈길에 접어들자 신철은 갑자기 두려움과 의구심이 들었다.

"최 선생, 혹시 이상한 생각을 하는 건 아니오?"

"이상한 생각이라니?"

"만약 다른 마음을 먹고 나를 유인해 가는 거라면 잘못 생각하는 것이요."

"신형사! 나를 그렇게 못 믿소?"

"물론 그럴 리야 없겠지만…."

"사나이끼리 약속을 한 것이오."

잠시 후 신철은 초조한 듯 또 캐물었다.

"도대체 그 사람이 누구요? 최 선생을 명령하고 지휘하는 그 엄청난 거물이 누구란 말이오?"

"곧 알게 될 것이오."

"여기서 조금만 더 가면 인가가 별로 없을텐데…."

"아니, 권총을 가지고도 내가 두렵소?"

"핫하하! 그런 건 아니지만…."

드디어 최린과 신철은 의암 손병희의 집 앞에 도착했다.

"이제 다 왔소. 여기요!"

"예…?"

"그 분의 댁이 바로 여기란 말이오."

"오, 그러면 손, 손병희 선생이…?"

"그렇소, 그 분이 바로 의암 손병희 선생이오. 아까 독립선언서를 신형사가 좀더 자세히 보았더라면, 첫 머리에 민족대표 의암 손병희 선생의 서명을 보았을 거요."

"아, 아니…."

"그랬더라면 수고로이 여기까지 오지도 않았겠지만 말이오. 나는 당신과의 약속을 지켰소."

"아니, 최 선생! 손병희 선생이 거사의 총수란 말이오?"

"당신이 체포를 하자면 체포할 사람은 얼마든지 더 있소. 천도교뿐 아니라 기독교, 불교, 학생, 시민, 우리 2천만 동포가 다함께 뭉친 어마어마한 세력이오."

신철은 더욱 당황했다.

"더 놀라운 일은 금릉위 박영효 각하도 이번 거사를 돕고 있고, 이완용 씨도 이번 일을 알면서 고발을 하지 않고 있다는 사실이오."

"아니, 뭐라구요?"

어느덧 권총을 들고 있던 신철의 손이 축 늘어졌다. 얼굴에는 동요의 빛이 역력했다.

최린은 그 순간을 놓치지 않고 말했다.

"신 형사, 당신 한 사람의 힘으로 이 도도한 대세를 막을 수 있겠소?"

"지금 협박을 하는거요?"

"협박이 아니오."

"그럼 뭐요?"

"나는 당신에게 약속한대로 최고 지휘자가 누구인지 알려 주기 위해 여기까지 온 거요. 만약 당신이 마음만 먹는다면 더 큰 공로를 세울 수 있도록 더 많은 정보를 알려 주겠소. 수첩이 있으면 적으시오."

"…"

"수십, 수백, 수천, 수만 명의 가담자를 모두 알려 드리지요. 적으시오. 천도교의 손병희, 권동진, 오세창, 기독교의 이승훈, 박희도, 길선주, 유여대…"

"그만…, 그만 하시오."

"신 형사, 당신의 혈관에도 분명히 우리 민족의 피가 흐르고 있고, 이 최린의 피에도 조선의 맥박이 뛰고 있소. 당신이 이완용보다 더한 매국 노가 되려거든 내가 말한 모든 분들을 다 체포하시오."

신철은 할말을 잃고 있었다.

이때 손병희가 대문을 열고 나왔다.

"아니, 고우! 대체 어떻게 된 거요?"

"선생님…."

"이종일 사장에게서 전화가 왔었소. 걱정이 되어 나오는 길이오. 그래, 신 형사라는 사람은 어찌 되었소?"

순간, 최린은 대답을 못하고 흐느꼈다.

"선생님!"

"음…, 이 사람은 누구요?"

"바로 그 신 형사입니다."

"음? 신 형사?"

"예, 신철이라고 합니다."

"신 형사!"

손병희는 순간 신철의 손을 덥석 잡았다. 따뜻한 손이었다. 그 순간 신철은 손병희의 온기가 자신의 몸속까지 퍼져오는 것 같았다.

"신 형사, 그대도 조선인이고 나도 조선 사람이오. 우리가 지금 추진 하고 있는 일은 우리 민족에게 매우 중요한 일이오. 이제 이 일이 성사 를 하느냐 못하느냐는 그대 한 사람의 손에 달려 있는 것 같소."

신철은 애써 손병희의 눈을 피해 고개를 돌린 채 한참이나 말이 없었다. 그는 잠시 손병희 얼굴을 똑바로 바라보는가 싶더니 다시 고개를 숙였다. 손병희는 처음부터 끝까지 신철의 손을 꼭 잡은 채 한참동안 그에게 3·1 운동의 중요성과 나라 잃은 민족의 설움을 얘기했다.

"그러면 선생님, 저는 어떻게 하면 좋습니까? 저도 이 짓을 하고 싶어서 하는 게 아닙니다."

"알겠소. 오죽하면 조선 백성이 왜놈의 형사가 되었겠소. 그러나 왜놈의 형사라고 해서 어찌 조국 마저 잊었겠소."

"선생님…."

"신 형사, 돈 때문이라면 내가 도와 드리겠소."

"예?"

"그대의 어려운 사정이 돈으로 해결된다면 말이오. 왜놈에게 민족을 판 돈이 아닌 우리 조선 백성의 돈으로 그대를 돕겠단 말이오."

"아닙니다. 그, 그건…, 안됩니다."

"신 형사, 이 일을 꼭 이틀 동안만 발설하지 말아 주시오."

신철은 아무런 대답도 못한 채 흐느끼고 있었다. 손병희는 최린에게 집안에 준비해 둔 돈이 있으니 가지고 오라고 말했다.

"선생님, 그만 두십시오. 저는 그냥 이대로 돌아가겠습니다."

"신 형사!"

손병희가 다급히 불렀으나 신철의 모습은 순식간에 어둠 속으로 사라졌다.

"최 교장, 신형사를 붙잡아야 해. 저 사람의 마음이 변하기라도 하면 큰일이오. 어서!"

이 시각, 보성인쇄소의 이종일과 김홍규는 부지런히 인쇄기를 돌리고 있었다.

최린이 신철 형사를 놓친 채 가쁜 숨을 몰아쉬고 인쇄소의 문을 두드렸을 때쯤은 이미 수천 장의 독립선언서가 인쇄되어 있었다. 최린은 들어서자마자 다급히 물었다.

"이 사장님, 신 형사가 오지 않았습니까?"

"예?"

"신 형사가 경찰을 데리고 오지 않았느냐구요."

"아무 일도 없었습니다."

"기계가 돌고 있군요. 아아, 찍어야지요. 그 자들이 올 때까지라도 독립선언서를 찍어야 합니다."

2월 27일 밤, 보성인쇄소의 인쇄기는 밤새 그치지 않고 돌아갔다. 어느 순간에 닥칠지 모르는 경찰의 습격을 두려워하지 않고 묵묵히 돌아가고 있었다.

독립선언서

3만 장의 인쇄를 마치기로 예상했던 시간은 새벽 4시 반이었다. 그러나 그 시간까지도 인쇄는 끝나지 않았고, 경찰도 들이닥치지 않았다. 기계는 계속 돌아가고 있었다.

새벽 5시가 가까워질 무렵 손병희가 보성인쇄소로 왔다.

"어떻게 되었소?"

"여기 일은 거의 다 끝나갑니다."

"다?"

"예!"

손병희는 안도의 숨을 내쉬었다.

"선생님, 신철 형사는 어떻게 되었습니까?"

"찾지 못했네."

손병희는 돈 5,000원을 가지고 새벽부터 신철을 찾아 나섰으나 만날 수가 없었다.

"아니, 그러면 혹시 보고라도 하려고…."

"그렇지는 않은 것 같네!"

"그걸 어떻게 아십니까?"

"내가 지금 종로 경찰서까지 갔다 오는 길일세."

손병희가 종로 경찰서에 들어가 숙직주임이라는 자를 만나서 신철을 만날 일이 있어 왔노라고 하자, 아침에 출근할테니 급한 일이라면 그때 만나라고 친절히 말해 주더라는 것이다. 그런 것으로 보아 아직은 보고가 되지 않은 게 분명했다.

동녘 하늘이 붉게 물드는 새벽, 밤을 새우며 돌아가던 보성 인쇄소의 인쇄기가 멎은 것은 5시 반경이다. 예상했던 시간보다 1시간쯤 늦어진 셈이다.

인쇄된 3만장의 독립선언서는 부지런히 손을 놀려 건조시키고 포장까지 하여 6시 15분경에는 모든 일을 끝마칠 수 있었다.

보성인쇄소에서 독립선언서를 찍은 일도, 야간작업을 한 흔적도 지워졌다. 연판은 어느덧

▲ 종로 경찰서

녹아서 납덩이가 되 있었다.

"자, 이제 빨리 경운동 공사장으로 옮겨야지."

"여보게, 김군! 어서 리어카를 들여오게."

이종일과 김홍규가 독립선언서를 공사장으로 옮기는 일을 맡아서 하기로 하고 손병희와 최린은 종로 경찰서로 가 신철 형사를 기다리기로 했다. 시계는 6시 반을 향하고 있었다.

손병희가 막 인쇄소를 나서려고 할 때 전화가 걸려왔다.

전부터 신철 형사와 안면이 있던 송진우가 손병희의 지시로 6시경부터 종로 경찰서 앞에 나와 있다가 전화를 건 것이다.

"그래, 신형사가 나왔소?"

"아직 보이질 않습니다."

"신형사를 만나게 되거든 최린과 나 손병희가 그리로 간다고 하시오."

"예! 그 대신 빨리 오셔야겠습니다. 검정개들이 하나둘씩 어슬렁거리며 나오고 있습니다."

"알았소."

손병희와 최린이 종로 경찰서 앞에 닿은 것은 7시 5분전이었다.

그러나 아무리 찾아보아도 송진우가 보이지 않았다.

"아니, 이 사람이…?"

"혹 그 자를 만나 섣불리 말을 걸었다가 잡혀 들어간 것 아닐까요?"

두 사람이 초조하게 조바심을 내고 있을 때 송진우가 경찰서 정문에서 걸어 나왔다.

"선생님, 큰일 났습니다!"

"큰일?"

"신형사를 놓쳤습니다."

"뭐라고!"

"하필이면 일본인 형사 두 놈과 나란히 나타나서 그만 어쩔 수 없었습니다."

어디서 만나 같이 오는 것인지 일본인 형사들과 같이 나타난 신철은 그대로 경찰서 안으로 들어가 버리고 말았다. 송진우는 다급한 마음에 앞뒤 가리지 않고 뒤따라 들어가 일본인 형사에게 그를 불러달라고 부탁했다.

일본인 형사는 신철 형사가 고등계장실로 들어갔으니 잠깐 기다리라는 것이었다. 송진우는 창 너머로 고등계장실을 기웃거려보았다.

신철이 고등계장이라는 작자에게 무엇인가 열심히 보고를 하고 있었고, 보고를 받고 있는 고등계장이라는 자의 기뻐하는 태도로 보아 무엇인가 중요한 내용을 보고받은 것이 틀림없었다.

그래서 송진우는 급히 경찰서를 나와 손병희와 최린에게 상황설명을 하는 것이었다. 송진우는 두 사람을 향해 말했다.

"두 분 선생님은 어서 여길 피하십시오."

"아니야, 송교장이 의암선생님을 모시고 중앙학교로 가 계시오."

최린은 송진우에게 이렇게 말하고 손병희에게 자기가 다시 경찰서 안으로 들어가 보겠다고 했다.

"제가 경찰서로 들어가 신형사를 만나겠습니다. 제가 들어간 후 10

분이 지나도록 나오지 않으면 잘못된 것으로 아시고 대책을 강구하십 시오."

"그건 화약을 지고 불로 뛰어드는 짓이나 마찬가지요."

"놈들이 이미 모든 것을 알고 있다면 시각을 다투어야 합니다. 그리 고 가장 빨리 확인하는 길은 그 길 밖에 없습니다. 10분만 기다리시다 가 제가 나오지 않으면 행동을 취하십시오."

7시 14분에 최린은 경찰서 안으로 들어갔다. 최린은 마침 고등계장 실을 나오는 신철 형사와 마주쳤다.

"신 형사!"

"아니…?"

오히려 당황하는 것은 신철이었다. 그는 최린에게 급히 다가오더니 눈을 부릅뜨며 물었다

"아니, 여기를 어떻게 오셨습니까?"

"한 가지만 묻겠소. 모든 걸 다 보고했소?"

"아, 최 선생님! 여기 들어오시면 안됩니다."

"음, 신 형사!"

"어서…, 어서 밖으로 나갑시다."

신철은 최린의 손을 끌고 밖으로 나갔다.

신 형사의 행동에 최린은 의아했다. 밖으로 나오자 신 형사는 최린의 등을 떠밀었다.

"됐습니다. 어서 가보십시오."

"아니, 신 형사!"

"허어, 염려 마시래두요."

그리고 신 형사는 최린을 향해 나직이 속삭였다.

"선생님 말씀대로 저 역시 조선 사람입니다. 밤새 아무리 생각해 보아도 제가 일본사람은 결코 아니더군요."

"오, 신 형사! 아니, 신 선생! 당신은 정말 훌륭한 분이오!"

신철은 지금 막 고등계장에게 거짓보고를 마치고 출장허가까지 얻어서 나오는 길이었다. 그는 안동 땅에 있는 불온한 조선인들이 이번 이 태왕 전하 장례식을 틈타 모종의 음모를 꾸미고 있다는 정보를 입수했노라고 거짓보고를 하였던 것이다.

그리고 안동으로 극비출장을 가도록 허가해 달라고 했다. 고등계장은 쾌히 승낙하고, 두둑한 기밀비까지 주면서, 즉시 떠나도록 명령했다.

"고맙소, 신 선생! 후일 우리 민족은 이 일을 오래도록 기억할 것이오."

"부디 선생님들 하시는 일이 꼭 성사되기를 빌겠습니다. 저는 9시에 신의주행 기차를 탑니다."

그러면서 신철은 말했다.

"내일, 바로 내일 선생님들은 만세를 부르실 게 아닙니까? 그렇게 되면 이놈은 또 만세소리를 뒤쫓으며 선생님들께 수갑을 채워야 합니다. 이제부터는 그런 일은 정말 하고 싶지 않습니다."

그리고 나서 신철은 도망치듯 달아났다. 최린은 그 뒤를 쫓아갔다. 몸을 피한 채 이 장면을 지켜보고 모든 사실을 알게 된 손병희와 송진우는 벅차오르는 감격을 억누르며 중앙학교로 향했다.

최린이 중앙학교 숙직실로 돌아온 것은 11시경이었다. 최린이 들어오자 손병희가 물었다.

"떠났소?"

"예!"

"돈은?"

"전하지 못했습니다."

"아니, 왜…?"

"한사코 받지 않고 그냥 갔습니다. 역시 신 형사도 조선 사람이더군요."

"비상금이라도 얼마 전해 주지 그랬소?"

"끝내 거절하기에 가족에게라도 전할 양으로 주소를 물어보았지만 막무가내로 알려 주지 않더군요."

"주소야 달리 손을 쓰면 알 수 있겠지."

"하지만 부디 그러지 말아달라는 부탁이었습니다. 자기 일은 잊어버리고 내일의 거사나 꼭 성공하라고요."

"참으로 고마운 사람이오."

"애국자가 따로 없다는 생각이 듭니다. 그리고 신 형사가 말하길 당장은 고등계장이 속았지만, 나중에 자기의 허위보고와 모든 사실이 밝혀질 것이라더군요."

"그렇겠지…."

"그래서 자기는 영영 돌아오지 않을지도 모른다더군요."

손병희와 최린, 송진우 등이 밤새도록 그의 변심을 걱정하고 있는 동안, 신철은 전혀 다른 생각을 하면서 마음을 정했던 것이다.

"그처럼 뜨거운 민족의 의지가 있는 이상, 우리는 반드시 성공합니다. 하늘의 뜻입니다. 그렇지 않고서야 어찌 왜놈보다 더 악랄한 조선인 고등계 형사가 그런 변심을 했겠습니까?"

송진우의 말에 손병희도 감격어린 목소리로 말했다.

"고우, 그리고 고하! 이제 앞으로 남은 것은 24시간이오. 또 한 사람 우리의 참된 동지인 신철 형사의 염원이 헛되지 않도록 합시다."

"예, 선생님!"

의암의 눈에서 어느새 뜨거운 눈물이 흘러내렸다. 바위덩이만큼이나 무거운 눈물이었다.

최린이 신철에게 돈을 주지 못한 것은 역시 잘된 일이었다. 그 돈은 더러운 돈이 아니었다. 그러나 아무리 그렇더라도, 그 돈은 신철 형사의 귀중한 마음을 더럽혀 놓았을 것이기 때문이다.

民族代表
33人의 서명식

뜻하지 않았던 조선인 형사 신철의 개입으로 또 한 번 아슬아슬한 고비를 넘긴 3·1의거는 그 전야의 숨가쁜 막바지에서, 온민족의 의지를 담은 채 순조롭게 진행되고 있었다.

2월 28일, 왜성대의 오포소리가 서울 장안에 정오를 알리고 있을 즈음 경운동에 있는 천도교당 신축공사장 밀실에서는 보성인쇄소 사장 이종일이 파란색의 암호쪽지를 가지고 오는 청년들에게 독립선언서를 열심히 나눠 주고 있었다.

그때 보성인쇄소 공장 감독 김홍규가 달려왔다.

"사장님, 인쇄소로 전화가 왔습니다."

"누군데?"

"오세창 선생님이!"

"오 선생이?"

"예, 지금 현재 몇 사람이나 와서 가져갔는지 명단을 알려 달라고 하시면서, 오늘 저녁 서명식에는 사장님께서도 꼭 참석하셔야 된답니다. 그리고 서명식이 6시에서 2시간 늦춰져 8시로 변경되었고 장소는 그대로 계동 84번지 김상규 씨의 집이랍니다."

이종일은 지금까지 선언서를 가지고 간 명단을 김홍규에게 넘겨 주면서 오세창에게 전화를 걸도록 지시했다.

천도교 측에서는 강원도와 함경도 방면으로 안상덕이 3,000 장을, 평안도 방면으로는 김상열이 3,000 장, 또한 인종익은 충청도와 전라도로 5,000 장을 가지고 떠났다.

그리고 기독교 측에서는 평양과 선천을 담당한 김창준이 3,000 장, 황해도를 담당한 이경섭이 1,000 장, 또 서울과 경상도 일대에는 이갑성이 보낸 연락원이 2,500 장을 가지고 갔다.

불교 측에서도 경상도 일대의 사찰에 나눠 주기 위해 백성욱과 김법린이 약 3,000 장을 나누어 가지고 떠났다.

"오선생님께 아직도 선언서를 가져 가지 않은 사람들에게 빨리 와서 가져가도록 연락해 해주십사고 전하게."

"예, 사장님!"

"오늘은 왜 안국동 거리가 이처럼 조용한지 모르겠군."

"예, 이태왕 장례식 연습을 오늘은 쉰답니다. 오늘은 쉬고 내일 다시 한다는군요."

"태풍이 몰아칠 전야는 으레 고요가 깃든다더니…, 바로 태풍전야의 정적이로군."

2월 28일 밤 8시. 혹시 미행이나 따르지 않는지 조심스럽게 살피며 김상규의 집 앞에 이른 이종일은 안전한 것을 확인한 다음 가만히 대문을 두드렸다. 대문 안에서 서명식에 참가할 민족대표들을 기다리고 있던 최남선이 낮은 소리로 물었다.

"누구시오?"

"하늘 천!"

암호를 대자 빗장이 벗겨지고 대문이 열렸다.

"어서 오십시오!"

태풍전야의 마지막 날 저녁이었다. 김상규의 집에는 이종일을 마지막으로 모일 사람은 거의 다 모였다.

김상규의 집에 모인 민족대표들을 둘러보며 남강 이승훈이 의아한 듯 손병희에게 물었다.

"의암 선생!"

"예!"

"동지들이 많이 모자라는 것 같습니다."

"모일만한 분은 다 도착하셨습니다."

"하지만 신익희도 안보이고, 거 최창식 그 젊은이도 안 보이는데?"

그러자 최린이 손병희 대신 대답했다.

"그들은 벌써 상해로 떠났습니다. 목사님!"

"아니 상해는 왜요…?"

"중국에 있는 우리 동포들에게 소식을 전하려고 오늘 아침에 떠났습니다."

"오, 빨리도 갔구만."

"아마 지금쯤 압록강 건너 안동 지방의 동포들은 그 소식을 듣고 태극기를 만드느라 정신이 없을 겁니다."

사실 독립선언서에 이어 두 번째로 중요한 것이 태극기 제작이었다. 종이에 그리는 수제(手製) 태극기였다. 그것을 수십 만, 수백 만 개를 만들어 들고 나와 일제히 만세를 부르게 하려는 것이다.

그 시간에도 삼천리강토 구석구석에서는 태극기와 만세기가 쉴 새 없이 만들어지고 있었다. 독립만세라고 쓰인 만세기(萬歲旗)는 민족의 뜨거운 피로써 완성되고 있었다. 이러한 일들은 전국 각처에서 진행되고 있는 일들이었다.

"음, 그리고 육당의 스승이라던 임규 씨는?"

"아, 임규 씨와 김세환 씨도 이미 동경으로 떠나셨습니다."

최남선의 대답이었다. 임규와 김세환이 떠난 것은 이날 오후 2시경이었다. 최남선에게만 연락을 하고 떠났으므로 다른 사람들은 모르고 있었다.

두 사람은 가능한 3월 1일 정오에 독립을 선언하는 같은 시간에 일본 정부와 의회에 선언서와 청원서를 전달할 예정이었으나, 늦어진 셈이었다.

"독립선언서 서명식이 두 차례나 연기되는 바람에 두 분의 계획에 약간 차질이 생겼습니다."

"좀 늦어진들 어떻소. 오히려 내일 터져 나올 우리 조선 민족의 만세 소리가 일본 땅에까지 충분히 전해지고, 총리대신이란 자의 간담이 철렁 내려앉은 다음에 전해 주는 것도 좋을 것이오."

"그렇습니다."

이윽고 손병희가 좌중을 향해 입을 열었다.

"이제부터 독립선언서 서명식을 정식으로 개최하겠습니다. 최교장!"

"예!"

"선언서를 차례로 돌리시오."

긴장된 순간, 선언서가 한 장씩 각 대표들에게 나누어 졌다. 그리고 한지에 붓으로 정서된 두루마리의 선언서에 제일 먼저 손병희가 엄숙한 마음으로 서명했다.

"자, 내가 먼저 했습니다."

손병희가 최초로 서명을 한 다음 앉은 순서대로 서명을 시작했다. 다만 손병희만이 그 대표자로 추대되어 먼저 서명을 한 것이다.

손병희 다음으로 서명한 사람은 길선주 목사였다. 그는 평안도 안주 사람으로 당년 51세, 처음 선도를 닦고 한의학을 연구하다가 기독교인이 되었고, 안창호와 함께 독립협회를 조직했다.

다음은 이필주 목사가 서명했다. 길선주와 같은 나이로 구한국군에서 8년 동안 장교로 근무하다가 군대가 강제 해산되자 상동교회 목사 전덕기를 중심으로 한 상동청년회에 가입하고, 기독교인이 된 후로 맹렬히 계몽운동을 해왔다.

이필주 다음에는 불교대표 백용성이 서명했다. 그 다음엔 김완규가 했다. 김완규는 당년 42세의 천도교 교직자로 합방 후 천도교에 투신하여 민족운동에 앞장을 섰다.

다음은 역사와 문장에 능한 김병조 목사가 서명을 했다.

함경도 지방의 천도교대표인 김창준이 그 다음을 이었고, 이어 천도교 도사 권동진이 서명을 했다. 권동진은 당년 59세로 일찍이 함안군수와 육군참령을 역임했고, 개화당에 들어가 혁신운동을 하다가 임오군란 때 일본에 망명했으며, 거기서 오세창, 손병희 등과 만난 뒤로 천도교에 입교했다.

권동진의 다음은 권병덕이었다. 권병덕은 당년 52세로 18세 때부터 동학에 투신하여 동학혁명 때 활약했었고, 그 뒤로 천도교의 요직을 거치는 동안 중앙학교 교장을 역임했다.

다음은 평안도 중화 출신의 천도교 지도자 나용환이 서명했다.

그 다음을 이어 나인협이 서명하니 그는 당년 49세로 19세부터 동학을 한 지도자였다.

이제 선언서는 양전백 목사 앞에 놓여졌다. 그는 당년 51세로 신성중학교와 보성여학교를 세웠으며 신민회 사건 때 6년형을 받았다가 2년 복역하고 가출옥하였다.

이어 천도교 도사 양한묵이 서명했다. 그는 당년 58세로 구한말에 관리로 근무하다가 손병희, 오세창, 권동진 등을 만나 동학에 투신하였고, 진보회를 만들어 민족운동을 벌였다.

이제 유여대 목사가 붓을 넘겨 받았다. 당년 42세로 18세 때 서당을 열어 무료로 한학을 가르친 지사였다. 그것이 발전해서 의주에 양실학교를 세워 경영하다가 기독교인이 되었고, 당시는 의주 동교회의 목사로 있으면서 야학을 개설하여 문맹자들을 가르치고 있었다.

유여대 목사의 뒤를 이은 이갑성은 세브란스 병원 사무원으로 당시 가장 연소자 가운데 한 사람이었으며, 그 다음은 이명룡 장로였다. 그는 당년 47세로 일찍이 정주의 상업회의소 소장으로 동양척식회사의 한국인 토지 매수에 반대했고, 신민회 사건 때 6년형을 언도받았으며, 특히 일제의 경제적 침탈에 앞장서서 반대운동을 일으켰다.

그 다음은 손병희와 마주앉아 있던 이승훈의 차례였고, 이어 이종훈도 서명했다. 이종훈은 당년 64세의 고령자로 경기도 광주 태생이며, 동학혁명 때 선두에 서서 주도역할을 하다가 일본으로 망명하였고, 귀국 후 천도교 창건의 중진으로 도사 직에 있었다.

다음은 이종일, 그 다음은 당년 55세의 천도교 지도자 임예환이 서명하였고, 뒤이어 54세의 천도교 도사 박준승이 서명했다. 그는 1897년에 동학 접주가 되었고, 1908년에는 수접주, 1912년에는 전남장성의 천도교 대교구장 겸 전라도 순유위원장을 역임했다.

그 다음은 당년 31세로 기독교청년회 간사로 있는 박희도였다. 그는 영신학교를 세웠으며, 지금의 중앙대학교 전신인 경성 중앙보육학교를 세우는가 하면 보성보통학교 부교장으로 있기도 했다.

다음은 35세의 박동완이었다. 그는 기독신보사의 서기로 있으면서 전도와 독립사상 고취에 힘썼다.

이어서 48세의 신홍식 목사 차례였다. 그는 30세에 감리교 목사가 되어 충남 공주에서 근무하다가 당시는 평양 남산현 교회의 목사로서 명망이 높았다.

다음은 신석구 목사였다. 당년 45세로 서울, 개성, 춘천, 원산, 남포 등지에서 명망이 잘 알려진 감리교 지도자였다.

다음은 55세의 천도교 중진 오세창이었다. 그는 19세기 우리나라 개화에 선구자역할을 했던 오경석의 아들이었으며, 1886년에 박문국 주사, 한성순보 기자를 겸했었고, 1894년 갑오경장 때 경장의 본산인 군국기무처의 비서관을 지냈다. 1902년 일본에 망명한 뒤로 손병희를 만나 천도교에 입교했고, 귀국 후에는 만세보, 대한민보 사장을 하였고, 대한협회의 부회장도 역임한 거인이었다. 그는 또한 글씨에 조예가 깊었고, 서화의 감식에 뛰어났다.

그 다음 오화영 목사가 서명했다. 당년 40세로 원산 감리교회 목사였으며, 원산의 광성소학교 부교장이기도 했다.

그 다음은 정춘수 목사가 서명했다. 당년 45세로 전국 각지를 순회하면서 민족운동과 종교운동에 이바지하고 있었으며 당시 원산의 남촌동 교회 목사로 있었다.

그 다음 최성모 목사가 서명했다. 그는 북감리파의 목사로 해주 남본정 교회에 있었다.

차례로 서명하는 대표들을 흐뭇한 얼굴로 지켜보던 최린과 한용운도 그들의 이름 석자를 정성스레 써넣었으며, 끝에서 두 번째로 홍병기가 서명했다. 그는 당년 52세로 일찍이 동학혁명에 가담했고, 당시는 천도교 장로로 교직에 영향력이 큰 인물이었다.

끝으로 홍기조가 서명했다. 그는 당년 55세로 어려서 한학을 배웠고, 동학에 들어가 황해도와 평안도의 수접주, 대접주, 창의대령 등을 역임하여 동학혁명에 가담했고, 당시 천도교의 도사로 있었다.

이렇게 홍기조가 서른 세 번째로 서명을 마침으로써 독립선언서는 비로소 완전무결하게 작성되었다.

인류 항쟁사의 불멸의 빛 - 평화적 항쟁을 선언한 민족대표 33인

손병희 (1861~1922) 길선주 (1869~1935) 이필주 (1869~1932) 백용성 (1865~1940) 김완규 (1877~1949) 나용환 (1863~1936)

나인협 (1871~1951) 양전백 (1869~1933) 양한묵 (1862~1919) 이종훈 (1856~1935) 이종일 (1858~1925) 임예환 (1865~1949)

박준승 (1866~1921) 오세창 (1864~1953) 오화영 (1880~?) 정춘수 (1875~1951) 최성모(1873~1936) 김병조 (1876~1947)

김창준 (1889~?) 권동진 (1861~1947) 권병덕 (1868~1944) 유여대 (1878~1937) 이갑성 (1888~1981) 이명룡 (1873~1956)

이승훈 (1864~1930) 박희도 (1889~1951) 박동완(1885~1941) 신홍식 (1872~1937) 신석구 (1875~1950) 최 린 (1878~1958)

한용운 (1879~1944) 홍병기 (1874~1949) 홍기조 (1865~1938)

1919년 2월 28일 민족대표들이 김상규의 집에 모여 밤 9시부터 시작한 독립선언서 서명식은 10시가 다 되어서야 끝이 났다.

그러나 독립선언서를 기초한 육당 최남선과 이번 거사를 최초부터 발의하고 추진해 온 김성수, 송진우, 현상윤, 이종린, 그리고 김상규 등 10여명은 이 자리에 참석해 있으면서도 서명을 하지 않았다.

장엄한 침묵 속에서 엄숙하게 서명식이 끝나자, 의암 손병희가 오랜 침묵을 깨고 말했다.

"필경, 내일 이 시간에는 우리들 모두가 감옥에 들어가 있을 것이오."

서명자들은 내일 정오, 독립선언식을 개최하고 무저항으로 일제에 맞서기로 방침이 정해져 있었다. 이 거대한 운동의 시작은 처음부터 그들 민족대표자의 수감과 형극으로부터 비롯되도록 일이 계획되었던 것이다.

"그러나 여기에 서명한 우리들보다도 남아 있는 젊은 동지들의 임무가 더 막중한 것이오. 사실 서명자들은 내일 붙잡혀 들어가면 아무 일도 못하게 됩니다. 우리는 그저 이름만 내걸고 감옥에 들어가 무위도식이나 하는 셈이고, 실제로 운동을 전개하고 투쟁하는 것은 뒷사람들인 것입니다."

남강 이승훈이 손병희의 말을 받아 한마디 했다.

"그렇습니다. 우리야 그저 이름만 내걸고 들어갈 뿐이지요. 일의 성패는 뒷사람들에게 달려 있고, 거사의 공로도 그 사람들에게 돌아가야 마땅하지요!"

서명식은 이로써 끝이 났다. 이제 그들 민족대표가 할 일은 다음 날, 3월 1일 정오의 독립 선언식뿐이었다.

냄새를 찾는 개들

손병희는 서명식이 끝난 다음 한 가지 안건을 내놓았다.

"여러분, 아직 중요한 안건이 하나 남아 있습니다."

"의암 선생, 그게 무슨 말씀입니까?"

"아무래도 내일 선언식 장소를 변경해야 할 것 같습니다."

원래 선언식 장소는 종로의 파고다 공원으로 되어 있었다. 이미 기독교 청년회와 각 학교 학생들이 모두 그 시간에 그 곳에 모여 궐기하기로 연락이 되어 있던 터였다.

그런데 손병희가 갑자기 장소변경을 요구했다. 손병희가 이처럼 장소변경을 요구한 데에는 그 나름대로 이유가 있었다.

파고다 공원이 궐기장소로는 지리적인 조건으로 볼 때 더할 수 없이 좋은 곳이지만, 이미 장소를 알고 있는 청년들과 학생들이 필경 이른 아침부터 모여들 것이 분명할 것인즉 청년들과 학생들이 그처럼 많이 모여들면 일본 경찰들이 의심할 것은 당연한 일이었다.

가뜩이나 이틀 앞으로 다가온 태황제의 장례식 때문에 특별경계를 펴고 있는 중이어서 조금만 이상해도 그들은 사전조치를 취해 선언식을 저지해 버릴 것이 분명했다. 그러므로 선언식을 개최하기도 전에 대표들이 체포된다면 일은 처음부터 크게 차질이 생긴다는 것이다.

손병희의 말에 모두가 납득하겠다는 듯 고개를 끄덕였다.

"의암 선생의 말이 무슨 뜻인지 이해하겠습니다. 그럼, 장소를 어디로 변경합니까?"

"최교장이 이미 수배를 해놓았습니다."

"그래요? 어디입니까?"

"예, 태화관이 어떨까 합니다."

태화관이라는 말이 최린의 입에서 나오자 일제히 의아한 표정이 되었다.

"신성한 우리 민족의 의거를 왜 하필이면 요릿집에서 합니까?"

이미 그런 말이 나올 줄 예상했던 최린은 그 이유를 설명했다.

"거기에는 나름대로의 이유가 있습니다. 첫째, 태화관은 유명한 접객업소이니 여러 사람이 모여도 아무런 의심을 받지 않을 것입니다."

"음…, 그렇군요."

"둘째로는 파고다공원에 모일 학생들과의 연락이 쉽게 된다는 지리적 이점이 있습니다. 그리고 또 다른 이유가 있습니다."

"무엇입니까?"

"태화관, 그 곳은 지난 해까지만 해도 매국노 이완용이 살던 집입니다."

"이완용의 집?"

"그렇습니다. 경술년 망국의 합방조약에 서명을 한 이완용이 나라를 팔아넘길 때 모의하던 장소가 바로 그 태화관 2층입니다."

"오!"

"우리나라의 자주독립을 선언하는 이번 행사가 그 망국조약을 체결케 한 바로 그 장소에서 선언된다는 것도 우연찮은 일이지만, 왜놈들과 매국노들에게는 또 다른 의미의 충격이 되리라 생각합니다."

"좋소이다, 그렇게 합시다!"

모두 찬성을 하자 최린이 다른 의견을 또 제시했다.

"그리고 또 하나 의논할 일이 있습니다."

"또?"

"우리가 모일 시간을 12시 정오로 정했습니다만, 독립선언식을 개최하기 위해 12시경 학생들이 일단 파고다 공원에 집결하면 일본 경찰 놈들이 잔뜩 신경을 곤두세울 터이니 그들의 관심을 그쪽으로 집중시킨 다음, 우리는 오후 2시경에 태화관에서 전격적으로 선언식을 하는 것이 좋을 것 같습니다."

"좋소이다! 하핫핫…. 역시 최린 교장은 명 참모장이오!"

이렇게 되어 선언식 시간은 12시에서 하오2시로 변경되고, 장소는 태화관으로 결정되었다.

이 때 갑자기 개 짖는 소리가 요란하게 들려오면서 누군가가 대문을 두드렸다. 일동은 일제히 숨을 죽였다. 집주인 김상규가 나가려고 하자 손병희가 얼른 제지했다.

"왜놈 순사일지도 모르니 송 교장이 나가서 적절히 따돌려 보내도록 하시오."

"알겠습니다, 선생님!"

송진우는 밖으로 나가 조심스럽게 물었다.

"누구시오?"

"보성인쇄소의 이종일 사장님께 급한 연락을 가지고 왔습니다."

"이종일 사장님?"

"예, 어서!"

그는 몹시 급하고 놀란 목소리였다.

"아니, 대체 누구신데 그 분을 찾습니까?"

"아, 인쇄소공장 감독 김홍규라는 사람이오. 급하단 말이오!"

그러나 송진우는 김홍규의 얼굴과 목소리를 알지 못했으므로 문을 열어 주지 않고 이종일을 불러 열어주게 했다. 김홍규는 대문 안으로 들어서자마자 큰일 났다며 숨넘어가는 소리부터 했다.

"대체 무슨 일인가?"

"저, 조금 전에 말씀입니다. 종로 경찰서 형사라는 왜놈 하나가 인쇄소로 찾아와서 다짜고짜 권총을 들이대더니…."

"뭐?"

"아, 불문곡직하고 따귀를 한 대 후려갈기면서 말입니다요."

"응?"

"사장님이 댁에도 없는데, 어디에 있느냐구 하면서…?"

"그래서 뭐랬나?"

"죽어도 모른다고 했죠."

"흠…."

"아, 그랬더니 이상한 질문을 하지 뭡니까? 어젯밤에 혹시 조선인 형사 신철이라는 사람이 여길 다녀간 일이 없느냐고요."

"아니, 신철 형사를?"

"예, 그 귀신같은 놈이 신 형사가 인쇄소에 다녀간 걸 어떻게 알았는지…."

"그래서 뭐라고 했나?"

"그런 사람을 내가 어떻게 아느냐고 했죠."

"그랬더니?"

"공장 안을 조사해야겠다면서 샅샅이 뒤지지 뭡니까."

"그래서 뭐 이상한 흔적이라도 발견됐나?"

"흔적 잡힐 게 어디 있습니까? 독립의 독자도 찾을 수 없죠. 그러면서 어젯밤에 여기서 뭘 인쇄했느냐고 따지는 바람에 아주 혼이 났습니다."

"그리고는 뭐라고 하고 갔는가?"

"아무리 찾아봐야 무슨 흔적이 있어야지요. 내일 아침 9시까지 사장님을 종로 경찰서 고등계장실로 오시라고 하면서 갔습니다."

"고등계장실로?"

"필경은 그 놈들이 무슨 냄새를 맡은 게 틀림없는 것 같습니다."

두 사람의 대화를 뒤에서 듣고 있던 송진우가 조심스럽게 말했다.

"모두들 빨리 해산해야겠습니다."

안에 있던 최린이 궁금한 듯 뛰어나와 물었다.

"이 사장님, 대체 무슨 일입니까?"

"최 교장! 어서들 헤어지도록 합시다, 어서!"

우선은 모였던 민족대표들이 이곳에서 무사히 빠져나가는 것이 급선무였다. 일본인 경찰들이 언제 들이닥칠지도 모르기 때문이었다.

2월 28일 밤 10시 반경, 김상규의 집에 모였던 민족대표들은 내일을 기약하며 서둘러 헤어졌다.

제4부

뚝을 넘는 해일(海溢)

1919
년
3
월
1
일
오
전

1919년 3월 1일, 마침내 서울의 아침은 500년 고도

를 지키던 성곽 위로 뻗어오는 찬란한 햇살
과 함께 찾아오고 있었다. 찬란한 조선의 아침 햇살은 서울뿐 아니라
이 땅의 모든 산하를 비추기 시작했다.

이날 아침 8시 30분, 종로 경찰서 고등계장 히로세는 전화기에 대고
버럭 소리를 질렀다.

"아, 누구야?"

전화를 걸어온 사람은 밤새 기다리고 있던 아사노 형사였다.

"어찌 됐나?"

"아, 계장님! 보성인쇄소를 수색했습니다만…."

"아무 것도 못 찾았단 말이지?"

"핫!"

"그럼, 여태 뭘 하다가 이제야 전화를 거는 건가? 응?"

"죄송합니다, 계장님….'"

"잔말 말고 지금 당장 들어와!"

"하…!"

"안동 헌병파견대에서 신철에 대한 보고가 들어왔다!"

"예? 만주에서요?"

고등계장 히로세는 수화기를 던지듯이 내려놓았다.

"음…, 조선 놈의 신 형사 새끼!"

그는 이를 악물듯이 담배 한 대를 빼물었다. 그리고 얼마 후 아사노 형사가 들어왔다.

"계장님, 만주에서 무슨 정보가 들어왔습니까?"

"아무래도 심상치가 않아."

"아니, 무슨 정보를 들으셨기에?"

"네 놈은 밤새껏 어딜 쏘다니다가 이제야 오나?"

히로세가 갑자기 소리를 지르자 아사노 형사는 당황했다.

"보성인쇄소 사장 이종일의 소재를 찾느라고 경성 시내를 샅샅이 뒤졌습니다."

"그래서 찾았나?"

"죄송합니다만, 아직….'"

"멍청한 놈!"

그러나 아사노 형사를 야단치면서도 히로세는 속이 타들어 갔다.

"안동 헌병대에서 무슨 보고가 왔습니까?"

"그 자식에게 느닷없이 출장명령을 내려 준 내가 잘못인지도 모르지."

"예?"

히로세는 화가 나서 버럭 소리를 또 질렀다.

"안동 헌병대뿐만이 아냐. 신의주 헌병대에도 확인해 봤지만, 그 놈의 보고가 전혀 터무니없는 정보라는 거야!"

히로세는 분에 못 이겨 책상을 꽝 내리쳤다.

"후쿠다는 보성인쇄소가 수상하다고 생각했으면 제놈이 직접 조사할 것이지 왜 신 형사에게 정보를 넘겨주고 돌아왔느냐 말이닷! 바보 같은 놈!"

후쿠다 형사를 욕하는 소리였다. 그러나 후쿠다는 그 자리에 없었다.

"역시 그 자식의 신의주 출장과 보성인쇄소 사장 이종일 사이에 무슨 관계가 있는 것 같습니다."

"관계고 뭐고 간에 그저께 밤에 보성인쇄소에서 찍어낸 인쇄물이 무슨 인쇄물인지 확인해야 될 게 아냐?"

"그래서 제가 밤새도록 그 자를 찾으려고 했지만…."

이때 다른 형사 한 사람이 인쇄물 몇 장을 들고 들어서며 말했다.

"계장님, 이것 좀 보십시오."

"뭐야, 그건?"

"지금 시내에 이상한 인쇄물이 나돌고 있습니다."

인쇄물을 받아 본 히로세는 벌떡 자리에서 일어났다.

"응? 조선 독립선언서…?"

"아니, 이런 걸 어디서 입수했나?"

"하! 효자동, 필운동 일대의 조선인들이 신고를 해왔습니다."

"뭐라고?"

"하! 새벽에 일어나 마당에 나갔더니 떨어져 있더랍니다."

"오늘 새벽에?"

"핫! 그리고 필운동 쪽에서는 이걸 던져 놓고 달아나는 범인을 목격한 사람도 있답니다."

"뭐야?"

"배화여고보의 학생을 보았다는 사람도 있고, 양정고보의 남학생을 봤다는 사람도 있습니다."

"음…."

3월 1일 아침, 3·1의거에 관한 정보가 경찰에 입수된 것은 다행스럽게도 이런 정도의 불확실한 것뿐이었다. 히로세가 급히 아사노 형사를 불렀다.

"오이, 아사노!"

"핫!"

"이렇게 단정할 수밖에 없다. 이 불온 인쇄물은 보성인쇄소의 이종일이 인쇄한 것이 틀림없다. 우연히 그 사실을 탐지하게 된 조선 놈 형사 신철이 그에게 매수되어 거짓 정보를 만들어 출장을 가버린 것이다."

"아니, 계장님!"

"아사노, 전 계원을 집합시켜! 이종일의 소재를 수사한다!"

"계장님, 이 사건을 즉시 경무국에 보고해야 하지 않습니까?"

"경무국…?"

"이런 중대한 사건을 보고하지 않으면…."

"이봐, 아사노!"

"핫!"

"이번 일을 경무국장 각하께서 아시게 되면 어떻게 될 것 같은가?"

"그, 그렇군요. 고지마 국장 각하께서는 신 형사의 허위정보를 확인도 안하고 출장명령을 내린 계장님께 좀…."

이런 이유로 3·1 독립운동은 잠시나마 상부에 보고되지 않았다.

한편 토요일이라서 느지막하게 출근한 고지마 경무국장에게 하세가와 총독 비서과장 엔도로 부터 호출이 왔다.

"무슨 일입니까, 엔도 과장!"

"그건 저도 잘 모르겠습니다."

"아니, 엔도 과장께서 모르는 일이 어디 있습니까?"

"하하하, 경무국장님!"

"예?"

"오늘부터 3월입니다. 봄입니다. 봄!"

"아니, 그래서요?"

"하핫…, 봄이 되어 처음 맞이하는 토요일이니 총독 각하께서 또 온천 생각이 나시나 봅니다."

"예?"

"아마 그래서 경무국장 각하를 수행시키고 싶으신 모양입니다."

"아니, 엔도 과장!"

고지마는 짐짓 발끈했다.

"이태왕 전하 국장을 불과 이틀 앞두고 총독 각하께서 온천여행을 떠나시다니, 그게 말이 됩니까?"

"곧 관저로 오십시오. 정무총감 각하께서도 와 계시고, 이왕직 고쿠부 차관 각하께서도 오실 예정입니다."

"알겠소. 곧 가겠소만 절대로 온천여행은 재고하시라고 여쭈십시오."

경무국장 고지마는 수화기를 놓고 투덜댔다.

"아무리 연세가 많으신 총독 각하라지만 그토록 세상물정에 어두우셔서야…, 쯧쯧!"

그는 퉁명스런 표정으로 경무국을 나섰다.

9시 40분, 하세가와 총독관저에는 야마가타 정무총감이하 고지마 경무국장, 고쿠부 차관, 그리고 총독 비서과장 엔도가 모였다. 곧이어 하세가와 총독의 주재로 회의가 진행되었다.

"경무국장은 이태왕 장례식 날에 마치 무슨 큰 불상사라도 발생할 것처럼 얘기하는군."

총독 히세가와는 잔뜩 못마땅한 눈으로 경무국장 고지마를 쏘아보며 말했다. 고지마는 얼른 그것이 아니라고 부인했다. 하세가와는 여전히 불쾌한 기색으로 이번에는 고쿠부를 향해 물었다.

"고쿠부 차관! 분명히 말하시오. 이태왕 장례식 준비에 미비한 점이 있소?"

"아닙니다. 만반의 준비가 완벽하게 진행되고 있습니다."

"음, 그렇다면 내가 잠깐 자리를 비웠다가 국장날 아침까지만 돌아오면 되는 것 아닌가?"

"그렇습니다. 각하!"

하세가와는 다시 시선을 경무국장 고지마에게 돌렸다. 아직도 못마땅한 눈초리였다.

"그렇다면 경무국장만 치안에 자신이 없어 하는군."

당년 70세의 하세가와 요시미치, 그 엄청난 권위에 고지마 따위가 도전을 하다니. 일찍이 청일전쟁 당시 여단장으로 전공을 세워 남작이 되었고, 러일전쟁 때의 공으로 육군대장에 자작이 되었고, 을사조약이 체결되자 조선 주차군 사령관에 임시통감대리를 겸임했으며, 1912년에 일본군 참모총장, 1914년에는 원수 백작, 1916년에 제2대 조선 총독이 되어 4년 동안 한반도의 제왕으로 군림해 온 하세가와 백작의 행동에 누가 감히 견제를 할 수 있단 말인가.

그러나 경무국장 고지마도 제법 고집이 센 친구였다.

"각하, 일반 민중에 대한 치안은 아무 염려가 없으나 문제는 국장의식 절차 때문입니다."

"뭐, 국장의식 절차 때문이라구?"

하세가와는 또 버럭 소리를 질렀다.

"각하! 국장의식을 일본식과 조선식 두 가지로 거행할 경우 조선인 고관대작들의 반발이 완강할 것 같습니다."

"음…, 결국 조선 민중은 걱정이 없는데, 국장의식을 반대하는 조선 명사들이 말썽이란 말이군."

"그렇습니다, 각하!"

고지마는 득의만만한 얼굴이 되었다. 그때 전화벨이 요란하게 울렸다. 비서과장 엔도가 받았다.

전화를 걸어온 것은 종로 경찰서장 아오기였다. 고지마 경무국장이 급히 전화를 바꿨다.

"무엇이? 연희전문, 중앙학교 학생들?"

조선인 학생들이 떼를 지어 파고다공원으로 모여들고 있다는 것이다. 고지마가 긴장한 표정으로 전화를 받고 돌아서자 하세가와 총독이 물었다.

"뭐야?"

"학생 수백 명이 파고다공원 쪽으로 모여들고 있답니다."

그 말에 하세가와는 너털웃음을 터뜨렸다.

"자네들, 내가 온천으로 떠나지 못하게 하려고 별의별 연극을 다 꾸미는군 그래."

"연극이 아닙니다, 각하!"

"어린 학생 놈들이 모여서 뭘 어쩌겠다는 건가? 내버려 두라고. 기껏해야 이태왕의 장례식 연습이나 하겠지."

아오기로 부터 전화를 받고 당황한 고지마는 몸을 벌떡 일으켰다.

"아무래도 소관은 종로 경찰서에 다녀와야겠습니다."

고지마는 서둘러 밖으로 나갔다. 하세가와는 그 뒤에다 대고 욕을 퍼부었다.

"조선에 오는 경무국장놈들은 모조리 정치군인들이야. 총독까지도 감히 제 마음대로 조종하려 들거든. 되먹지 못한 녀석 같으니!"

이 시각, 계동의 손병희는 느지막하게 아침상을 받고 있었다. 어젯밤 이완용을 만나고 밤늦게 돌아와 새벽까지 잠을 이루지 못하다가 조금 눈을 붙이고 일어났던 것이다.

아침상 앞에 다소곳이 앉은 아내의 얼굴에는 근심과 두려움이 가득 차 있었다. 남편의 일에 좀처럼 참견하지 않는 아내였지만 이날만은 불안한 미음을 떨쳐버리지 못하겠다는 듯 조심스럽게 물었다.

"오늘 무슨 일이 있습니까? 저…, 무엇인지 모르지만 공연히 두렵습니다."

"아…, 아무것도 아니오."

손병희는 마지막 순간까지도 아내에게 밝히려고 하지 않았다. 주옥경도 더이상 묻지 않았다.

이때 대문을 두드리는 소리가 들려오자 주옥경은 자지러지게 놀랐다.

"아니, 왜 그리 놀라시오?"

"누가 왔나 봅니다."

"사람이 찾아왔는데 놀랄 일이 뭐요? 어서 나가 보시오."

찾아온 사람은 이종일이었다. 주옥경은 이종일을 사랑채로 안내해 놓고, 손병희에게 아침식사를 계속하도록 권했다.

그러나 손병희는 자리에서 일어섰다.

"음, 옥파가 왔다면 나가 봐야지."

"자시던 진지나 마저 드시고 가십시오!"

"아니, 손님이 와 계신데 밥을 먹고 있는 인사가 어디 있소?"

"집에서 드시는 마지막 진지가 되실텐데."

"응? 임자가 그걸 어찌 알았소?"

"자리 밑에 넣어두신 선언서의 날짜가 오늘인 것을 보았습니다."

의암 손병희는 아내의 손을 꼭 잡아주었다.

"그것이 아니라도 알고 있었으리라 믿었소. 그러나 알고 있었으니 임자도 각오는 되어 있겠지?"

"하지만…."

"옥파를 만나고 곧 떠나야 할테니 어서 옷이나 한 벌 챙겨 주시오. 좀 두꺼운 것으로 말이오."

"다 마련해 놓았습니다."

당시의 감옥은 난방시설과 이부자리가 없어서 추운 겨울에는 얼어 죽는 수가 비일비재하였다. 그러므로 두꺼운 옷을 입고 들어가야 했다. 말은 하지 않고 있으면서도 이미 용의주도하게 준비를 해놓고 있는 주옥경이었다.

"음…, 어쩐지 밥상에 맛있는 찬이 많다 했더니…."

손병희는 사랑채로 나갔다.

"옥파는 어디서 밤을 새웠소?"

"돈의동 위창 오세창의 집에 있었습니다."

"음, 거기는 아직 왜놈의 손이 못 미쳤던 게로군."

"아닙니다. 아침부터 그 부근에도 저를 잡으러 나왔었답니다."

"하하하…, 옥파가 제일 먼저 수배가 된 모양이군 그래."

"그보다 신철 형사가 우리의 비밀을 지켜 주려다가 들통이 난 모양
이니 걱정입니다."

"신형사가 왜놈들에게 가혹한 보복을 당할텐데, 큰일이군."

"파고다공원에는 벌써 이른 아침부터 학생들이 모여들고 있답니
다."

"음, 갑시다."

"2시니까 아직 시간이 있습니다."

"태화관으로 가기 전에 옥파는 좀 다녀오실 데가 있소."

"예?"

"아무래도 박 교주에게 옥파가 가서 전해 주는 게 좋겠소."

박 교주란 천도교 교주 박인호를 말하는 것이다. 그 당시 박인호는
당년 65세의 고령으
로 의암에 이어 천
도교의 제4세 교주
로 있었는데, 손병
희는 그때까지도 박
인호에게는 이번 거
사를 비밀에 붙이게
했다.

그것은 현 교주까
지 가담시키면 천도
교 조직 전체가 마

▶ 대구 달성공원에 세워진 최제우 동상.

▲ 천도교의 군상지 용담정. 최제우가 득도한 곳으로 현재 천도교
수련원으로 사용됨.

비될 염려가 있기 때문이었다.

"교주로서 우리 천도교를 잘 이끌어나가도록 이번 일에 가담은 안 시켰지만, 오늘이 마지막이니 실토 겸해서 부탁의 말을 전하고 떠나는 것이 교주에 대한 예의이기도 하겠고…."

손병희는 교조(敎祖) 수운 최제우와 2대 교주 해월 최시형의 뒤를 이은 3대 교주로서, 그 후계자인 4세 교주 춘암 박인호에게 내리는 유시문을 3월 1일 아침에야 보내게 되었다.

"아니, 의암 신사께서 창졸간에 이런 훈유(訓諭)만 보내시면 우리 천도교는 어찌 하란 말씀입니까?"

"불가불 사세가 이렇게 되었습니다."

"너무들 하시었소. 어찌 대도주인 나만 빼놓으셨단 말이오?"

"의암 선사의 뜻입니다. 대도주께서는 우리 천도교의 장래를 책임지셔야지요."

이종일로부터 의암의 유사사문을 받은 박인호는 3·1거사에 참여치 못하는 것을 못내 서운해 했다.

이종일을 박인호에게 보내고 난후 손병희는 아내의 배웅을 뒤로한 채 자신의 승용차에 몸을 싣고 태화관으로 향했다.

당시 총독부의 일본인 고관들의 차를 포함하여 서울 장안의 승용차는 불과 30여대였다. 그러한 세상에 의암 손병희에게 자가용 승용차가 있었으니, 당시 천도교의 교세가 얼마나 컸었는지 알 수 있다.

승용차 운전수는 중국인 하라삼이라는 사나이였다.

"부디 몸을 아끼고 만사에 조심해야 하네."

손병희는 따라 나온 아내 주옥경을 조용히 돌아보며 말했다.

"소원대로 되시기만 빌겠습니다."

주옥경은 왈칵 터지려는 울음을 참으며 겨우 이 한 마디를 하였다.

계동 골목을 빠져나온 승용차가 안국동 네거리를 막 접어들었을 때 운전수 하라삼이 말했다.

"오늘도 안국동 별궁에서 이태왕 전하의 장례식 연습을 하는가 봅니다. 구경꾼들이 저렇듯 극성인 걸 보니 아무래도 무슨 일이 일어나고 말 것만 같습니다."

그는 지금 자기가 태우고 가는 주인이 무슨 일을 하러 가고 있는지를 모르고 있었다.

파
고
다

공
원
의

함
성

3월 1일 11시 45분경, 손병희는 독립선언서 선언식 장소인 태화관 앞에 도착했다.

"아니, 교주님! 웬 경찰들이 저렇게 난리들입니까?"

"아무 일도 아닐 걸세. 아무 소리 말고 자네는 어서 집으로 돌아가게."

의암 손병희는 의연히 승용차에서 내렸다. 그리고 그 곳 태화관의 앞 골목을 통해 파고다공원 쪽으로 달려가는 경찰들을 바라보며 태화관 안으로 들어갔다.

"선생님!"

최린이 현관에서 기다리고 있다가 급히 다가왔다.

"몇 사람이나 모였소?"

"약 반수는 모인 것 같습니다."

"옥파는?"

"예, 이 사장께서는 제일 먼저 와 계십니다. 어서 2층으로 올라가십시오."

"그것보다도 최 교장, 파고다공원 소식은 들었소?"

"남녀 학생 수천 명이 벌써 모였다는군요."

"수천 명?"

"예!"

"음, 우리가 예상했던 대로 지금 온 장안의 경찰력이 그쪽으로 쏠리고 있는 것 같군."

"예, 다행스런 일입니다."

"아직 이곳 태화관은 전혀 눈치를 채지 못하고 있겠지?"

"물론입니다."

"학생들이 우리들을 위해 희생되는 격이 되었구려."

"그렇습니다. 하지만 만약 이 장소가 미리 발각이라도 되면 선언식은 불발이 되고 맙니다. 어서 2층으로 오르십시오."

선언식 장소를 파고다공원에서 태화관으로 옮긴 것은 역시 잘한 일이었다.

종로 경찰서 경찰들은 파고다공원에 아침부터 학생들이 모여드는 것을 보고 만약의 사태에 대비해서 그 외곽에 경계망을 치고 있었다.

그런 만큼 그 안으로 민족대표들이 들어가 장문의 선언서를 낭독하고, 선포한다는 것은 거의 불가능한 노릇이었다.

손병희가 최린의 선견지명이 옳았다고 생각하고 있을 때 청년 세 사람이 태화관으로 들이닥쳤다.

"아니, 선생님!"

"선생님, 어찌 된 일입니까?"

잔뜩 흥분한 세 청년이 손병희와 최린에게 다가와 멱살이라도 잡을 듯이 다그쳤다.

"박희도 선생님은 대체 어디 계십니까?"

느닷없이 나타난 젊은이들의 과격한 행동에 손병희와 최린은 당황했다. 그들은 손병희와 최린을 이미 알고 있었다.

손병희가 청년들에게 물었다.

"젊은이들이 무슨 일로 왔는지 차근차근 얘기 해보시게!"

"그럴 시간이 없습니다. 의암 선생님!"

젊은이들은 더욱 절규했다.

"저희는 연희전문학교 학생대표입니다."

"오!"

그 세 사람은 강기덕, 김원벽, 한위건이었다. 12시 정각에 학생들을 파고다공원에 모이라고 해놓고 왜 여기에 와 있느냐는 것이었다.

"도대체 우리에게 연락을 주신 박희도 선생님은 어디 계십니까?"

비로소 전후사정을 안 손병희는 황급히 그들을 별실로 들어오도록 했다. 그러나 그들은 막무가내로 손병희와 최린의 소맷자락이라도 잡아끌고 갈 태세였다.

"어서 파고다공원으로 가셔야 합니다!"

"알고 있네."

"지금 천여 명의 학생들이 모여 선생님들을 기다리고 있습니다. 그리고 백여 명의 왜놈 경찰들이 파고다공원을 겹겹이 둘러싸고 저희들의 동향을 지켜보고 있습니다."

"글쎄 알고 있다니까."

"아신다면서 왜 여기에 숨어 계십니까? 시간은 다 되어 가는데 민족대표는 한 분도 나타나시지 않으니 대체 무슨 까닭입니까?"

"저희들에게는 지도자가 계셔야 합니다. 서른세 분이 나오셔서 독립을 선포한다고 하시더니 단 한 분도 안 나오셨습니다. 대체 무슨 일입니까?"

"장소를 변경했네!"

"예?"

손병희와 최린은 그들에게 장소를 변경한 이유를 설명했다.

그러나 학생대표들은 얼른 납득하려 들지 않은 채 추궁을 하듯 이구동성으로 따졌다.

"선생님들은 그만한 각오도 없이 이번 거사를 계획하셨단 말씀입니까? 죽는 것이 그렇게 두려우십니까?"

"결국 선생님들은 저희들과의 약속을 저버리셨군요."

"공원에 모인 학생들은 크게 실망하고 분노할 것입니다."

"그러나 제군들 3·1운동은 어디까지나 평화적인 가운데서 진행되어야 하네. 선언서 말미의 공약3장에 그 점을 분명히 하고 있지 않은가?"

"선생님, 그럼 저희들은 어떻게 하면 좋겠습니까?"

손병희가 단언하듯 말했다.

"자네들은 예정대로 파고다공원에서 독립선언을 선포하도록 하게!"

최린은 파고다공원에 모인 학생들에게 자신들의 뜻이 정확히 전해지도록 세 청년에게 충분한 설명을 해주었다.

"좋습니다. 그럼! 저희는…."

▲ 만세시위가 있기 직전의 파고다 공원.

그러나 세 청년은 여전히 못마땅한 표정이었다.

한편 독립선언식이 거행되기 직전 무장 헌병들을 데리고 파고다 공원에 나타난 총독부 경무국장 고지마는 종로 경찰서 서장을 불렀다.

"음, 굉장한 인파로군…."

종로 경찰서장 아오기가 고지마 앞으로 급히 달려왔다.

고지마는 군중들을 쏘아보며 아오기 서장에게 물었다.

"도대체 뭣들하고 있는 거야? 이태왕의 국상은 내일모레야. 이틀이나 앞당겨서 무슨 특별한 추도식이라도 하겠다는 건가?"

아오기는 목소리를 낮추어 말했다.

"각하, 아무래도 이상한 움직임이 있는 것 같습니다."

"응?"

"이것 보십시오."

"뭐야, 그건?"

"새벽부터 이런 인쇄물이 관내에 나돌고 있습니다."

아오기는 독립선언서 한 장을 내밀었다. 그러나 그것을 받아든 고지마는 몇 줄 읽다가 말고 한바탕 웃어댔다.

"독립선언서? 으핫하하…, 지금 무슨 잠꼬대를 하는 건가?"

"그러나 각하!"

"바보 같은 놈들. 자네도 이걸 믿고 있나?"

"각하, 여러 가지 정보를 종합해 보건대 이자들이 모인 의도가 아무래도 불순한 것 같습니다."

"그래…?"

"그렇지 않고서야 저렇게 많은 조선인들이 모여들 리가 없지 않습니까!"

"일단 돌아가서 자세히 검토해 봐야겠군. 아오기 서장!"

"하!"

"별도의 명령이 있을 때까지 외곽경비만 하게. 이태왕 전하의 국상을 앞두고 소란이 일어나면 좋지 않으니까."

마침내 12시, 남산 왜성대에서 정오를 알리는 오포소리가 들려왔다.

태화관에서 파고다공원으로 돌아온 연희전문학교 학생대표 김원벽, 강기덕, 한위건은 운집해 있는 군중들을 향해 외쳤다.

"학생 여러분, 애국시민 여러분!"

웅성거리던 군중들은 한순간 물을 끼얹은 듯 조용해졌다.

"사정으로 인해 우리 민족대표 서른세 분은 오늘 다른 장소에서 선언식을 가지기로 하였습니다. 따라서 우리도 지금부터 독립선언식을 거행하겠습니다."

강기덕이 독립선언식 개최를 선언했다. 이때 느닷없이 팔각정 위로 한 사나이가 뛰어올라왔다.

"여러분!"

그는 불을 뿜는 듯 격한 소리로 군중을 향해 외쳤다.

"나는 해주에서 올라온 정재용이란 사람이오. 민족대표들께서 안계시다니 제가 대신 선언서를 낭독하겠습니다!"

황해도 해주 태생으로 경신중학을 나온 정재용은 우렁찬 목소리로 독립선언서를 낭독하기 시작했다.

3·1독립선언서가 대중 앞에 낭독되는 최초의 순간이었다.

파고다공원에서 정재용의 목소리가 우렁차게 울려 퍼지는 그 순간에도 왕십리와 청량리, 서대문, 용산 등 각지에서 수 많은 사람들이 계속 구름처럼 장안으로 밀려들어오고 있었다.

마침내 정재용의 선언서 낭독이 끝나자 강기덕의 선창으로 그곳에 모인 학생들과 수많은 군중들은 만세삼창을 불렀다.

"대한독립 만세!"

"대한녹립 만세!"

"대한독립 만세!"

지금까지 엄숙히 선언서 낭독을 들으며 가슴속 깊이 울분을 새기고 있던 군중들은 일제히 두 손을 높이 쳐들었다. 그리고 피를 토할 듯 한 절규로 독립을 외쳤다. 울음이 터질 듯한 비통한 절규로 만세를 부르짖었다.

그 소리는 우레와 같았다. 만세소리로 종로 전체가 뒤흔들리기 시작했다. 그 흔들림은 지진이 일어난 것과 같았다. 그리고 영원히 사라진 줄로만 알았던 태극기가 함성소리와 함께 수많은 인파를 뒤덮었다.

파고다공원의 외곽경비를 지휘하고 있던 종로 경찰서장 아오기는 꿈을 꾸는 것만 같았다. 그는 특별한 지시가 있을 때까지는 외곽경비만 하라는 고지마 경무국장의 명령을 따를 수밖에 없었다.

만세운동의 불길은 계속 거세게 타오르고 있었다.

그 함성 소리는 태화관에도 들려왔다.

태화관 에서는 아직 모여야 할 대표 33인이 다 모이지

않은 상태여서 다들 긴장된 모습이었다.

1시 40분경이 되었다. 현관에서 선언서 식장인 2층을 오르내리며 안절부절 못하던 최린이 손병희에게 알렸다.

"선생님, 학생들이 시위행진에 들어간 것 같습니다."

"더 오실 분이 없으니 이제 시작하시지요."

이승훈이 초조한 듯 재촉했다. 그러자 사회를 맡은 한용운이 말했다.

"그런데 대표 네 분의 얼굴이 안보입니다."

"아, 제가 말씀드리지요."

이승훈이 좌중을 향해 큰소리로 말했다.

"지금 이 자리에 안 나오신 분은 우리 기독교측의 네 분입니다."

"아니, 선언서에 서명을 한 분들이 안 나오시다니요?"

▲ 3월 1일 하오 2시, 태화관에 모여 독립선언식을 거행한 민족대표 29인 (4명 불참)

"그렇습니다. 길선주, 유여대, 김병조, 정춘수 이 네 분 목사님은 평양과 의주로 가셔서 우리와 같은 시각에 독립선언식을 주재하기로 약속했습니다."

"비록 그분들은 지금 이 자리에 없으나 우리보다 한몫을 더하고 계실 겁니다. 그리고 이 선언서에 분명히 서명을 한 분들이니까, 민족대표로서의 책임을 다할 것입니다."

이로써 독립선언식은 이들 4명이 빠진 29명의 민족대표만 참석한 가운데 거행되었다.

마침내 한용운이 개회를 선언했다.

"그럼, 곧 독립선언서 선언식을 거행하겠습니다. 각자 가지고 계신 선언서를 꺼내 주십시오."

모두들 품 속에서 독립선언서를 꺼내들었다.

이때였다. 태화관 주인 안명환이 뛰어 올라왔다.

"선생님, 의암 선생님!"

안명환은 그들이 단순한 연회로 모이는 줄로만 알았다가 종업원의 말을 듣고 허겁지겁 달려왔다.

"선생님들, 저희 집에서 이런 일을 하시면 어떻게 합니까? 예? 안됩니다. 저는 어떻게 하라고 이런 일을 여기에서 하신단 말씀입니까?"

"여보시오, 주인장! 당신은 도대체 어느 나라 사람이오?"

"예? 어느 나라 사람이라니요?"

"아니, 저런…."

최린과 한용운이 안명환을 꾸짖고 나서자 손병희가 안명환을 향해 말했다.

"여보게, 안 서방!"

"예!"

"이 일은 자네에게 아무 책임이 없는 일이야."

"하지만 이런 일이 제 집어서 일어나면…."

"안 서방, 여러 소리 할 시간 없네. 그렇잖아도 경무국에 연락할 사람이 없던 참이야. 지금 곧 자네가 총독부 경무국장과 종로 경찰서장에게 전화를 걸어 우리를 고발하면 되겠군. 여기서 민족대표들이 독립선언언식을 하고 있다고 신고하게."

"아니…?"

안명환은 어리둥절한 표정으로 어찌 할 바를 모르고 있었다.

"어서 내려가 보고를 하게. 하세가와 총독과 정무총감에게는 이미 선언서를 보내 놓았으니 다 알 것이고, 지금 파고다공원과 종로일대에서 시위가 한창이니 놈들은 우릴 혈안이 되어 찾고 있을 걸세."

"아니⋯, 선생님!"

"어차피 밝혀질 일이니, 기왕이면 안 서방에게 화가 미치지 않도록 하면 좋겠지. 어서 내려가 전화를 하게!"

안명환은 잠시 머뭇하다가 뛰어 내려갔다.

안명환이 허겁지겁 뛰어 내려간 직후, 독립선언식장엔 잠시 얼음장 같은 긴장이 흘렀다.

한용운이 흥분해서 손병희에게 추궁하듯 말했다.

"의암 선생님, 어쩌자고 저자에게 그런 말씀을 하십니까?"

"어차피 우리는 잡혀갈 것이니 그들에게 먼저 알리는 것이 오히려 떳떳하지 않겠소?"

한용운이 이 말에 더 크게 반발했다.

"아니, 그렇다고 선언식도 하기 전에 화를 자초한단 말입니까?"

"아무리 빨리 서둔다고 해도 왜놈의 경찰이 출동을 하려면 30분 정도는 걸릴테니, 우리에게 30분의 여유는 있소."

"아니, 의암 선생님!"

손병희의 말을 듣고 이승훈도 한용운과 함께 매우 흥분했다.

"도대체 무슨 말씀이십니까? 선생님, 대체 우리가 무엇 때문에 그들에게 잡혀가야 한단 말입니까?"

"아니, 만해 스님은 그만한 각오도 되어 있지 않으셨소?"

"지금 그런 각오가 문제가 아니잖습니까? 선생님 말씀대로라면 우리가 범법자라고 자인하고 자수를 하는 꼴이 되지 않습니까!"

한용운의 주장은 이러했다. 우리는 절대로 죄를 짓는 것이 아니다. 정당하게 평화적으로 민족의 의사를 표시하는 것이다. 그런데 선언식을 하고 스스로 잡혀 들어간다면 자수가 아니고 무엇인가. 자수는 곧 자기 죄를 인정하는 것이다. 죄는 곧 잘못이니, 독립선언식을 한 것이 잘못이라고 인정하고 죄를 받겠다는 것이나 무엇이 다르단 말인가. 잡혀 가더라도 자수가 아니라 체포를 당해야 하고, 체포당할 때까지 투쟁을 하며, 백성들을 동원하고 운동을 확대시킬 수 있을 때까지 확대시킨 다음 붙잡혀야 한다는 것이 한용운의 주장이었다.

그러나 손병희의 생각은 달랐다. 이미 일본 정부와 의회에 선언서와 청원서를 보내고 조선 총독부에도 통고를 한 마당에 소위 민족대표라는 자들이 표면에 나서지 않고 숨어 있을 수는 없다는 것이다. 오히려 우리들이 스스로 감옥행을 자청함으로써, 온 백성이 더욱 들고일어나리라는 것이었다.

"우리 스스로가 그들에게 알려 주는 것이 가장 떳떳한 태도라고 생각합니다. 그리고 또 앞으로의 독립운동도 민중들에게 모범이 되어 희생을 방지할 수도 있을 것입니다. 2천만 조선 민족이 우리와 같이 만세를 부르고 다 같이 감옥으로 가면, 나중에는 수감된 민중의 수효가 밖에서 살고 있는 민중의 수효보다 많을 때, 우리의 의거가 성공될 것인즉, 왜적은 2천만 전부를 가둘 수도 없고, 2천만 전부를 죽일 수도 없을 거요."

"하지만 선생님, 누가 그것을 보장합니까? 우리가 지금 선언식을 끝내고 잡혀 들어가기만 하면 목적이 관철되는 겁니까? 뒤를 이어 전 국민이 보다 거국적이고 거족적인 운동을 전개해야 합니다. 우리가 스스로 잡혀 들어간다면 이 임무를 스스로 포기하고 선도적인 지도역할을 중단하는 것이 됩니다. 쫓기다가 등에 칼을 맞고 죽더라도 그것에 큰 뜻이 있습니다. 이러다가는 우리가 왜놈에게 자수하고 말았다는 백성들의 빈축을 사기 쉽습니다."

"빈축…?"

"선생님 말씀대로 우리가 그렇게 처신하면 군중과 학생들의 비난을 면치 못할 것입니다."

"음…."

손병희는 마침내 자신의 실책을 일부 시인하는 듯 했다. 그러나 사태는 절박했다. 이승훈이 한용운을 향해 말했다.

"이제 와서 어떻게 하겠소. 이미 엎질러진 물이오. 어서 식순이나 진행하시오."

이제 남은 일은 왜경들이 오기 전에 선언식을 마치는 것뿐이었다.

한용운은 품 속에서 태극기를 꺼내 벽에 걸었다. 3월 1일 오후 2시 20분경이었다.

민족대표들의
독립선언식

경무국장
고지마는 종로 경찰서장 아오기로 부터 받아온 독립선언서라는 맹랑한 불온문서를 책상 위에 펴놓고 머리를 쥐어짜고 있었다.

"아니, 이게 도대체 무슨 잠꼬대 같은 소리들이야? 조종(祖宗), 세업(世業), 식민지시? 흥, 문화민족이라고? 토매인우(土昧人遇)해? 정복자들의 쾌를 탐…, 아니, 이건 도대체…, 오이 자네!"

"핫, 각하!"

"빨리 불러오라는데 뭘 꾸물거리고 있나?"

"하, 파고다공원 앞에서 지금 막 출발하셨다고 합니다."

"고등계장이 아니야, 임마! 경무국 촉탁 배정자를 불러오란 말이야, 배정자!"

"핫!"

"배정자를 불러다가 이놈의 도깨비 같은 독립선언서를 번역시키도록 해!"

"곧 덕수궁으로 연락을 하겠습니다. 이태왕 전하 빈전에 참배를 하고 있다고 하니 곧 이리로 오라고…."

고지마는 주먹으로 책상을 꽝하고 내리쳤다. 바로 그때 전화벨이 울려왔다.

종로 경찰서장 아오기로부터 온 전화였다.

"어떻게 됐나? 파고다 공원의 학생 놈들이 시가행진에 들어갔다면서?"

"각하, 그것보다도 큰일이 났습니다."

종로서장 아오기의 목소리는 매우 긴장되어 있었다.

"그 독립선언서에 서명한 소위 민족대표라는 자들이 지금 선언식을 거행하고 있답니다."

"뭐라고? 민족대표가?"

"서른세 놈의 조선 민족대표라는 자들입니다."

"그 자들이 지금 어디에 있나?"

"태화관 2층입니다. 그들이 독립선언식을 하고 있다고 태화관 주인 안명환이 신고를 해왔습니다."

"그 자들, 그 자들이 결국 학생들의 배후조종자들이었군 그래."

"그렇습니다, 각하!"

"당장 체포를 해!"

"핫! 하지만…."

"즉각 체포를 하라는데 무슨 놈의 하지만인가?"

"경비과 직원 20명을 그쪽으로 긴급히 배치했습니다만, 아무래도…."

"아무래도 뭐가 어떻다는 거야?"

"그 자들을 체포하는 데는 아무래도 경무국에서 고위간부들이 나와서 현장을 지휘하는 것이 좋을 것 같습니다."

"뭐야?"

"각하, 아시는 바와 같이 그 자들의 이름을 살펴보면 모두가 조선의 거물들입니다."

"이런 병신!"

고지마는 소리를 꽥 질렀다.

"경찰서장이란 관할지역의 치안책임자다!"

"각하, 물론 체포를 하려면 못할 거야 없겠습니다만, 30명이나 되는 거물들이니 경무국 간부가 직접 나와서…."

고지마는 수화기를 던지듯 내려놓고 옆에 있던 부하 직원에게 말했다.

"요시노 경부에게 별동대 20명을 데리고 지금 곧 태화관으로 가서 종로 경찰서장을 지원하라고 해."

그 시각, 야마가타 정무총감은 집무실에서 회전의자를 벽쪽으로 돌려놓고 낮잠을 즐기고 있었다. 이태왕의 장례식만 아니었으면 그는 오늘 금강산 쪽으로 사냥을 나갈 계획이었다. 토요일을 이대로 따분하게 앉아 있으려니 짜증이 났다. 그런데다가 파고다공원에서 학생과 군중이 어떻고 하는 소리가 들려왔으므로 골치가 아픈 김에 의자를 돌리고 눈을 감고 있다가 깜빡 잠이 든 것이다.

그때 총독 비서과장 엔도가 들어와 그의 낮잠을 깨웠다.

"오, 엔도 과장도 아직 퇴근을 안했나?"

야마가타는 졸리운 눈을 억지로 뜨며 회전의자를 돌려앉았다.

"아, 아무래도 좀 이상한 것 같아서…."

엔도 비서과장은 두툼한 편지봉투 하나를 야마가타 정무총감에게 넘겨주었다.

"아니, 이게 뭐야?"

"웬 조선 놈이 찾아와 총독 각하께 드리는 공한이라면서…."

"총독 각하께?"

"총독 각하가 안계시면 정무총감 각하께서라도 좋으니 반드시 친히 개봉하시도록 해달라고 아주 정중한 태도로 접수를 시키고 갔답니다."

"음, 그래? 뭐 또 그놈의 동양척식에 농토를 부당하게 빼앗겼다는 진정서 따위겠지…."

이렇게 중얼거리며 야마가타는 봉투를 찢었다.

당시 조선 총독부에서는 한일 합방 후 토지조사령과, 조선식산은행령 등을 공포하여 식민지 착취의 기틀을 마련하였으므로, 조상대대로 국유지를 소작하던 백성들의 토지가 하루아침에 몰수당하는 일이 부지기수였다.

토지조사령이 발표되자 마자 일본인 경찰관들이 측량기를 멘 총독부 관리들을 대동하고 마을과 들판을 휩쓸기 시작했다.

"어서 오십시오, 나리! 그런데 그게 뭡니까? 그리고 이분은 처음 뵙는 분인데 어디 주재소에 새로 오신 나으리인가요?"

"이 마을의 토지를 조사하러 왔네."

"토지를 조사하러요?"

"응…. 그런데 이 논은 김 서방 땅인가?"

"아닙니다요."

"아니, 그럼 누구 땅인가?"

"그야 당연히 나랏님의 땅입죠."

"나랏님?"

"예, 우리 같은 농사꾼들이 땅은 무슨 땅이 있겠습니까요. 우리가 붙여먹고 살긴 하지만 땅임자는 나랏님입죠."

"그게 무슨 말인가, 김 서방?"

"헤헤! 이런 내력이 있는 땅입죠. 에…. 옛날에는 조상 어른들의 땅이라는 말을 들었습니다만 그게 몇 대조 할아버지 때라고 하던가? 원, 이런 정신머리를 봤나! 아무튼 몇 대 전에 이 땅이 이 고을 원님에게로 넘어갔다는 겁니다요. 그러니 결국 임자는 나랏님이 아니겠습니까요. 헤헤, 그런데 아무개 땅이면 어떻습니까. 그저 처자식 배만 굶기지 않으면 그만이지요."

"음! 그럼, 알겠네. 오늘부터 이 논은 조선 총독부의 것이 됐으니 그렇게 알게!"

"아니, 나으리 그게 무슨 말씀입니까요?"

"지금 김 서방이 자네 땅이 아니라고 하지 않았나?"

"예, 하지만….."

"나랏님이 곧 총독부란 말이야."

이렇게 해서 이 땅의 농민들은 말 한 마디로 조상전래의 땅을 빼앗기고 말았다.

그 땅은 곧 총독부의 소유로 넘어갔고, 다시 그 땅은 동양척식주식회사라는 수탈기관으로 넘어갔다.

농민들의 한숨과 통곡은 차츰 이 땅의 산과 들로 번져나갔다.

"박 서방이 이 땅에 농사를 붙여먹는 것도 이번 가을이 마지막이네."

"순사 나으리, 그게 무슨 말씀입니까?"

"내년부터 이 땅은 일본에서 나온 일본사람들에게 주기로 되어 있네."

"순사 나으리, 이 땅이 없으면 우리 식구 모두가 떼죽음을 당합니다. 우린 뭘 먹고 살란 말입니까? 어이구 나으리 ! 제발 살려 주십시오."

"에…, 정 사정이 그렇다면 일본에서 땅주인이 이사를 오면 부탁해 보게. 누가 오는지는 모르지만 그 사람이 박 서방에게 소작을 줄지도 모르지. 안됐지만 그렇게 하는 게 좋을 거야."

이처럼 토지조사령 공포는 이 나라 농

▲ 지형 측량 광경

민들에게 청천벽력
보다 더한 충격과 비
통함을 안겨 주었다.

1912년 8월 13일
에 공포된 이 토지조
사령에 의해 이 나라
농토의 20분의 1인
733,000 정보와 전체
임야의 4할이나 되

▲ 1908년 12월, 일제가 설립한 식민지 수탈의 본거지인 동양척식주식
회사

는 엄청난 땅이 동양척식주식회사라는 수탈기관의 소유로 돌아갔다.

이렇듯 수탈의 회오리바람은 날이 갈수록 더욱 거세게 몰아쳤으며,
총독부에게서 땅을 넘겨받은 동양척식주식회사는 다시 그 땅을 일본에
시 건너온 비렁뱅이 같은 일본농민에게 가구당 300 원이라는 영농자금
까지 끼워서 줌으로써, 이 나라의 농촌에도 게다짝을 끌고 다니는 일본
인들이 설치기 시작했다.

그러나 이 나라 농민들이 빼앗긴 것은 땅만이 아니었다. 설상가상으
로 이 나라의 농촌에는 농사꾼이 아닌 고리대금업자까지 판을 치며 군
림하기 시작했다.

그들은 동양척식주식회사에 땅을 빼앗긴 채 굶주려 살 길이 막막해
진 농가를 찾아 다니며 유혹을 했다.

이렇듯 일제의 무자비한 수탈로 땅과 돈을 억울하게 빼앗긴 백성들

▲ 종로에서 만세를 외치는 시민들의 모습

의 진정서가 총독부에 수없이 들어오고 있었다. 그러나 아무도 조선 백성들의 진정서를 거들떠보지 않았다.

진정서 따위로만 알고 봉투를 뜯어본 야마가타 정무총감은 깜짝 놀랐다.

"응? 이게 뭐야! 독립선언서?"

"아니, 각하…."

"오이, 경무국장을 불러, 경무국장!"

"하!"

"그리고 총독관저에도 전화를 걸어."

야마가타는 정신이 번쩍 들어서 소리를 질렀다. 엔도가 전화를 하려고 하는 순간, 어디서 부터인가 대한독립 만세 소리가 크게 들려왔다.

"아니, 엔도 과장!"

"하!"

"저기, 저 소리가 뭔가?"

그때 경무국장 고지마가 정무총감실로 달려왔다.

"각하!"

"경무국장, 대체 저게 무슨 소리요?"

"각하, 큰일 났습니다. 조선인 학생들이 독립 만세를 부르며 시가행진을 하고 있습니다."

"뭐? 시가행진!"

"종로 네거리에서부터 본정통 입구까지 뻗어왔답니다."

"그럼…, 폭동인가?"

"폭동은 아니지만, 그들을 배후에서 조종하고 있는 소위 조선 민족 대표라는 자들이 태화관에서 지금 독립선언식을 하고 있답니다."

"음…, 이게 바로 그것이로구만. 바보 같은 놈들! 모조리 체포해."

파고다공원에서 종로 거리로 나온 학생들의 행렬은 도중에서 참여히는 일반 민중들로 인하여 눈사태처럼 불어나 있었다.

그 수효는 어림잡아 1만 명은 넘는 것 같았고, 연도에서 구경하고 호응하는 인파는 이루 헤아릴 수도 없었다.

만세시위 행렬을 헤치며 경무국의 기동대가 오토바이를 몰고 태화관을 향해 출동한 것은 2시 40분경이었었다. 경무국의 기동대가 지나가는 순간에도 군중들의 함성은 그치지 않았다.

"대한독립 만세!"

"대한독립 만세!"

"대한독립 만세!"

서울 거리는 끓어오르는 가마솥처럼 마냥 들끓고, 독립을 찾으려는 민중의 함성은 불길같이 치솟았다.

그 함성 속으로 마치 성난 불독처럼 뚫고 지나가던 경무국 기동대의 오토바이가 광통교 입구에서 마침내 시위군중들에 휩싸여 길이 막히고 말았다.

"비켜, 비켜라. 이 새끼들아!"

발악을 하듯 고함을 질러대던 기동대 대원들이 시위군중에게 총을 겨누려고 하자, 이들을 지휘하던 요시노 경부가 소리쳤다.

"야, 임마! 여기서 총을 쏘겠다는 거야?"

"이 새끼들이 비키질 않잖습니까?"

"이 머저리 같은 자식아, 여기서 총을 쐈다간 밟혀 죽는 걸 몰라!"

"하지만 경부님!"

"놈들이 아직은 폭력을 쓰지 않고 있으니 총을 쏠 것까진 없다."

요시노는 군중에게 호소하듯 말했다.

"여러분, 비키시오. 우리는 지금 공무를 집행하러 가는 길이오. 비키시오!"

그러나 이미 총을 겨누려고 했던 기동대를 보고 흥분한 군중들은 순순히 길을 비키려고 하지 않았다. 오히려 경무국의 기동대들을 겹겹이 에워쌌다. 이 험악한 분위기를 보고 선두에서 만세 시위를 주도하던 강기덕이 쫓아와 군중들에게 호소했다.

"여러분! 길을 비켜 주십시오. 그들이 통과하도록 길을 비켜 주십시오. 우리의 목적은 폭력을 행사하는 것이 아닙니다. 설혹 저들이 무력을 행사하더라도 우리들은 최후까지 폭력을 행사해서는 안됩니다. 여러분, 공약3장을 지킵시다."

금방이라도 기동대를 습격이라도 할 듯 기세가 등등한 군중들은 강기덕의 설득을 듣고 조금씩 물러서기 시작했다. 군중은 그의 지휘에 따랐고, 경무국 기동대들은 다시 오토바이를 부르릉거리며 태화관으로 향했다. 그리고 거리에는 다시 만세행렬이 도도히 물결쳤다.

한편 태화관 밖에는 아오기 서장의 지휘 하에 들이닥친 종로 경찰서 경찰들이 물샐틈없이 포위한 채, 민족대표들을 체포하기 위해 경무국의 요시노 경부가 도착하기를 기다리고 있었다.

이윽고 요시노 경부가 경무국 기동대를 이끌고 도착했다. 3시 5분경이었다.

기동대의 오토바이 소리가 요란한 가운데 태화관 안에서는 한용운의 선창으로 선언식의 마지막 순서인 만세삼창이 시작되고 있었다.

"대한독립만세!"

"대한독립만세!"

"대한독립만세!"

만세삼창이 끝날 무렵, 요시노 경부와 아오기 서장을 선두로 한 경찰들이 선언서 식장 안으로 난입했다.

사회자 한용운이 호통을 쳤다.

"무슨 짓들이오, 이게."

일본 경찰의 난입으로 수라장이 되려는 순간, 의암 손병희가 구둣발로 들어선 종로 경찰서장 아오기 앞에 나서며 침착하게 말했다.

"용무가 있으면 신발이라도 벗고 들어올 일이지, 이게 무슨 무례한 짓이오?"

그 말에 아오기는 순간 당황했다.

"여기 모인 사람들 중에는 당신들에게 대항하거나 달아날 사람이 한 사람도 없소."

"그, 그러시다면 미안합니다."

"대체 여기 온 용무가 뭐요?"

"여러분들을 경무국으로 데려가야겠습니다."

"데려간다고?"

"그렇습니다. 이 집회는 불법집회입니다."

"데려간다는 건…, 체포를 하겠다는 뜻인가?"

"아, 그건 경무국까지 일단 가봐야 알겠습니다."

아오기는 복도에다 대고 소리쳤다.

"모두 밖으로 끌어내!"

그러자 손병희가 아오기를 무섭게 노려보며 호령했다.

"여보게, 자동차를 가지고 오게."

"예? 자동차라니요?"

"우리를 태우고 갈 자동차를 가지고 오란 말이야."

아오기는 어리둥절했다. 그러나 손병희의 불호령은 감히 거역할 수 없는 위세가 있었다.

"자네들은 불법집회라고 하나 우리는 정당하네. 여기 있는 사람들은 적어도 2천만 조선민족의 존경을 받는 대표자들이네. 그리고 이미 떳떳하게 독립선언식을 하였고, 자네들의 상관인 경무국장, 아니 총독에게도 통고를 하였네. 그런데 민족대표자들을 마구 거리로 끌어낸다면, 흥분해 있는 군중들이 가만히 보고만 있겠는가?"

손병희는 그들이 알아듣도록 꾸짖었다.

"자네는 치안을 책임지는 경찰 간부로서 그 정도도 생각을 못 하나?"

"에또…."

"우리가 일본 관헌에게 마구잡이로 끌려가는 것을 보면 군중들이 결코 그대로 두지는 않을 것일세."

"아니, 그러시다면…?"

"그러니까 자동차를 가지고 와서 여기 있는 분들을 모셔 가게!"

"자동차를…?"

"그것이 곧 자네들을 위한 것이야."

"…"

경찰서장 아오기는 과연 그 말이 옳다고 생각했다. 사실 그것은 일본인들을 위한 것이기도 했다. 그러나 손병희가 일본인을 위해 그렇게 호통을 치며 가르쳐 주었던 것은 결코 아니었다.

민족대표들이 그런 꼴로 끌려가는 것을 보고 유혈사태가 빚어지는 것을 미연에 방지하기 위해서였다.

아래층으로 뛰어 내려간 아오기는 즉각 경무국장에게 전화를 걸었다.

이때 경무국장은 하세가와 총독이 소집한 긴급회의에 참석하느라 정무총감실에 가 있었기 때문에 아오기의 전화는 고등과장인 구니도모가 받았다.

고등과장 구니도모는 아오기의 말이 끝나기도 전에 버럭 소리부터 질렀다.

"아니, 그놈들을 잡아 오는데 자동차가 필요하다니?"

그 시각 정무총감실의 긴급회의장에서는 총독 하세가와를 비롯해서 총독부 수뇌들이 독립선언서를 앞에 놓고 다들 곤혹스러워 했다. 오늘 아침까지만 해도 온천여행을 생각하며, 경무국장 고지마를 비웃어대던 하세가와는 자기의 그릇된 판단이 스스로 불쾌해서인지 신경통으로 쑤셔오는 무릎 통증을 참으며 시종 침묵을 지켰다.

그리고 그 앞에서 정무총감 야마가타와 경무국장 고지마가 열띤 토론을 벌이고 있었다.

"소관의 판단으로 이것은 결코 단순한 소요 사건이 아니라고 봅니다."

"그럼 뭐요, 고지마 국장?"

"제국 정부와 조선 총독부의 통치권을 정면으로 부인하는 조선인들의 불순한 폭동입니다."

"폭동?"

"그렇습니다."

"폭동이라면 군대를 동원해서라도 가차 없이 진압해야지!"

비로소 총독부는 독립선언서의 의미가 무엇이며, 소란의 의미가 무엇인가를 깨닫기 시작했다. 그러나 하세가와 총독은 여전히 묵묵부답이었다. 이때 비서과장 엔도가 나섰다.

"그러나 저들은 지금 현재 아무런 폭력도 행사하지 않고 있습니다. 폭력을 쓰지 않고 있는 군중에게 무력을 행사한다는 것은 좀 성급한 결단 아니겠습니까?"

엔도의 조리 있는 말에 고지마 경무국장이 반문했다.

"아니, 그럼 총독부를 부인하는 조선 놈들의 시위를 구경만 하고 있으라는 거요?"

"하지만 평화적인 시위로 의사표시를 하겠다는 이 공약3장을 일단 믿어보는 수밖에 없습니다."

그러자 정무총감 야마가타가 무슨 좋은 해결책이 없느냐고 물었다.

"해산…, 우선 해산을 시켜야지요."

그 말에 고지마가 서슴치 않고 나섰다.

"해산에 불응하는 자들에게는 발포를 해야 합니다. 발포를!"

"국장님, 하지만 시위만 하고 있는 군중에게 발포를 하면 국제적인 비난을 사게 될 텐데, 제국 정부의 외교적 입장은 생각하지 않으십니까?"

"외교적 입장?"

"엔도 과장의 말이 옳아."

내내 침묵만 지키던 하세가와 총독이 입을 열었다.

"아니, 각하…"

"조선인들은 지금 조직적으로 움직이고 있는 것 같소. 그런 것으로 보아 국제적인 여론에 호소하기 위해 소요를 일으킨 것이 분명하오. 파리강화회담에 시기를 맞추기 위해 이태왕의 국상을 무시하고서까지 소란을 일으킨 것이오."

"그렇습니다, 각하!"

"우리가 저들에게 말려들지 않으려면 저 시위를 소리 없이 종식시키는 방법밖에 없습니다. 유혈사태야말로 저들이 노리는 바이며, 또 국제 여론의 함정일 것이오."

"그렇다면 이 소란을 어떻게 저지합니까?"

"우선 주모자들만 체포하도록 하시오. 그리고 될 수 있는대로 그들을 자극시키는 행동은 피해야 하오. 그리고 상세한 보고를 본국 정부에 타전하고, 제국 정부의 훈령을 기다려 처리해야겠소. 엔도 과장!"

"핫!"

"빨리 총리대신 각하께 타전을 하시오."

이날 조선 총독부가 도쿄 정부에 보내는 보고는 오후 3시부터 1시간 동안 다섯 번에 걸쳐 전파를 타고 바다를 건너갔다. 그리고 4시 반경에는 손병희, 최린, 권동진, 오세창 등 민족대표 29인이 경찰이 마련한 자동차에 실려 조선 총독부 경무국 고등과로 연행되었다.

정무총감 실에서 돌아온 경무국장 고지마에게는 시시각각 다급한 보고가 들어오고 있었다.

"각하! 큰일 났습니다."

"뭐야, 또?"

"시위대가 본정통으로 난입하고 있습니다."

"그래서?"

"본정통의 내지인(內地人:일본인) 상점들이 철시를 하고 도망을 치느라 혼란이 극도에 달하고 있습니다."

"…."

"각하, 거류민들을 보호할 방법이 없습니다. 발포명령을 내려 주십시오."

"기다려! 제국 정부의 훈령을 기다려!"

"하지만 각하…."

보고가 채 끝나기도 전에 또 급보가 들어왔다.

"각하, 조선 놈들이 덕수궁으로 난입하고 있다는 보고가 들어왔습니다."

"덕수궁으로?"

"덕수궁으로 들어가 이태왕 전하의 유해를 탈취해 가려고 한답니다."

고지마는 고등과장 구니도모에게 본국 정부의 회신을 빨리 조회하라고 재촉했다.

그 사이 덕수궁의 경호대장 마스모도 소위로부터 숨이 넘어갈 듯한 응원요청이 들어왔다.

"덕수궁 경호대장입니다. 지원 병력을 보내 주십시오. 수 천 군중이 대한문을 뚫고 들어오고 있습니다."

그러나 경무국에서는 당장 그 곳으로 보낼 병력이 없었다.

마침내
올 것 이 오 다

3·1 만세 운동 시위로 서울 장안이 온통 대한
독립만세 소리로 소용돌이 치고 있

는 바로 그 시각, 고종의 유해가 안치된 함녕전 안에서는 슬픈 곡성이
끊이지 않은 채 계속되고 있었다.

특히 왕세자 이은이 서럽게 울었다. 자신의 외로운 처지가 슬펐던 것
이다. 고아나 다름없게 된 자신의 처지가 일본에 있을 때도 그랬고, 또
귀국해서도 그랬다. 그리고 장례식이 끝나면 또다시 일본으로 가야하
는 자신의 처지가 더욱 서러웠다.

"아바마마, 소자는 어찌 하옵니까? 소자는…."

"은아!"

"내일 모레 장례를 치르는 즉시 저는 또다시 일본으로 가야 하니 필
경 3년도 못가서 복상(服喪)을 금하라 할 것이옵니다. 이제 가면 언제

다시…. 애통하여이다. 아바마마…!"

이은이 다시 서럽게 흐느꼈다. 곁에 있던 상궁들도 따라서 울음을 터뜨렸다.

고종의 유해 앞에서 흐느끼고 있는 왕세자 이은을 순종이 위로하고 있을 때였다.

"대한독립 만세!"

"대한독립 만세!"

"대한독립 만세!"

멀리서 들려오던 그 소리는 점점 가까이 다가오더니 드디어 바로 대한문 앞에서 우렁차게 울려 퍼지기 시작했다. 영전에 있던 사람들은 신경을 곤두세우며 귀를 기울였다.

만세의 외침이었다. 수많은 군중이 하나가 되어 외치는 만세소리였다. '대한독립 만세'를 외치는 감격의 함성은 일제의 탄압을 규탄하고 조국의 독립을 갈망하는 분노의 외침이었다.

그때 곤도오 사무관이 대한문으로부터 허겁지겁 달려오고 있었다. 가쁜 숨을 헉헉거리며 장의사무소가 설치된 어원사무국 안으로 뛰어들었다.

"큰일 났습니다, 각하!"

곤도오가 가쁜 숨을 몰아쉬며 말했다.

"응?"

"저, 저 소리가 들리지 않으십니까?"

"무슨 소리?"

민병석과 고쿠부는 귀를 기울이며 자리에서 일어났다.

함성소리가 연달아 울려오고 있었다.

고쿠부는 창가로 가서 창문을 열어 젖혔다. 우렁찬 외침이 기다렸다는 듯 왈칵 밀려왔다.

"무, 무슨 소리요, 저게?"

민병석이 공포에 질린 얼굴로 더듬거리며 물었다.

"마, 말씀 마십쇼. 백성들이 덕수궁으로 쳐들어오고 있습니다."

"뭐요?"

그날 아침 일찍 곤도오 시로스케는 고종황제의 장지인 금곡으로 현장 감독 차 갔다가 서울로 돌아오고 있었다. 동대문을 지나 종로로 접어들 때였다. 수많은 군중들이 손에손에 태극기와 플랜카드를 들고 만세를 외치고 있었다.

곤도오는 정신없이 군중들 틈을 헤치고 덕수궁을 향해 달렸다. 덕수궁 앞 광장은 문자 그대로 인산인해였다. 덕수궁을 통째로 집어 삼킬 듯 대한문 앞은 백의의 물결 바로 그것이었다.

천지를 진동시킬 듯 외치는 함성과 수없이 나부끼는 플랜카드에는 '대한독립 만세', '독립 만세', '봉도(奉悼) 대한국 황제', '민족자결', '세계 평화' 등의 구호가 가득 차 있었다.

그리고 그들의 함성은 조국의 독립을 요구했고 고종의 서거를 애도했다.

곤도오의 보고로 장의사무소 실내가 발칵 뒤집히고 있을 때 대한문을 수비하던 헌병이 급히 뛰어 들어왔다.

"각하, 큰일 났습니다! 백성들이 대한문을 뚫고 들어오고 있습니다."

"기무라 소위, 제지를 해! 막아야 한다!"

▲ 고종 인산 전날의 대한문 앞

고쿠부가 날카롭게 외쳤다.

"핫! 지금 최선을 다하고 있습니다. 그런데 군중들이 이태왕 전하의 시신을 내놓으라고 소리소리 지르고 있습니다."

"이태왕 전하의 시신을?"

"핫!"

"음…, 그렇다면 별일이 아니로군!"

"아니 별일이 아니라니요?"

벌벌 떨고 있던 민병석이 말했다.

"염려 마십쇼. 국장과 내장에 관한 시비가 약간 커진 것 같군요."

사태를 잘못 판단하고 있던 고쿠부는 자위하려는 듯 웃음을 터뜨리며 헌병에게 말했다.

"기무라 소위, 대일본제국의 장교가 왜 그렇게 담이 작은가?"

"아닙니다, 각하! 이건 중대한…."

"기무라 소위는 즉시 부서로 돌아가 대한문만 잘 지키면 된다! 아무 걱정할 것 없다."

이때 순종과 이은이 지키고 있는 고종의 빈전으로 윤덕영이 들어왔다.

"전하, 큰일 났습니다! 구리개, 종로, 야조개 할 것 없이 백성들이 온통…."

"알고 있소."

순종이 차갑게 대꾸했다.

"백…, 백성들이 저토록 생야단을 피우다니…."

뜻밖의 냉대에 윤덕영은 무안한 듯 말을 제대로 못하고 더듬거렸다.

"나도 귀가 있으니 다 듣고 있소이다."

"예?"

"여기서도 잘 들리고 있단 말이오."

"전하, 이 일을 어찌하면 좋습니까? 예?"

"음…."

순종은 윤덕영이 못마땅하다는 듯 아무 말없이 고개를 돌려버렸다.

"아니, 대행하신 태왕 전하의 인산날을 앞두고 백성들이 저런 소란을 피우다니 총독부에서 무어라고 하겠습니까!"

무안을 당한 윤덕영은 그렇게 말하며 동의를 구하려는 듯 이은을 바라보았다. 그때 또다시 요란한 소총소리가 빈전에 있는 사람들을 긴장시켰다.

"아, 아니, 저 저런 무모한 백성들이 어찌 일본 군대의 총부리 앞에서 감히…."

윤덕영이 새파랗게 질리며 다시 더듬거렸다.

순종은 또다시 윤덕영이 못마땅하다는 듯 신음소리를 냈다.

"형님, 백성들이
또 피를 흘리며 쓰
러지나 봅니다."

"세자 전하! 이런
망극할 때가 있습니
까?"

윤덕영이 얼른 이
은의 말을 받으며
말했다.

이은은 정색을 하
고 윤덕영을 처다보았다.

▶ 윤덕영 (1873~1940)
국권 피탈 때 순종에게 강요,
합방조약에 옥새를 찍게 하였다.

▲ 윤덕영의 별장

"윤덕영 대감은 대체 무엇이 그리도 두렵소? 조선 백성들이 독립을 부
르짖고 빼앗긴 나라를 되찾겠다는데 무엇이 그렇게도 두렵단 말이오?"

"아니…."

윤덕영은 이은으로부터 또 한 번 무안을 당한 채 멍하니 허공을 바라
보았다.

총소리가 또 울려 퍼졌다. 그러나 함성은 그칠 줄 모르고 더욱 요란
하게 계속되었다.

"마침내 올 것이 온 것 같소."

이은은 윤덕영을 향해 들으라는 듯이 말했다.

"아니, 무슨 말씀을 그렇게…."

"백성들은 오늘의 저 함성을 지르기 위해 벌써 오래 전 부터 목청을

가다듬고 있었을 거요. 다만 조선 총독부가 모르고 있었을 뿐이오. 그리고 총독부를 등에 업고 부귀 영화를 누리고 있는 조선의 고관대작들과 윤대감만 모르고 있었을 뿐이오."

윤덕영은 겁에 질려 부들부들 떨뿐 아무 말도 하지 못했다.

"아니, 은아 너는 일본에 있었으면서도 저러한 백성들의 움직임을 벌써부터 알고 있었단 말이냐?"

순종이 깜짝 놀라며 물었다.

"예, 일본에 있을 때부터 알고 있었습니다."

이은은 고종이 승하하기 바로 전날 조선인 유학생들과의 만남이 생각났다.

1919년 1월 21일, 이은이 일과를 마치고 근무지인 근위연대에서 도리이자카 저택으로 돌아가고 있을 때였다.

고지마치 모퉁이를 막돌아갈 때 갑자기 골목길에서 뛰어 나온 한 청년이 말에 부딪치듯 쓰러졌다. 깜짝 놀란 이은은 급히 말을 세우고 뛰어 내렸다.

그러자 쓰러졌던 청년은 옷을 털며 일어나면서 길에 흩어진 물건을 주섬주섬 상자에 담기 시작했다.

이은은 미안한 표정을 지으며 그에게 다가갔다.

"미안하오."

"아닙니다, 전하! 제가 실수를 했습니다. 죄송합니다."

그 학생은 이은을 알고 있었다는 듯 조선말로 조심스럽게 말했다. 그리고 상자를 든 채 이은에게 고개를 숙였다.

이은은 깜짝 놀라며 그 청년을 바라보았다. 조선인 유학생이었다.

그 청년은 재빨리 주위를 살펴보면서 호주머니에서 편지 한 통을 꺼내 이은에게 건넸다.

"이걸 받으십시오, 전하! 그럼…."

이은에게 고개를 숙이는가 했더니 학생은 곧바로 사라져 버렸다.

이은은 얼떨결에 받아든 편지를 펴보았다.

『우리나라를 위해 크게 의논할 일이 있으니, 오늘밤 10시에 우에노 공원 입구로 나와 주시기 바랍니다.

더할 수 없이 전하를 아끼는 조선유학생 서상한.』

그날 밤 10시경, 스산한 겨울바람이 부는 일본 도쿄의 우에노(山野) 공원 입구에 두 사람의 청년이 남의 눈을 피하려는 듯 후미진 곳에서 서성이고 있었다. 두 사람은 조선인 유학생인 서상한과 홍대봉이었다.

외투깃을 세운 채 두 손을 호주머니에 넣고 있는 그들은 무척이나 초조한 표정들이었다.

"이봐, 홍형! 인력거 한 대가 오고 있소!"

인력거는 공원 입구의 한쪽 모퉁이에서 멎었다. 잠시 후, 한 청년이 인력거에서 내렸다. 그는 잠시 사방을 두리번거리더니 홍대봉과 서상한이 서있는 곳을 향해 망설이듯 천천히 걸음을 옮겨왔다. 왕세자 이은이었다.

"전하!"

두 유학생이 동시에 외친 소리였다.

"오, 아까 만났던 학생이 틀림없군요! 그래, 나라를 위해 크게 의논 하자던 일이 뭐요?"

"전하, 잠시만 저희들을 따라 주십시오."

"당신들이 조선인 유학생들이라기에…, 내 비록 일본 여자와 결혼을 할망정 나 역시 분명한 조선 사람이고, 조선 사람의 혼만은 아직 빼앗 기지 않았다는 것을 우리 유학생들에게 보여 주기 위해 나온 것인데, 심히 나를 난처하게 만드는군요."

홍대봉과 서상한은 이은 왕세자를 그들의 아지트로 안내했다. 이은 을 대하는 유학생들의 태도는 지극히 겸손하고 공손했다. 그러나 그들 의 얼굴에는 굳은 의지와 결심이 서려 있었다.

백관수가 먼저 입을 열었다.

"오늘 이렇게 전하를 뵙고자 한 것은 존엄한 자리에 계시는 전하일 지라도 저희들과 뜻을 같이 하실 수 있는 분이라고 믿기 때문입니다."

"고맙소! 하지만 나라 없는 왕실이 무엇이 존엄하며, 왕통이 무슨 소 용이 있겠소."

이은은 서글픈 듯이 말했다.

"그렇지 않습니다. 전하!"

"지금 일본의 포로가 되어 있는 내가 여러분과 뜻을 같이 할 수 있는 일이 무엇이 있겠소."

"아닙니다. 전하께서는 세계 대세를 내다보셔야 합니다. 지금 세계

대전이 끝나고 머지않아 불란서 파리에서 만국평화회의가 열린다고 하지 않습니까!"

"전하, 일본은 지금 한일합방의 정당성을 파리평화회의에 알리기 위해 작성한 연판장에 태황제 폐하의 서명을 얻으려다가 뜻을 못 이루고 난처해 하고 있습니다."

"부왕 전하의 서명을?"

"예!"

"그런 일이 있었소?"

"그뿐만 아닙니다. 일본이 전하

▲ 1907년, 일본에 볼모로 끌려오기 직전의 영친왕 이은과 이토 히로부미

와 일본 황족과의 혼인을 이처럼 서두르는데도 깊은 음모가 숨어 있습니다."

"아니, 깊은 음모라니?"

"지금 일본은 전하를 한낱 꼭두각시로 만들려고 합니다."

"꼭두각시?"

"그렇습니다. 전하! 지금 일본은 결혼식 후, 전하를 유럽으로 신혼여행을 보내어 세계만방에 한일 양국이 잘 융화되고 있다는 점을 보여 주려는 속셈입니다."

"그런 내막을 어찌 그렇게 샅샅이 알고 있소?"

"전하, 그러니 지금이라도 약혼을 철회하십시오."

백관수는 이은을 똑바로 쳐다보며 강경한 어조로 말했다.

"아니…, 나흘 앞으로 다가온 결혼식인데, 내게 무슨 힘이 있다고 그러시오?"

"일본의 술책을 뻔히 아시면서도 그들에게 이용당한다는 것은 곧 민족에 대한 반역입니다."

"나를…, 민족의 반역자로…."

이은의 얼굴에는 말할 수 없는 번민의 빛이 번지고 있었다. 촛점을 잃은 그의 시선은 멍하니 허공을 향한 채 깊은 한숨만 내쉬고, 그의 눈에는 어느덧 눈물이 고여 있었다.

백관수는 정성들여 접은 인쇄물을 이은 앞에 내밀었다.

"아니, 이건…."

인쇄물을 펼쳐든 순간, 이은은 눈을 휘둥그렇게 떴다.

"아니, 이건 독립선언서가 아니오?"

"전하, 이제 우리나라도 독립을 해야 합니다."

왕세자 이은이 읽고 있는 것은 깨알 같은 글씨로 등사판에 인쇄한 독립선언서였다.

그것은 와세다 대학 철학과에 재학 중이었던 춘원 이광수가 기초한 것이었다.

3·1운동이 일어나기 바로 직전인 1918년 12월 28일. 일본에 있는 조선인 유학생 학우회는 간다구(神田區) 사루가쿠조에 있는 기독교회관에서 웅변대회를 열었다. 거기서 그들은 민족자결의 원칙에 입각한 독립을 쟁취하자는 논의를 했다.

그 자리에서 그들은 천여 명의 재일유학생 대표로서, 최팔용, 김도연, 전영택, 송계백, 전희수, 백관수, 윤창석, 이종근, 서춘, 최근우 등의 전권위원을 뽑고 독립선언서를 작성, 조선 민족의 독립을 외치기로 했다.

▲ 영친왕 이은(1897~1970)
고종의 일곱째 아들.
한말의 마지막 황태자.

▲ 마사코 (1901~1989)
일본 국왕 메이지의 조카인 모리마사 친왕의 딸.
영친왕의 비(妃) 이방자.

그러나 이은을 만났을 당시에 그 선언서는 아직 대내외적으로 발표되지 않았었다.

독립선언서를 읽고 있는 이은의 손은 마냥 떨리고 있었다.

"그러하오니 전하! 저희들과 뜻을 같이 해주십시오."

"이번 결혼식만 하더라도 그게 어디 내 뜻으로 정해진 거요? 그토록 완강하신 덕수궁의 부왕 전하도 끝내는 총독에게 승복을 하고 마셨는데…, 내가 무슨 힘으로 어떻게…."

이은은 하소연 하듯 푸념을 하면서 2년 전 순종이 일본 땅에 끌려와 다이쇼 천황 앞에 무릎을 꿇고 온갖 수모를 당한 것과 니시모도 노미야케 왕족의 마사코 공주와 자신의 혼사가 맺어졌을 때를 잠시 회상했다.

"전하, 그 당시에는 이태왕 전하께서 어쩔 수 없이 승복하셨지만 2년 전 혼약을 승복하시던 때와 지금은 사정이 달라졌습니다."

"전하, 다시 한 번 더 말씀드립니다. 약혼을 철회하십시오."

"나보고 어찌 하란 말이오! 내게 무슨 힘이 있다고."

"용기를 내서야 합니다. 전하!"

"이미 조선 총독은 물론 이완용, 송병준, 민병석 등 조선의 대관들이 모두 동경으로 오고 있는 이때 한낱 일본 근위사단의 육군소위인 내가 어찌 해야 한단 말이오."

"물론 전하의 힘만으로 이번 혼인을 막기 어려우시리라는 것은 저희 들도 잘 알고 있습니다. 그러니 어쩔 수 없이 결혼식 당일 날 저희들이 식장을 폭파할 계획입니다."

서상한이 비장하게 말했다.

"폭탄으로 테러라도 할 셈이요?"

"네, 그 자리에 참석한 조선 총독과 매국대신들을 모두 도륙할 계획 입니다."

이은은 긴 한숨을 내쉬었다.

"밤이 더 늦기 전에 돌아가셔야 하니 더 긴 말씀은 여쭙지 않겠습니다. 전하께서는 저희들의 계획을 이미 아셨으니 결혼식 당일 그 자리를 피하 시든지, 또는 다른 적절한 방법으로 저희들 계획에 협력해 주셔야 합니다."

서상한은 이은에게서 더 이상 기대할 것이 없다는 것을 깨닫고 그렇 게 잘라 말했다.

"알겠소. 내 걱정일랑 말고 여러분들 계획대로 하시오."

밖에는 함박눈이 내리고 있었다. 유학생들과 헤어진 왕세자 이은은 쏟아지는 함박눈을 맞으며 인적이 드문 거리를 터덜터덜 걸었다.

이은은 그날부터, 아니 어쩌면 훨씬 그 이전부터 2천만 조선 민족의 함성이 언제인가는 삼천리강토에 메아리 칠 것임을 알고 있었다.

인산인해의 함성

덕수궁 경호대장 마스모도 소위가 전화통에 매달려 다급한 목소리로 경무국에 지원 병력을 요청하고 있을 즈음 대한문은 시위군중들에게 뚫리고 말았다. 오후 5시경의 일이었다.

그러나 흥분한 군중들은 덕수궁 안으로 들어서는 순간부터 정연한 질서와 숙연한 태도를 갖추었다. 그들은 일본인들의 말처럼 태황제의 시신을 탈취하려는 따위의 불경스러운 짓은 감히 생각조차 하지 않았다.

"폐하, 신들은 폐하의 빈전을 어지럽힐 뜻이 추호도 없사옵니다. 다만 흥서(薨逝)하신 폐하의 영전에 구국독립의 맹세를 다짐하옵고, 폐하의 흥서를 애도하자는 것뿐이옵니다."

학생대표들과 군중들은 이렇게 고한 채, 조용히 독립만세를 삼창하고 질서정연하게 덕수궁을 나왔다.

한 번 길이 뚫렸으므로 그와 같은 대열은 잇달아 덕수궁을 드나들었고, 대한문을 나서는 순간부터는 다시 격분한 시위군중으로 변했다.

이 걷잡을 수 없는 소용돌이가 정오 무렵부터 시작되어 해질 무렵까지 계속되는 동안, 조선총독부 기밀실에서는 조선 민족의 만세 시위상황을 도쿄 정부에 타전하고 있었다.

그러나 도쿄로부터는 이렇다 할 훈령이 오지 않고 있었다.

기밀과장은 저 혼자 화가 나서 투덜댔다.

"뭐? 총리대신 각하께서는 아타미 온천장으로 주말휴가를 가셨다고?"

기밀과장은 전보문을 가지고 온 통신병들에게 들으라는 듯이 말했다.

"총리대신 각하나 총독 각하나 온천은 꽤들 좋아하시는군."

"내각 서기관방에서 연락을 계속 하고 있답니다."

"잘들 하는군, 잘들 해!"

기밀과장은 전보문을 구겨서 내던졌다.

"흥. 회의는 무슨 놈의 회의야. 용산에 있는 조선군 사령부 병력은 도대체

▲ 덕수궁 대한문(大漢門). 1895년 명성황후가 일본인 낭인들에게 시해당한 후 고종은 경복궁에서 지금의 덕수궁으로 이어하고 옛 이름인 경운궁으로 부르게 하였다.

뭘 하는 거야. 모조리 쏴 갈겨버리면 될텐데 무슨 놈의 회의만 그토록 하고 있는 거야!"

기밀과장이 한참 투덜대고 있을 즈음 예하 경찰서의 순사가 들어와 경무국장을 찾았다.

"국장 각하는 어디 계십니까?"

"뭐야? 국장 각하께서는 지금 회의 중이시다. 기밀과장인 나에게는 말할 수 없는 일인가?"

"아닙니다. 저….'

"그런데 뭘 우물쭈물하나? 무슨 용건이야?"

"저어 용건이랄 것도 아닙니다."

"아니 뭐, 이런 놈이 다 있어! 그럼 국장님은 왜 찾는 거야? 귀관은 어디 소속인가?"

"경기도경 소속으로 마스나가 지사 각하를 모시고 있습니다."

"그런데?"

"마스나가 각하께서 대한독립 만세를 부르셨습니다."

"이 자식, 무슨 잠꼬대 같은 소리야? 경기도 지사 마스나가 각하께서 대한독립 만세를 불렀다니?"

"하, 제가 목격했습니다."

"정말 네 눈으로 봤단 말이냐?"

"하, 마스나가 각하께서 막 퇴근을 하시는데 광화문 앞에서 시위 군중들이 인력거를 에워싸고 대한독립 만세를 부르지 않으면 통과시키지 않겠다고 위협하는 바람에, 인력거 위에서 일어서신 채 각하께서 모자를 벗어들고 대한독립 만세를 세 번이나…."

"그래, 도지사께서 그런 모욕을 당하시는데도 네놈은 구경만 하고 있었더란 말이냐? 네놈은 대일본제국의 국위를 실추시킨 놈이니 오늘부로 파면이다!"

"과, 과장님…."

기밀과장은 이 사실을 그 즉시 고지마에게 보고했다.

그 우스꽝스런 주인공 마스나가 경기도 지사는 그때 하세가와 총독실에 와 있었다.

마스나가는 매우 흥분해 있었다.

"이것은 참을 수가 없습니다. 총독각하! 시간이 갈수록 군중들은 난폭해지고 있습니다. 우스노미야 사령관께서는 뭘 주저하고 계십니까? 어서 군대를 동원하십시오. 군대를!"

"좀 진정하십시오!"

"아니, 경무국장은 내가 그런 수모를 당했다는데도 아무렇지도 않소?"

"그 정도의 협박에 대한독립 만세를 부르셨다니, 좀 부끄러워할 줄 아십시오!"

그날의 긴급회의는 하세가와 총독이 직접 주관한 대규모 치안회의였다. 그러나 이 회의에서도 뚜렷한 해결책이 없이 극히 소극적인 결론을 내리는 것에 그쳤다.

강권진압을 주장하던 고지마도 이 자리에서는 조선인들이 내건 공약3장을 믿어보는 수밖에 도리가 없다고 했다.

그러나 조선군 사령관 우스노미야는 총독의 요청만 있으면 즉각 병력을 동원할 준비를 갖추고 있다고 하면서 위세를 한껏 부리고 있었다.

"물론 군이 동원되면 소요 군중을 쉽게 다스릴 수가 있겠지요. 하지만 시위 군중들이 경성시내를 발칵 뒤집어 놓고는 있으나, 폭력사태는 아직 한 건도 보고된 바가 없습니다."

"아니, 경무국장! 그게 대체 무슨 말씀이오? 그들은 폭도들이오, 폭도!"

"아니 마스나가 지사께서 협박을 당하셨다고는 하지만, 그들이 무슨 무기라도 가지고 있었습니까? 아니면 폭력으로 위협이라도 했습니까?"

"경무국장께서는 마치 조선 놈들을 두둔하는 것 같군요."

"경기도 지사께서는 시위 군중들과 대한독립 만세를 함께 선창해 주셨으니, 그에 비하면 이 정도 두둔은 그리 큰 죄가 되지 않겠지요!"

"아니, 뭐요?"

"두 분께서는 이제 그만들 하십시오. 그리고 공연히 강압책을 써서 민심을 자극시킬 필요는 없다고 생각합니다."

경성부윤 가네야의 이러한 주장에 이어 고지마도 도쿄에서 새로운 훈령이 올 때까지 기다려보는 수밖에 없다고 잘라 말했다.

"이 정도로 결론을 짓고 기다려 봅시다. 곧 도쿄에서 무슨 훈령이 오겠지요."

가네야가 정리하듯이 말했다. 그리고 계속 말을 이었다.

"민족대표로 자처하는 29명이 제 발로 기어 들어와서 경무국 지하실에 갇혀 있으니, 경무국장께서는 주모자나 더 색출하도록 하십시오.”

장장 3시간에 걸친 회의는 이렇게 끝이 나고, 창 밖에는 이미 3월 1일의 어둠이 다가오고 있었다.

그러나 해가 진 다음에도 장안의 만세소리는 여전했고, 경무국으로 돌아온 고지마 경무국장에게는 전국 각지의 경찰서와 헌병대로부터 급보가 빗발쳐 들어왔다.

개성 헌병대의 보고에 의하면 호수돈 여학교 생도 300여 명을 선두로 한 1,000여 명의 시위대가 전 시가를 누비고, 선죽교와 만월대를 돌아 반월성에 이르러서는 일장기를 찢고 불태웠으며, 경찰과 충돌, 쌍방에 부상자가 속출하고 있다는 것이었다. 개성의 사태가 3월 1일에 유혈사태가 벌어졌다는 최초의 보고였다.

거기에 잇달아서 신의주, 부산, 수원에서도 유혈사태가 발생했다는 보고가 날아왔다. 고지마는 고등과장과 기밀과장을 불러 명령했다.

“조선놈들의 본색이 이제야 드러나는군. 상부의 명령이 없어도 좋으니 각 지방에서 무력을 행사해도 좋다고 지시하도록!”

“그것은 발포도 포함되는 것입니까?”

“이태황 전하의 국장이 있을 경성 시내를 제외한 전 지역에서는 어떠한 수단을 행사해도 좋다.”

“핫!”

“최단시간 안에 폭동을 진압하라고 해. 국기를 찢고 소각하는 것은 반역이요, 적대행위다. 그리고 체포된 불순분자들은 다음 지시가 있을 때까지 철저히 죄상을 밝혀 놓도록!”

▲ 광화문 기념비각에 몰려든 시민들이 시위행렬에 호응하고 있다.

밤이 되자 장안을 노도와 같이 휩쓸던 만세 시위도 차츰 수그러들었다.

오후 8시 반경에 마포 전차 종점 부근에서 300여 명이 시위를 벌였다는 것과, 그보다 훨씬 뒤인 11시경에 신촌의 연희전문 학교 부근에서 학생들이 만세를 부르고 헤어졌다는 것을 끝으로 잠잠해졌다.

경무국장 고지마는 일단 안도의 숨을 내쉬었다.

"130명? 오늘 하루의 총결산이 이건가?"

"방금 3명이 추가돼서 모두 133명입니다."

"음…, 수십만 명이 미쳐서 날뛰었는데도 체포된 자가 겨우 133명이라…?"

"매우 관대한 처분이었습니다. 각하!"

고등과장 구니도모가 말했다.

"한 200~300명쯤은 더 잡아넣어야 하지 않겠나, 고등과장?"

"하하, 각하! 잡아넣기로 한다면야 몇 천은 못 잡아넣겠습니까? 하지만 도쿄의 훈령이 없으니, 지금 현재로서는 이놈들 주모자급들만 가지고 족치는 수밖에…."

"문제는 이자들을 내란죄로 다스리느냐, 아니면 폭도로 다스리느냐하는 것이야. 내일 아침까지는 무슨 훈령이 오겠지. 하라게이 수상 각하께서 지금쯤은 온천에서 돌아와 내각회의를 소집하고 계실 테니까!"

고지마는 고등과장에게 잡혀 들어온 주모자들의 심문을 계속하라고 지시했다.

지
하
실
의

셰
퍼
드

"손병희 일당 29명 대표 전원이 모두 자백을 했습니다."

구니도모 고등과장의 보고에 고지마는 역정을 냈다.

"아니, 대일본제국의 고등과장이란 자가 기껏 사상범의 진술을 그대로 믿고 심문을 끝낸단 말인가?"

"각하, 염려 마십시오. 모든 진상을 곧 밝혀 놓겠습니다. 잔뜩 굶주린 셰퍼드가 으르렁대며 물어뜯는 데야 제 아무리 조선의 민족대표들이라 하지만…."

"아니 구니도모! 셰퍼드를 함께 집어넣었나?"

"손병희도 사나운 셰퍼드가 물어뜯고 덤비는 데는 별 재간이 없더군요. 하하하!"

"너무 잔인하군 그래."

"신민회 사건 때 주리를 틀어도 불지 않던 이승훈 같은 놈들이 끼어 있어서 좀 색다른 고문법을 쓰지 않고는 자백을 받아내기가 힘들 것 같아서 말입니다."

"음, 역시 자넨 후루미 경무국장, 아니 아카시 경무총감 시절부터 조선인을 다루어온 관록이 있어 다르군 그래."

"각하, 그렇게 해서 받아낸 자백으로 최남선, 현상윤, 송진우 같은 놈들을 체포해 오지 않았습니까?"

"최남선, 송진우…?"

"하, 그놈들이 추가가 돼서 133 명이 된 겁니다."

"사실 민족대표라는 것은 거의가 이름뿐이고, 실제로 뒤에서 일을 꾸민 것은 바로 그놈들입니다."

노도와 같이 장안을 휩쓸던 40 만 인파의 엄청난 소용돌이도 이제 잠을 자고 있었다.

부산 경찰서의 보고에 의하면 오후 5시 대신동 일대에서 100여 명의 군중이 모여 시가지로 돌입하였고, 다시 아미산에서 내려온 300여 명과 합류하여 7시 경에는 2,000 명으로 증가, 8시경에는 산봉우리마다 봉화가 오르

▲ 애국지사들을 체포하여 갖은 고문과 악형을 가한 경무국.

고 있다고 하였다.

신의주 헌병대에서는 기독교 유여대 목사와 천도교인 최석련, 최동오, 최인국 등의 지휘를 받은 3,000명의 군중을 해산시켰고, 30여 명의 주동자들을 국경 수비대에서 체포하였다고 보고했다.

평안북도 선천에서는 김상열, 한현태, 이군오, 계안집 등 33명을 체포했고, 월산 헌병대에서는 52명을 체포했다는 보고가 올라왔다.

『평양 헌병대 제7차 보고. 남산현 교회당에서 이태황 전하 봉도회를 거행한 2,000명의 기독교도가 시가지로 돌입, 군중은 20,000여 명으로 증가. 오후 3시 도청과 재판소 정문으로 쇄도. 헌병대의 출동으로 진압하였으나 피차간의 무력충돌로 10명이 부상. 선동인물 41명 체포.』

조선 13도 수백 개 부읍에서는 이같은 보고문이 끊임없이 들어오고 있었다.

3월 2일 새벽 5시가 되자 경무국장 고지마는 전 경찰에 특명을 하달했다. 두 사람 이상이 한자리에 모이는 어떠한 집회도 사전 봉쇄하라는 명령이었다.

이윽고 3월 2일의 새아침의 밝았다. 조용한 아침이었다. 밤을 꼬박 새우다시피한 경무국장 고지마는 그토록 조용한 것이 오히려 더 불안스러웠다.

"아니, 아직 아무런 보고도 없어?"

"하!"

"웬일이지? 그토록 극성스러운 자들이 쥐 죽은 듯이 잠잠해지다니."

"아마 내일 이태황 전하 장례식 행렬에 편승하기 위해 오늘은 그대로 넘기려는 것 같습니다."

"고등과장은 어디 있나?"

"지하 취조실에 있습니다."

"아직도?"

"손병희를 직접 취조하고 계십니다."

이때 경무국 지하실에서는 의암 손병희가 무서운 고문을 당하고 있었다.

"으억!"

"이것 봐, 영감!"

"음…, 이놈!"

또다시 몽둥이 세례가 손병희 어깨를 내리쳤다.

"으음…."

그날 아침, 희끄무레한 지하실의 조명 속에 드러난 손병희 모습은 태화관에서 종로 경찰서장 아오기에게 호령을 하던 때와는 전혀 다른 처참한 모습이었다.

아내 주옥경이 정성들여 준비한 바지저고리와 마고자는 갈갈이 찢기었고, 드러난 정강이는 사나운 셰퍼드에게 물어 뜯겨 피가 송진처럼 흐르고 있었다.

"손병희 상, 영감이 살면 얼마나 살겠어? 무엇 때문에 이런 고통을 받는가 말이야? 말을 하쇼, 말을! 오늘은 어디서 또 몇 놈이 만세를 부르기로 했는지?"

"이놈, 총독을 데리고 오너라!"

"손병희 상은 경성 부중에서 자가용 승용차를 타고 다니는 부자 영감 아니오. 그런데 왜 이런 고생을 사서 하는가 말이야, 응?"

"이놈! 가서 총독을 데려 오던지 너희 천황을 데려 오너라. 이 개만도 못한 놈아!"

고등과장 구니도모는 저희 천황을 들먹이자 이성을 잃은 채 들고 있던 채찍을 집어던지고 취조실을 나왔다.

"히라노 부장!"

"하잇!"

"셰퍼드를 다시 풀어놔!"

잠시 후, 취조실 안에서는 셰퍼드가 사납게 으르렁대는 소리가 무섭게 울려나왔다. 송진우가 구니도모에게 달려들었다.

"아니, 여보시오!"

"이 새끼, 너도 같이 들어가고 싶어?"

구니도모는 송진우의 뺨을 주먹으로 갈겼다.

취조실 안에서는 셰퍼드에게 물어뜯기는 손병희의 비명소리가 계속해서 들려왔다.

심문실 밖에서 다음 차례를 기다리고 있던 송진우가 취조실의 철문을 두드리며 마치 짐승의 울부짖음 같은 소리로 통곡했다.

"선생님…!"

그날 아침 8시경에 손병희는 또 한 번 기력을 잃고 쓰러졌다. 그러나 다시 찬물을 끼얹어 의식을 회복시킨 구니도모는 또다시 잔인하게 웃으며 위협을 가했다.

"음…, 정신이 번쩍 들게 또 한 번 세퍼드를 풀어 드릴까, 응?"

이때 경찰 하나가 취조실로 뛰어 들어왔다.

"저, 과장님!"

"뭐야?"

"저자를 더 이상 괴롭힐 필요가 없게 되었습니다. 지금 막 굉장한 놈이 자수해 왔습니다."

"굉장한 놈이라니, 대체 어떤 놈이야?"

"하! 정춘수라는 잔데, 바로 그 독립선언서에 서명한 자들 중에서 잡히지 않은 네 놈 중 하나입니다."

"아니 그런 자가 자기 발로 걸어 들어왔단 말인가?"

"핫! 모든 걸 다 말할 테니, 경무국장 각하를 만나게 해달라고 고함을 치고 있습니다."

이때가 정확하게 3월 2일 아침 9시였다.

지하실에서 고등과로 올라온 구니도모는 정춘수를 매섭게 노려보았다.

"경무국장 각하를 만나겠다고?"

"그렇소! 난 경무국장을 만나러 온 사람이오."

"음, 그래 경무국 고등과장은 너 같은 자의 상대가 아니란 말이냐?"

구니도모는 가소롭다는 듯이 웃었다.

▲ 파리강화회담 임시정부 대표단 일행, 앞줄 왼쪽부터 여운홍, 블라베부처, 김규식, 뒷줄 왼쪽 둘째부터 이관용, 조소앙, 오른쪽이 황주환, 나머지는 통역과 타자수들

"그래, 네가 정춘수냐?"

"그렇소."

"그래 찾아온 용건이 뭐냐?"

"손병희 선생 이하 28분을 석방하시오!"

"뭐?"

"어제 나는 원산에서 그곳 민중들과 같이 독립선언식을 거행하고 새벽차로 돌아오느라고 태화관 선언식장에는 참석을 못했소."

"아주 기특한 친구로구만. 그런 용건으로 국장 각하를 찾아오다니."

"나 혼자가 아니오."

"그러면?"

"어제 선언식에 부득이 참석하지 못했던 분들이 밖에 와 기다리고 계시오."

"그래? 아사노 순사!"

"핫!"

"밖에서 서성거리는 조선 놈들이 있으면 모조리 잡아들여!"

고등과 경찰들은 밖에서 기다리고 있던 유여대와 길선주 목사를 개 끌 듯이 끌고 들어와 매타작부터 시작했다.

"이런 것쯤은 각오하고 들어오는 게 예의야, 알겠어?"

"이 짐승 같은 놈들!"

"당신은 이름이 뭐야?"

"길선주다."

"당신은?"

"유여대다."

대표자 33명중에서 32명이 들어왔으니, 이제는 한 사람만 남은 셈이었다. 구니도모는 한 사람은 어디 있느냐고 추궁했다.

"어디 숨어서 또 무슨 짓을 하고 있느냔 말이다!"

"우리는 정당한 방법으로 만세 시위를 했을 뿐, 너희에게 하등 이런 대접을 받을 까닭이 없다."

"이 자식, 그렇게 떳떳하면 왜 한 놈은 여태 나타나지 않나?"

"내가 말해 주마, 이 놈아! 그 분은 지금 해외에 있는 우리 동포들에게 독립선포를 알리려고 중국으로 갔다."

"홍, 어리석은 놈들! 그래, 너희들이 그런다고 독립이 된단 말이냐?"

"그렇다. 우리는 이미 어제로써 독립이 된 것이다. 파리강화회담에도 이미 대표가 갔고, 너희 동경 정부의 총리대신과 의회에도 우리 대표가 건너갔다."

유여대가 이렇게 퍼부어대자 구니도모는 일본으로 간 사람이 누구냐고 다그쳐 물었다. 그러나 끝내 이름을 밝히지 않자, 도쿄 경시청으로 긴급전보를 쳐서 수상을 만나러 가는 조선인이 나타나는 대로 체포하도록 했다.

일본 내각의 대응

한편 조선 땅에서 일어난 3·1운동으로 주말의 아타미 온천 행을 망치고 도쿄로 돌아온 총리대신 하라게이는 내각 서기관 고다미 히데오가 가지고 온 청원서와 독립선언서를 읽고 나서 침울한 표정을 지었다.

『조선의 병합은 일본의 국체에도 절대한 위험성을 가져올 것이니, 장구한 정치적 경험을 가진 동시에 민족적 자각이 갈수록 치열해가 는 조선인이 폭력에 억제를 당하여 이성을 빛내지 못할 진대는, 조선 이 온통 과격사상의 소굴이 되고, 조선인이 마침내 위험행위를 행하 여 직접 간접으로 일본의 치안을 위협함이 얼마나 심각할지 모를 것 이며, 또 세계 도의화(道義化)의 추세에 있어서 일본 고립화에 의하는 결과 자못 중대하리니, 일본된 자, 이러한 관점에 있어서도 양국관계의 새로운 국면을 타개해야 할 것이다. 또 병합 정치의 기초는 동화에 있다고 하나 민족의 동화는 본래 쉬운 일이 아니요, 더욱 조선 민족과 같은 문화민족에게는 결코 기대될 수 없는 일이다. 만일 동화를 가능시하여 병합상태를 더이상 견지한다면 이 무식한 정치가를 위하여 태양이 서쪽에서 뜨지 않음을 무어라고 하겠는가? 더구나 일본의 최후 운명은 태평양에 있거늘, 수천만의 분노와 원한을 가진 인민을 등뒤에 지고 있으니 어찌 위험치 않다고 생각하는가?』

"음…, 조선 민족은 역시 골치 아픈 존재로군."

"각하, 어떻게 하시겠습니까. 그 자를 만나시겠습니까?"

"그 몽유병자 같은 자를 만나서 뭐하나?"

"하지만 꼭 각하를 뵙고 가겠다고 떼를 쓰고 있습니다."

"임규라…, 일단 들여보내게."

임규는 서기관방장 고다미 히데오의 안내로 총리대신 하라게이와 자리를 같이 했다.

"에에또…, 보고를 듣자니 조선에서 큰 소요 사건이 발생했다는군요."

"각하, 소요 사건이라니요?"

"조선독립 만세를 부르면서 말이요."

"그것은 소요가 아닙니다."

"그러면?"

"조선 민족의 독립을 세계만방에 정당하게 주장하는 시위입니다."

"그러면 무슨 좋은 해결책이라도 가지고 오셨소?"

"해결은 간단합니다."

"뭐요?"

"빼앗은 것을 돌려주기만 하면 됩니다."

임규는 태연히 이렇게 말했다. 순간 하라게이는 안면에 심한 경련을 일으켰다.

그때 전화벨이 울렸다.

"각하, 경시총감입니다."

"경시총감? 무슨 일이오?"

"각하, 방금 조선 총독부 경무국에서 통첩이 왔습니다. 조선인이 각하께 면담을 청할 것이라고."

"응, 벌써 여기 와 있소!"

"각하, 그 자를 체포해야 합니다."

도쿄 경시청 하야시 경부에게 체포된 임규와 김세환이 조선으로 압송되고 있는 시각인 3월 2일 오후 5시경. 조선 총독부 경무국 기밀실에는 도쿄정부로부터 중대한 훈령이 타전되어 왔다.

일요일 오전에 소집했던 일본 정부 하라게이 내각회의에서 결정된 사항이었다.

『금번 조선의 만세소요 사건은 내외에 극히 경미한 문제로 취급하도록 함이 필요하다. 그러나 실제에 있어서는 엄중한 처벌을 가하여 재발하지 않도록 하라.

텬학생의 두 손팡을 쌔ㄱ ㄴ는 광경

인연을 매진 왜적이 독립션언문을 닐ㄱㄴ는

二월 一일에경셩셔 五百여년부쳐 원수외

▲ 3·1운동 당시 재미교포 신문에 보도된 시위 광경.

단 주의할 점은 외국인이 금번 사건을 주시하고 있으니 잔혹하다
는 비평을 초래하지 않도록 충분한 주의가 있기를 바란다.

3월 2일

총리대신 하라게이』

본국 정부로부터 훈령을 받은 경무국장 고지마는 그 즉시 고등과장
을 불러 명령했다.

"3·1 만세 운동에 가담하는 시위 군중들에게 무력을 사용하도록 전
국 각지에 타전하게!"

"하!"

"그리고 조선 땅 안에 있는 외국인은 아무것도 보고 들어서는 안되

네. 또한 만세사건 소식을 가지고 국경을 빠져 나가지 못하도록 철저히 단속하게!"

이렇다할 시위사건 없이 조용히 지낸 3월 2일. 도쿄 정부로부터 하달된 훈령은 모든 수단과 방법을 써서라도 조선 민족을 소리 없이 죽이라는 명령이었다.

그리고 거리에는 다음과 같은 총독의 포고문이 나붙고 있었다.

『고 대훈위(故大勳位) 이태황 국장의 의(儀)가 재명(再明) 3일에 엄숙히 거행되실 바이니 서민들은 당연히 근신으로써 애도의 정을 표하며, 소란스러운 행동이 추호도 없도록 주의를 하여야 마땅할 것이거늘, 이 성스러운 의식을 목전에 두고, 혹은 무근한 유언비어를 전하며 민심을 동요케 하고, 혹은 작당을 하여 소요를 일으키는 도배가 유하니, 본 총독으로서는 심히 유감으로 생각하는 바이다.

서민은 마땅히 상호성심으로 경조하는 성의를 봉치함에 유루가 없도록 할지어다.

만약 경거망동하거나 허설부언을 날조하여 민심을 요란케 함과 같은 언동을 감행하는 자 유할 때는 본 총독은 직권으로써 엄중 처벌할 것이니 추호라도 가차없길 바란다.

다이쇼(大正) 8년 3월 1일

조선 총독 육군원수 백작 하세가와 요시미치.』

황제의 장송(葬送)

마침내 이 나라 마지막 황제 고종의 인산날인 3월 3일이 되었다. 밤새껏 내리던 빗발도 걷힌 오전 6시 20분경, 덕수궁 빈전에서는 태황제의 자궁(임금의 관)이 밖으로 나와 발인에 앞서 견제제가 지내졌다.

그리고 별전제가 거행되는 동안 마지막 결별의 예를 올리는 상궁과 나인들의 통곡소리가 배립해 있던 이왕 융희 황제와 그의 아우 의친왕 이강, 그리고 태자 이은, 덕혜 옹주 등 두고 가는 혈육의 가슴을 아프게 무너뜨렸다.

7시 30분에 자궁은 빈전이었던 함녕전을 떠났다. 광명문에서 소여에 옮겨 모시고, 8시에는 대한문 밖에 있는 대여로 옮겨 모셔졌다.

8시 10분에 대여는 덕수궁을 출발하게 되었다. 이때 이왕 순종은 부왕의 대여를 붙들고 놓지 않았다.

"아바마마…!"

그가 어린 시절, 왕권의 요람 속에 있을 때 부르던 소리였다. 그는 끝내 대여를 뒤따라 장지까지 가겠다고 고집을 부렸다.

"폐하, 옥체 미령하옵신데 어찌 거동하시려 하십니까?"

"놓아라. 내 금곡까지 기어코 가겠느니라."

"폐하, 여기서 전송만 하십시오."

"그리는 못한다지 않았느냐?"

"그곳까지 어찌 가시려고 이러시옵니까?"

"아무리 멀어도 가야겠다. 놓아라!"

이씨 조선의 27대 임금이요, 한때 대한제국의 제2대 황제 폐하였던 융희, 그 모습은 너무도 초췌했다.

대여의 뒤로는 소의마관(素衣麻冠) 차림으로 상복의 이왕 순종과 영

▲ 고종황제의 국장 (1919년 3월 3일). 고종 황제의 붕어는 1월 22일이었으나 일본에 의한 독살설 속에 월여 뒤인 3월 3일에 거행되었다.

▲ 고종 인산 때 상복을 입은 순종.

친왕 이은, 의친왕 이강이 따르고, 일본 천황이 보낸 제관장 이토 히로 구니와 부관장 조동윤 남작, 그리고 민병석 자작이 일본식 상복을 입고 따랐고, 조선식 굴건 차림을 한 이완용과 윤덕영이 인력거로 그 뒤를 따랐다.

이때의 광경을 당시의 이왕직에 있던 일본인 사무관 곤도오 시로스케는 이렇게 술회하였다.

『훈련원에 마련된 그날의 식장은 참으로 적막하고 슬쓸한 제왕의 장례식장이었다.

1만여 명을 수용할 수 있는 자리는 텅텅 비어 마치 초라한 시골의 장터와 같았다. 그도 그럴 수밖에 없는 것이 국장의식을 일본식으로 거행한다는 총독부의 갑작스런 주장으로 제한사항도 많았고, 때마침 조선반도를 휩쓴 민족운동의 발발로 민심의 동요가 그 극에 달해 있었기 때문이라고 하겠다.

그날 식장에 참여한 조선인은 통틀어 70여 명에 불과했다. 그 외에는 모두가 일본인 관리였다.

10시 50분에 일본식 국장이 끝나고, 내장이라는 이름의 조선식 제사가 간소하게 치러진 다음, 장렬은 오후 1시 30분에 장지인 금곡을 향해 떠났다.』

그러나 백성들이 참석하지 않은 것은 그곳 훈련원의 일본식 장례식장이었다. 수십 만의 백성들은 거리와 길목에 나와 있다가 비운의 일생을 마치고 가는 태황제의 마지막 길을 통곡과 오열로써 전송하고 있었다.

이날 순종은 결국 장지인 금곡까지 가지 못하고 청량리까지만 따라 갔다가 되돌아오고 말았다.

그런데 뜻하지 않은 일이 발생했다.

순종의 어가가 청량리에서 돌아오고 있었을 때였다. 유생들이 길을 막고 상소를 올리면서 만세시위를 하자 이를 제지하는 경찰들과 소란 이 벌어졌다.

이로써 마침내 3·1운동은 천도교, 기독교, 불교에 이어 유교도 함께 일어나게 된 것이다. 그러나 그날은 인산날을 고려했음인지 이렇다할 만세시위 없이 무사히 하루를 넘겼다.

다음 날인 3월 4일에는 여기저기에 난데없는 벽보가 나붙기 시작했 다.

『동포들이여! 태황제 폐하의 원수를 박살내고 국권을 회복할 기회 가 왔도다. 모두 한 마음 한 뜻으로 뭉쳐 나라를 찾자!』

이러한 벽보에 이어 만세소리가 다시 메아리치며 3·1 만세 운동은 하루하루 날짜가 지남에 따라 요원의 불길처럼 삼천리 방방곡곡으로 파급되어 맹렬히 전개되어 나갔다.

"아주머니, 만세를 부르시오. 대한독립 만세를!"

"아니, 우리같은 아낙네가 무엇을 알아야지요?"

"조선 사람이면 다 만세를 불러야 하오. 만세를 안 부르는 놈은 왜놈의 개요."

"그렇지, 군청이나 면소에 다니는 사람들도 다 만세를 부릅디다."

어떤 사람들은 나라가 독립된 것으로 착각하고 독립축하식을 열기도 했다. 장이 서는 곳에서는 어느 곳에서나 유지들이 독립선언서를 낭독하고 만세를 불렀다. 그들은 이것을 독립축하식이라고 불렀다.

"자, 우리 모두 독립축하식에 나갑시다!"

이렇듯 무지한 아낙네까지도 만나는 사람마다 "대한독립 만세"를 부르고 다니는 와중에 웃지 못 할 일이 있었다.

종로거리에서 만세시위가 한창일 때 어느 조선인 고관이 탄 인력거가 시위 행렬에 휩싸였다. 그런데 인력거에 타고 있던 고관이 만세시위를 남의 집 불구경하듯 바라만 보고 있자 그를 태우고 가던 인력거꾼이 그를 꾸짖었다.

▲ 3·1운동 당시 부녀자들의 만세 행진.

"너는 단 한 번도 만세를 부르지 않으니 어느 나라 사람이냐. 차라리 개, 돼지를 태우고 가는 것이 낫겠다. 너 같은 놈한테서는 돈 아니라 금 덩어리를 준대도 안받을 터이니 당장 내려서 걸어 가거라!"

인력거꾼의 불같은 꾸지람에 고관은 혼비백산하여 정신없이 만세를 불렀다.

이렇듯 연일 시위가 계속되자 조선 총독 하세가와는 3월 5일, 마침내 계엄령 선포와 같은 위압적인 유고문을 발표했다.

『일찍이 고 대훈위 이태황 전하의 국장을 엄수함에 즈음해서 본 총 독은 서민들이 서로 근신하여 가장 엄숙한 경조의 뜻을 표할 것이며, 모름지기 경거소요해서는 안된다는 뜻을 유고한 바 있다. 그러나 일 부 불령도배들의 선동으로 인하여 경성을 비롯한 일부 지역에서 군 중들이 망동하기에 이른 것은 본 총독으로서 심히 유감으로 생각하 는 바이다. 〈중략〉

그들이 주장하는 것을 보건대 조선의 독립은 불란서 파리의 강화 회담에서 열국에 의하여 승인된 바 있다고 하나, 이는 전혀 근거가 없는 유언비어로서 일고의 가치도 없는 것이다. 무릇 반도에 있어서 일본제국의 주권은 확고부동한 것으로서 영구히 변함 없으리라는 것은 다시 말할 필요도 없는 것이다. 〈중략〉

이번 소요의 원인을 규명한즉, 내지(內地)와 조선의 반목에서 비롯 된 것이 아니라, 항상 해외에 있으면서 반도의 실정을 자세히 모르고 공연히 유언비어를 퍼뜨려 동포를 현혹시키고 제국의 평화로움을 저

4부_둑을 넘는 해일(海溢) 289

해하려는 불령도배의 언설을 가벼이 믿고, 조선과는 하등의 관계도 없는 민족자결이라는 말에 매달려 망상함으로써 무모한 언동을 감히 행함은 그 웃음을 열국으로부터 사게 될 일이니 각자 성심해야 될 일이다.

이제 총독부는 온갖 힘을 다하여 이의 진압에 노력하며 비위를 범하는 자에게는 가차 없이 엄중 처벌함으로써 머지않아 치안이 회복되리라 믿거니와 민중들도 스스로의 자제, 향당을 보호함으로써 공연히 각자의 본분에 어긋나 형벌을 받는 일이 없도록 각별히 조심하기 바란다.

다이쇼 8년 3월 5일

조선 총독 육군원수 하세가와 요시미치

대독 정무총감 야마가타 이사부로』

이것은 3·1운동 직후 발표한 조선 총독의 두 번째 포고문이었다.

그러나 이 포고문은 하세가와 총독을 대신하여 정무총감 야마가타가 발표했다.

그러나 무차별 탄압은 이 유고문보다 하루 먼저, 그러니까 황제의 장례식 다음 날 부터 삼천리 방방곡곡에서 처절하게 전개되고 있었다.

"반항하는 자는 무조건 쏘아라!"

이것은 모든 일본인 관헌에게 내려진 명령이었다. 그러나 그들은 명령대로 하지 않았다. 반항하지 않는 사람들까지 무조건 총질을 가했다.

총독부의 비밀지령

1919년 3월 8일 아침. 총독부 경무국장실에서는 정무총감 야마가타 이하 조선군 사령관 우스노미야, 경무국장 고지마, 헌병사령관 후루미와 각 도의 경찰부장들, 그리고 경무국 고등과장 구니도모가 참석한 가운데 회의가 진행되고 있었다.

경무국장 고지마가 좌중을 향해 말했다.

"지금부터 발표되는 모든 명령사항을 암기할 자신이 없는 분은 각자 수첩에 기록하되, 어디까지나 혼자만 알 수 있는 암호나 기호로 기록하기 바랍니다."

이와 같은 고지마 경무국장의 엄포에 이어 정무총감 야마가타가 한 마디 더 못을 박았다.

"지난번 이태황의 장례식을 전후하여 두 차례에 걸친 총독 각하의 유고문이 발표되었는데도 불구하고 현재까지도 3월 1일과 같은 난동이 전국 각처에서 발생하고 있다는 것은 우리 조선 총독부의 존립 자체를 위협하는 최대의 불상사라고 볼 수 있습니다. 그러므로 총독부의 존립을 위해 제관들은 비장한 각오로써 다음 사항을 집행해 주시기 바랍니다.

"고등과장! 낭독하게!"

고등과장 구니도모는 메모해 두었던 종이를 펴들었다.

"첫째, 모든 만세시위는 이유 여하를 막론하고 철저하게 분쇄 타도할 것."

"둘째, 반항하는 자와 주동자는 가차 없이 체포할 것."

"셋째, 모든 신문기자들의 취재활동을 봉쇄할 것!"

"잠깐…!"

고지마가 잠깐 중단을 시키더니 보충설명을 했다.

"제3항의 신문기자라는 것은 어느 나라의 국적을 가진 자에게나 다 적용됩니다. 물론 조선에 특파되어 있는 본국의 신문기자도 포함됩니다. 그리고 지금 외국인 신문기자들도 조선에 건너오고자 혈안이 되어 있습니다. 그들을 한 사람도 조선에 상륙시키지 말라는 지시를 내렸으니 부산과 인천, 원산 등의 개장항을 관할하는 관계관은 각별히 유의하기 바랍니다."

언론취재의 봉쇄를 저희 일본인에게도 똑같이 엄중히 하라는 것은 자기 나라인 일본 본국의 자유주의자들이 한국의 자주권을 동정하고 일본의 조선 통치권에 대해 그 강압성을 비난하기가 일쑤였기 때문이다. 그러니까 이들 총독부 당국자들은 지금 저희 본국의 여론과 정부의 판단까지도 무시하면서 완전범죄를 모색하고 있는 것이었다.

구니도모가 계속해서 메모해 두었던 것을 읽었다.

"넷째, 모든 외국인, 특히 서양인 선교사들이 시위행렬 주위에서 배회할 때는 그 현장에서 격리시키되 이에 반항하는 자는 임시 보호조치를 취할 것."

"다섯째, 모든 총기의 사용은 그 현장 책임자의 판단에 의해 사용하되, 만세 시위의 진압을 위해서는 추호도 주저하지 말 것."

"여섯째, 조선인 헌병보조원을 증원하여 활용함으로써 조선인 상호간에 불신과 분열을 조장시키고, 특히 독립운동자는 일반 민중들로부터 고립시키는 고도의 모략작전도 불사할 것."

"일곱째, 금번 조치를 계기로 고등경찰체제를 재조직하여 사찰망을 면에서 리까지 침투하게 할 것. 만세 시위와 난동을 진압하기 위해 발생되는 모든 문제는 본 경무국장이 책임을 질 것이니 일선의 경찰과 헌병들은 철저히 임무수행에만 전념할 것."

이 비밀 지령은 각 지방 경찰 간부들이 인간 이하의 만행을 자행하는 것을 합법화했고, 조선인 학대에 박차를 가하도록 했다. 특히 이 비밀 지령은 권력의 하부로 내려갈수록 조선 민중을 그들의 잔혹하고 가학적인 본성과 변태적인 성욕을 충족시키는 노리개로 이용하도록 하는 지령이었다.

한 마디로 조선 총독부는 삼천리 조선 강토를 피로 물들이려 하고 있었다.

3월 10일, 평안북
도 선천 헌병대에
끌려온 장설이라는
시골 아낙네는 경찰
서에서 나온 요시노
경부보에게 꿋꿋이
맞섰다.

▲ 일제는 처형 뒤의 사진을 공개하여 시민들의 궐기에 제동을 거는 심리전을 폈다.

"누가 시켜서 만
세를 불렀지?"

"아무도 시킨 사람은 없다."

몇 번을 물어도 똑같은 대답이었다.

"아니, 이름자도 쓸 줄 모르는 무식한 계집이 무엇을 안다고 독립 만
세를 부르느냔 말이다."

"무식한 건 너다!"

"뭐라고?"

"너는 새벽에 닭이 우는 소리도 듣지 못했느냐?"

"뭐야?"

"새벽에 닭이 우는 것은 누가 시켜서 우는 것이 아니다. 내가 독립 만
세를 부른 것도 그와 같은 이치다. 우리 강토에 독립의 서광이 비치니
어찌 만세소리가 나오지 않겠느냐?"

이 말에 요시노 경부보는 미친 사람처럼 날뛰며 장설 여인의 뺨을 갈
겨대고 손에 수갑을 채웠다.

"멍청한 계집! 무식해서 모르고 덩달아 따라 불렀다고 하면 내보내주려고 했는데 병신 같은 것!"

"흥! 내 손은 묶어도 내 마음은 묶지 못할 줄 알아라!"

요시노는 더욱 화가 나서 권총을 뽑아 겨누었다.

"쏘아라, 나는 구천에 가서도 만세를 부르리라."

"탕!"

요시노는 방아쇠를 당겼다. 장설 여인은 가슴을 붉게 물들이며 비명처럼 만세를 외치고 순국했다.

서울에서는 강원도가 고향이라는 12살짜리 소년이 경찰서에 끌려들어왔다. 너무 어린 소년이라 때릴 곳도 없었으나 경찰들은 인정사정없이 소년의 뺨을 갈겨댔다.

소년은 뺨을 맞을 때마다 만세를 불렀다. 아파서 울면서도 비명 대신 만세를 계속 외쳐댔다. 때리면 때릴수록 더 크게 만세를 외쳤다.

"이 꼬마 새끼야, 너는 왜 자꾸 맞으면서도 만세를 부르냐?"

뺨을 때리던 경찰이 묻자 소년이 이렇게 대답했다.

"병에 물이 가득 차면 흔들 때마다 넘쳐 흐른다. 내 몸 속에도 그처럼 만세소리가 가득 차있으니 건드리기만 해도 터져 나오는 것 아니냐? 나한테서 만세소리를 그치게 하려면 때리지 말아라."

이 말에 잔뜩 화가 난 경찰은 이번에는 채찍으로 소년의 종아리며 몸뚱이를 후려갈겼다. 불쌍한 소년은 어머니를 부르는 대신 더욱 절박하게 만세를 불렀다.

이렇듯 일제의 잔학무도한 만행이 계속 되고 있는 가운데 일본인들이 3월 한 달 동안 집계한 시위 군중의 수는 다음과 같다.

서울이 270,000 여 명, 경기도에서는 광주, 고양, 평택, 가평, 강화, 부평, 시흥, 포천, 인천 등지에서 35,000 여 명, 황해도에서는 수안, 토산, 금천, 황주, 봉산, 신천, 겸이포 등에서 7,000 여 명이 봉기하였고, 평안도에서는 의주, 선천, 평양, 진남포, 대동, 상원, 중화, 안주, 강서, 함종, 양덕, 신의주, 용천, 성천, 순천, 덕천, 맹산, 순안, 용강, 철산, 평원, 영변, 구성, 곽산에서 152,000 여 명이 시위하였다고 기록되었다.

또한 충청도의 각처에서도 32,000 여 명이 시위하였고, 전라도 지방에서는 남원이 50,000 여 명, 전주가 50,000 여 명, 목포가 62,000 여 명, 군산이 25,900 여 명 등이었다. 제주도에서도 4,450여 명이 집계되었다.

경상도에서는 각처에서 87,000 여 명이 시위했고, 만주의 서간도와 북간도에서 각각 30,000 여 명, 사할린에서 700 여 명 등으로 합계는 백

▲ 마지막까지 독립 만세를 외치며 죽어간 애국지사들.

만 명이 넘었다.

그 가운데 피살자가 3,336명이고, 부상자는 9,227명이며, 수감되어 고문과 태형을 받고 있는 수효는 35,772명이었다.

그러나 이것은 시작에 불과했다. 3·1 만세운동은 멈출 줄 모르고 갈수록 확대되었다. 결국 병력이 모자란 일제는 부랑배들까지 끌어들여 소방대로 증원 편성하고, 쇠갈고리를 만들어 그들에게 나누어 주었다.

갈고리 부대는 헌병, 경찰과 함께 만세시위장에 출동해서 군중을 찍어대기 시작했다.

이렇듯 무궁화가 연면히 꽃피는 삼천리강토는 만세를 부르다 죽어간 순국열사들의 피로 붉게 물들어갔다.

겨울의 찬 기운이 남아있는 3월이 가고 4월에 접어들어서도 만세 운동의 함성은 전국 방방곡곡에서 그칠 줄 몰랐다. 이에 당황한 조선총독부는 전국의 학교를 폐교시키고 서울로 유학을 온 지방학생들을 고향으로 돌아가도록 했다.

그 당시 이화 학당 교비생으로 있던 16세의 어린 소녀 유관순도 서울에서 만세를 부르다가 이화학당이 폐쇄되면서 고향으로 내려왔다.

그녀는 고향에서도 만세 시위를 벌이기로 하고 천안, 연기, 진천, 청주 등지의 학교와 교회를 두루 다니면서 시위운동 계획을 세웠다.

음력 3월 1일은 마침 아우내 병천의 장날이었다. 이날 6,000여 명의 군중 앞에서 소녀 유관순은 대한독립 만세를 외쳤다. 시위 군중의 선두에는 유석 조병옥의 아버지인 조인원과 병천학교 교사 김구응, 유관순의 아버지 유중권, 어머니 이씨와 유관순의 삼촌 등이 있었다.

이때 목천면 지령리 주재소에는 하나오카 경찰부장 이하 6명의 병력 밖에 없었다. 하나오카 경찰부장은 서둘러 천안 헌병대에 지원 병력을 요청했다.

그 사이 경찰이 군중을 해산시키려고 발포한 총에 유관순의 아버지 유중권이 쓰러졌다. 군중들은 순식간에 흥분했다. 유관순과 그의 어머니와 삼촌 등은 숨진 유중권의 시체를 안고 주재소로 쳐들어갔다. 그리고 6,000명의 시위 군중이 살인자를 죽이라고 외쳐댔다.

이윽고 천안 헌병대에서 20명의 지원 병력이 도착하자 하나오카 경부는 시위 군중을 향해 공포를 쏘아대기 시작했다. 이에 성난 군중들이 하나오카를 에워싸자 그는 시위대 맨 앞에서 태극기를 들고 있던 김상헌의 배를 일본도로 무참히 찔렀다.

"으악!"

▲ 일제는 작두로 목을 자르는 등 차마 눈뜨고 볼 수 없는 만행을 저질렀다.

김상헌은 붉은 피를 내 쏟으며 숨지고 말았다. 이에 분노한 병천학교 교사 김구응이 하나오카에 덤벼들자 하나오카는 권총을 뽑아 김구응의 가슴을 향해 방아쇠를 당겼다.

"탕!"

하나오카는 총을 맞고 쓰러진 김구응에게 달려가 칼로 난자질을 했다. 김구응의 노모가 달려와 아들의 시체를 부여안고 울부짖자 하나오카는 김구응의 노모마저 칼로 찔러 죽였다.

▲ 유관순 (1904~1920) 아우내 장터에서 3천 여 군중에게 태극기를 나누어 주며 시위를 지휘하였다.

이에 격분한 시위 군중들이 달려들자 헌병들은 무차별로 발포하기 시작했다. 이때 유관순의 어머니를 비롯한 수많은 사람들이 시위 현장에서 목숨을 잃고 말았다.

유관순은 만세 시위 현장에서 일본 놈들에게 부모가 학살당했음에도 굴하지 않고 최후까지 만세를 지휘하다가 체포되었다.

복심법원에서 7년형을 선고받고 서대문감옥에 수감된 유관순은 그곳에서도 계속 만세를 불렀다.

서대문감옥은 유관순의 만세소리로 밤마다 간수들의 귀청이 떨어져 나갈 지경이었다. 그럴 때마다 그녀에게는 형언할 수 없는 악형이 가해졌다.

그러나 어떠한 악형을 당해도 그녀는 여전했다. 그러나 계속되는 고문과 악형에 유관순은 17세의 꽃다운 나이에 순국하고 말았다.

맹산(孟山)에서는 천도교인 한 사람을 시위운동 주모자라 하여 헌병들이 주재소에 잡아다 가둔 일이 있었다. 군민대표 53명이 주재소를 찾아가 그를 석방하라고 요구했다. 그러자 일본 헌병은 문을 걸어 잠근 뒤 박내준, 방윤격 등 53명을 일렬로 세운 다음 사살하여 다 죽어 버렸다.

대구에서는 23,000 여 명이 만세 시위를 벌였다. 신명여고 졸업생 이선애가 여학생들을 지휘해 나갔다. 그런데 공교롭게도 조선인 경찰에게 붙잡혀 끌려가게 되었다. 이선애는 조금도 겁을 먹지 않고 오히려 그의 빰을 때리며 호령했다.

"너는 대체 어느 나라 사람이더냐!"

조선인 경찰이 아무 말도 하지 못하자 이선애는 재차 그의 뺨을 때렸다. 그러자 조선인 경찰은 얼굴도 제대로 못든 채 그 자리를 피했다. 그의 몸에도 조선 민족의 뜨거운 피가 흐르고 있었던 것이다.

이화학당 (梨花學堂) 학생대표로 서울에서 3·1 만세운동을 하다가 평양으로 내려간 김수은은 평양경찰서에 체포되어 서장으로부터 직접 신문을 받게 되었다.

김수은은 먼저 서장에게 물었다.

"나는 본남편과 간부(奸夫)가 있어 걱정이요. 둘을 다 섬길 수가 없으니 그 중에서 누구를 섬겨야겠소?"

서장이 음흉하게 웃으면서 대답했다.

"그야 마땅히 본 남편을 섬겨야지."

"그렇다면 나는 대한을 섬기겠소! 당신네 일본은 나의 간부가 될 자격도 없으니 죽어도 섬길 수가 없소!"

웅변에 능한 김수은은 서장 앞에서 조금도 주저함 없이 통렬하게 웅변을 토하며 항거하였다. 1개월 후 그녀는 석방되었으나 혹독한 고문 후유증으로 다시는 부모의 얼굴을 볼 수 없었다.

전주에서는 여학생 임영신, 정복수, 김공순, 최애경 등 14명이 시위를 하다가 함께 잡혀 들어갔다. 일본인 경찰들은 그녀들에게 4일 동안 아무 것도 주지 않고 취조를 했다. 그러나 그녀들은 조금도 굴복하지 않았다. 그녀들이 취조에 불응하자 취조관은 한 여학생의 귀를 잘라버렸다.

이렇듯 일제의 만행이 전국 방방곡곡에서 저질러 지고 있는 가운데 경기도 수원 땅에서는 4월 15일부터 사흘 동안 일제의 가장 악독한 만행이 저질러지고 있었다.

사건장소는 일대를 화려촌이라고 부르는 화성군 향남면 제암리였다.

4월 10일, 그곳 제암리 주재소의 사사카 주재소장은 수원 헌병대의 마스가미 중위에게 지원 병력을 요청했다.

"본 주재소 경찰 하나가 폭도들에게 타살 당했습니다!"

"뭐라고, 타살?"

"그리고 주재소가 불탔습니다."

4월 10일, 제암리 주민 200여 명이 만세 시위를 벌이고 독립을 선언했다. 그때 시위를 진압하던 주재소 순사 하나가 그들에게 총 칼을 휘둘러 사상자를 내자 이에 격분한 군중은 그를 붙잡아 죽여 버렸다. 이 광경을 지켜 보던 나머지 세 순사들이 혼비백산하여 도망을 치자 시위 군중들은 그 길로 주재소를 부수고 불을 질러버렸다.

평안도 지방에서 조선인 헌병보조원이 일제의 앞잡이 노릇을 하다가 맞아 죽은 일은 있었으나 일본인 순사가 맞아 죽은 것은 처음 발생한 일이었고, 주재소가 파괴당한 것도 처음 있는 일이었다.

수원 헌병대 마스가미 중위가 사사카의 보고를 받고 20명의 무장 헌병들을 이끌고 제암리에 도착한 것은 4월 15일 정오였다.

"오이, 사사카 주재소장. 가슴이 후련하도록 복수해 줄테니 그놈들의 명단을 내놓으시오!"

사사카 주재소장이 내놓은 명단은 이러했다.

안종린, 안종후, 안종락, 안종찬, 안경순, 안무순, 안진순, 안봉순, 안유순, 안필순, 안관순….

명단을 읽어내려가던 마스가미 중위가 이상한 듯 물었다.

"아니, 이 곳 조선인들은 모두가 이토히로부미 각하를 저격한 안중근의 친척들인가?"

"그렇지는 않습니다. 하지만 이자들은 모두 3촌, 4촌, 5촌으로 한 집안 놈들입니다. 그리고 부락민 모두가 폭도이고 이놈들은 다만 그 주동자들입니다."

"안중근하고 친척이 아니더라도 조선 땅에서 안씨는 씨를 말려야 돼, 아직도 안중근 같은 독한 놈들이 있기 때문에 3·1 폭동 같은 사건이 일어난 거야."

제암리 주민들의 성이 모두 안씨라는 말을 듣고 잠시나마 흥분한 마스가미 중위는 문득 10년 전 이토히로부미의 죽음을 생각했다.

1909년 10월 26일, 하얼빈 역 구내에서 이토를 저격, 살해하고 사형

언도를 받은 안중근은 얼굴빛 하나 변하지 않은 채 재판장을 향해 이렇게 말했다.

"나는 이렇게 될 것을 안지 이미 오래다. 내 구차스럽게 살기를 원하지 않으니 상고를 포기한다. 그런데 이보다 더 극심한 형은 없느냐?"

안중근은 재판장의 만행을 비웃으며 상고를 포기했다. 그러나 안중근이 상고를 하지 않은 결정적인 이유는 어머니 조 마리아가 안중근에게 보낸 편지 때문이었다.

『응칠아!

네가 이번에 한 일은 우리 동포 모두의 분노를 세계만방에 보여 준 것이다. 이 분노의 불길을 계속 타오르게 하려면 억울하더라도 상고를 하지 말고 우리 민족의 대의를 위해 거룩한 죽음을 택해야 할 줄 안다.

옳은 일을 한 사람이 그른 사람들에게 재판을 다시 해달라고 하는 것은 사리에 맞지 않는다.

더욱이 그들의 영웅으로 대접을 받고 있는 이등박문을 죽인 너를 일본 놈들이 살려 줄 리가 있느냐? 혹시 자식으로서 늙은 어미보다 먼저 죽는 것이 불효라고 생각해서 상고하겠다면 그건 결코 효도가 아니다.

기왕에 큰 뜻을 품고 죽으려면 구차히 상고를 하여 살려고 몸부림치는 모습을 남기지 않길 바란다.』

▲ 안중근 의사의 재판 장면을 그대로 담은 영국의 〈더 그래픽〉
신문. 1910년 4월 16일자 (사진 왼쪽 위가 안중근 의사임).

이 글을 본 일본인들은 감탄을 금치 못했다.

얼마나 놀랐으면 '시모지사(是母是子:그 어머니에 그 아들)'라고 하여 자기네 신문에 대서특필하였겠는가?

이렇듯 조 마리아가 아들 안중근에게 보낸 편지는 분명히 대의명분이 뚜렷한 내용이었다.

그러나 어머니가 염려한 것은 일본 정부의 끈질긴 회유에 안중근이 큰일을 그르치진 않을까 하는, 혈육의 정을 뛰어넘는 애국충정의 발로였다.

이러한 내용은 당시 여순 감옥의 간수헌병이었던 지바 도시치가 편지내용에 감동되어 자신의 일기장에 기록해 두었던 것이 후일 확인되어 항일투쟁사의 소중하고 값진 기록이 되었다.

잠시동안 이토의 죽음을 생각하고 있었던 마스가미 중위는 무슨 큰 결심이라도 한 듯 사사키 소장을 불렀다.

"사사카 소장! 이토 공작의 원수를 갚으러 갑시다."

"핫!"

마스가미 중위가 이끄는 수원 헌병대의 1개 소대 20명은 제암리 주재소 순사 3명과 함께 12시 40분경에 주재소를 떠나 제암리 두렁바윗골을 향해 출발했다.

잠시 후 그들은 마을을 가로막고 있는 산모퉁이에 이르렀다. 여기서 마스가미 중위는 사사키를 시켜 부락민 전원을 교회당으로 집합시키라고 했다.

"사사키 소장! 부락민을 한 놈도 빠짐없이 교회당으로 집합시키시오."

주재소 경찰들과 헌병들이 바쁘게 움직이기 시작했다.

"중위님, 지금 63명이 모였습니다."

"63명? 그렇다면 전체인원이 137명이니까 약 반수가 모였군. 반밖에 안모인 것이 유감이지만, 나머지는 또 별도로 해치웁시다."

헌병들은 가지고 온 석유와 휘발유를 교회당 주위와 건물 벽에 뿌렸다. 그리고 일제히 총구를 들이밀었다.

"사격 개시!"

그들은 교회당 안으로 방아쇠를 당겼다. 20개의 총구가 불을 뿜었다. 안에 있던 30대의 한 젊은 부인이 어린아이를 창밖으로 밀어 내놓으며 애원했다.

"나는 죽어도 좋지만 이 아이는 안돼요. 제발 살려 주세요!"

그러나 일본 헌병은 대검으로 어린 아이의 머리를 찍었다. 그리고 여인의 가슴에 총을 쏘았다.

일제의 만행은 계속 이어졌다.

"교회당에 불을 질러라!"

명령이 떨어지기가 무섭게 미리 석유와 휘발유를 끼얹어 두었던 건물에 성냥불이 그어졌다.

제암리 학살 사건은 여기서 끝난 것이 아니었다. 그들은 다시 민가로 내려와 38호나 되는 가옥에 불을 질렀다. 평화롭던 두렁바윗골은 갑자기 무시무시한 불구덩이가 되어 그 화염이 수백 리 밖에서까지 보일 정도였다.

　두렁바윗골에서 만행을 저지른 그들은 군가를 부르며 이웃마을 화수리로 넘어갔다.

　그들은 사흘 동안에 걸쳐 8개 면(面), 15개 동네를 다니며 불을 지르고 주민을 학살했다. 이 사흘 동안에 불탄 가옥이 317호요, 집을 잃은 사람은 1,600명이었으며, 사상자는 1,000명이 넘었다.

　이것이 제암리 학살 사건의 전모였다.

　이 소식이 서울에 전해지자 각국 영사관이 조사단을 구성하여 사건 현장을 답사했다. 그들이 도착할 때까지도 학살 현장에서는 사람 타는 냄새가 진동하고 있었다.

　제암리 참변의 소식을 접한 서울의 애국 부인회에서도 진상규명을 위해 이화학당 여학생을 대표로 선출하여 내려 보냈으나 그 여학생은

▲ 일본군의 만행을 세계에 알린 캐나다 선교사 스코필드가 80회 생일에 우리 나라에 와서 축하를 받고 있다.

제암리에 도착도 하기 전에 일본인 경찰에 의해 살해당했다.

　4월 18일, 한 서양인이 제암리 학살현장을 찾아와 모든 참상을 카메라에 열심히 담고 있었다. 스코필드 박사였다. 그러

나 그는 사사카 주재소장에 의해 스파이 혐의로 체포되어 경무국으로 압송되었다.

경무국 지하실에서 고등과장 구니도모는 스코필드를 심문하기 시작했다.

"이것봐, 스코필드 상! 당신은 스파이요! 스파이 행위를 그만두지 않으면 당신을 조선에서 추방하겠소."

"오, 제발 나를 추방시켜 주시오. 그러면 나는 세계를 두루 돌아다니면서 추방당한 이유와 내가 보고들은 것을 말하겠소. 내가 추방당하는 것은 당신네들이 내보내지 않아야 할 증인을 법정에 출두시키는 것과 같은 미련한 짓이오."

"닥쳐! 이 정신 빠진 양키 놈아!"

흥분한 구니도모는 스코필드의 따귀를 사정없이 갈겨댔다. 그러나 스코필드는 조선 민족을 위해서라면 자신의 따귀쯤은 항상 내놓고 다니는 사람이었다.

"나는 죽어도 좋소. 나는 양심의 명령에 따를 뿐 절대로 당신네들 앞에 무릎을 꿇거나 굴복하지 않을 것이오."

이렇듯 조선 민족을 위해서라면 자신의 소중한 목숨까지도 마다한 스코필드 박사는 한국어에 능통한 캐나다인 선교사로서 당시 세브란스 병원의 의사였으며 목사였다.

만일 스코필드 박사가 조선인이었다면 민족대표 33인에 한 사람 더 수를 늘려 34인으로 기록되었을 것이다. 그는 일제치하에서 2천만 조선 민족의 영원한 동반자였다.

제암리 학살 사건이 알려지자 세계여론뿐 아니라 일본 자체 내의 신문들도 일본 정부를 성토하는 가운데 4월 한 달에 집계된 3·1 만세운동 시위 군중 수는 260,000여 명을 넘어섰고, 피살자가 2,960명, 부상자가 4,060여 명, 체포 구금된 자가 16,385명에 달했다.

당시 일본의 양심을 대표하는 신문이었던 「저팬 크러니클」은 폐간까지 당하면서, 조선의 3·1 운동 사태를 대서특필하여 일본 정부와 조선 총독부를 통렬하게 공격했다.

그러한 논조를 취하는 일본의 신문은 그 외에도 여럿 있었고, 일본의 자유주의자들도 이를 개탄했다.

이렇게 되자 하세가와 총독과 도쿄의 하라게이 내각은 매우 곤욕스러운 처지에 놓이게 되었다.

궁지에 몰린
조선 총독부

5월에 접어들어서도 만세소리는 여전했다. 경찰서 유치장과 감옥에서도 만세소리는 끊이지 않고 들려왔으며 만세 시위는 아무 때 아무 곳에서나 일어났다.

5월 5일에는 서울 남대문에서 크게 일어났다. 러시아령 시베리아와 중령 연길현 지방의 노인단에서 이발, 정치윤, 윤여옥, 차대유, 안태순 등의 노인단 대표가 종로 보신각 앞에서 만세 시위를 벌였다.

"오늘 우리나라의 만세 운동은 평화적이므로 국기를 들고 만세를 부르는 것은 우리같은 늙은이들도 마땅히 할 수 있는 일이다. 그러나 청년들은 앞으로 해야 할 일들이 많으니 목숨을 가볍게 하는 것은 옳지 않다."

노인들이 이렇게 주장하며 시위를 벌이자 수천 명의 군중이 일시에 모여들어 또 만세를 불렀다.

이렇듯 만세 시위가 끊이지 않고 있던 5월의 어느 날, 초여름을 재촉하는 듯 때 늦은 봄비가 내리고 있는 가운데 이완용의 승용차가 총독부를 향해 질주하고 있었다.

총독부에 도착한 이완용은 정무총감 야마가타에게 자신이 직접 작성한 연판장 초안을 내밀었다.

『지금 조선의 모든 민중은 총독부의 시정에 감사하고 있으며, 지난 3월 1일부터 경성을 비롯한 일부 지역에서의 만세소동은 극소수 불평분자들의 무책임한 난동에 불과하니, 세계의 여론은 이것에 현혹되지 않기를 바랍니다.』

"이 정도의 내용이면 어떻습니까?"

"극소수의 불평분자들이 일으킨 무책임한 난동이니 현혹되지 말라…."

"정무총감 각하! 이런 내용의 연판장이 조선 민족의 이름으로 파리강화회담에 제출되면 일본제국의 입장은 흔들림이 없을 것입니다."

"좌우간 좋습니다. 아…, 그런데 송병준 자작도 물론 동의를 하셨겠지요?"

"물론입니다."

"윤덕영 자작께서도?"

"하하…! 이완용의 말이라면 쌍지팡이를 들고 반대하던 그들도 이 문제만은 나한테 백지위임장을 냈소이다."

▲ 경복궁 안에 새 청사를 짓기 전까지 사용한 남산 총독부 청사.

이완용은 제법 여유만만하게 생색을 냈다. 조중응 자작도 서명날인을 하였고, 고양 군수 민원식은 군민들 100,000 여 명의 서명 날인을 책임지고 받겠다고 호언장담했다는 것이다.

"그렇다면 불과 33인의 서명이 있는 손병희의 선언서와 능히 대결할 수가 있는 연판장이로군요."

정무총감 야마가타는 매우 흡족해 했다. 그러나 그 기쁨도 한순간, 다시 초조한 빛을 감추지 못했다.

"후작 각하, 서둘러서 처리해 주십시오. 김규식이란 자의 파리활동도 맹렬하고, 미국 대통령 윌슨에게도 자꾸 청원서가 가는 모양입니다. 그러니 만약 세계열국이 일본으로 하여금 조선에 대한 통치권을 포기하도록 강요한다면 총독부는 물론 나와 이 후작 각하의 운명 또한 어찌 되겠습니까?"

"설마 그럴 리가 있겠습니까? 허허!"

"나 같은 사람이야 정무총감 자리에서 쫓겨나면 한적한 시골에나 내려가 편히 지내면 그뿐이지만, 후작께서는 참으로 막막하시겠습니다. 허허!"

비록 농담이었지만 이완용의 얼굴에는 곤혹스러운 표정이 역력히 드러나 있었다.

한편 고등 과장 구니도모는 정무총감의 지시로 3·1운동에 관한 논설 한 편을 작성해서 매일신보에 보냈다. 친일언론기관인 매일신보는 그것을 토대로 「독립운동」이라는 제목의 사설을 게재했다.

『근래 사려 없는 조선 청년 또는 모모 교도라 칭하는 자들 사이에 파리강화회담을 기회삼아 조선의 독립을 호소하려는 격문(檄文)을 배포하여 일종의 시위운동을 일으키고 다중 조선인 간에 기타 위격한 사상의 선전을 도(圖)하여 마침내 불온한 행동을 감행하였음은 공연한 사실이다. 여기서 그들의 반성을 촉구할 여지는 이미 없다고 본다. 다만 그들이 지금 어떠한 혼미 속에 빠져 있는가를 지적하고자 한다.

첫째, 그들이 민족 자결주의를 오해하고 조선의 독립을 호소하여 열강의 동정을 얻고자 함은 전연 가공적 몽상이다. 조선의 독립을 운운하는 일은 어디까지나 일본제국의 국내문제로서 타국이 관여할 일이 못된다. 만약 강화회담에서 일국의 속령(屬領)에 대해 그 독립을 승인한다고 하면 오래 전부터 독립의 계획이 있어 온 인도(印度)나 안남(安南:월남) 및 필리핀의 독립도 허용하지 않을 수가 없는 실정이니 영국, 미국, 불란서가 이에 응할 리가 없을 것이다.

둘째, 그들은 표면상의 구실로는 폭력을 행사하지 않는다고 선언했지만 사실은 그렇지가 않았다.

셋째, 그들 자신도 냉정히 성찰한다면 소위 독립운동이라는 것이 만에 하나도 성공할 가망이 없다는 것을 알 것이다.

넷째, 수백 보를 양보해서 조선이 독립을 감히 얻는다고 해도 이는 실로 일시적인 맹목에 불과할 뿐이다. 조선의 역사를 회고해 보라. 과연 진정한 독립을 누린 적이 있는가를….』

1919년 5월 8일자의 매일신보 사설이었다. 그 사설은 이렇게 조선총독부의 의사를 대변하고 있었다.

"음, 명논설이야. 조선 놈들도 별로 할 말이 없겠군. 내일은 경성일보에 더 훌륭한 사설이 실릴 걸세."

정무총감 야마가타는 구니도모 과장이 가져온 매일신보를 경무국장 고지마에게 건네주면서 중얼거렸다. 그러나 고지마 경무국장은 깊은 한숨을 내쉬며 말했다.

"아무리 반대여론을 조성하고 해외로 빠져나가는 정보를 봉쇄하더라도 결과는 불을 보듯 뻔합니다."

"응…? 뭐라고?"

"각하, 아무리 탄압을 해도 만세소리는 그치지 않습니다. 유치장에서도 감방에서도 그놈의 만세소리는 여전히 귀가 아프도록 터져 나오고 있습니다."

"오이, 고지마! 그래서 이렇게 반대여론을 일으키고 있는 것 아닌가?"

"그러나 아무리 해도 해외 여론은 무마시킬 수 없습니다. 이미 모든 것이 밝혀졌으니까요."

"뭐가 밝혀졌나?"

"조선인 사망자 7,500여 명, 부상자 15,000여 명, 형무소와 유치장의 수감자 46,900여 명, 시위운동 집회횟수 1,540여 회, 참가인원 200만여 명, 그러나 이것은 총독부 경무국 고등과에서 절반 이하로 적당히 줄여서 집계한 숫자이고, 실제는 그보다 몇 갑절이 될 것이라고…."

"아니, 그것이 어쨌다는 거야?"

"스코필드가 지껄인 소리이니 이러한 내용이 이미 외국으로 나갔을 것은 자명한 사실입니다. 조만간 또 어느 신문에 발표가 되겠지요."

고지마는 맥이 풀리는 듯 한숨을 내쉬었다.

"스코필드를 없애버려! 저 함경도 쪽으로 끌고 가서 조선 놈들 시위 대열 속에 빌어놓고 갈겨버려!"

"안됩니다, 각하! 지금 조선에 있는 선교사들은 전국에 조직적인 연락망을 가지고 있습니다. 만약 그렇게 했다가는 조선 놈 1만 명을 죽인 것보다 더 시끄러워집니다."

"그러면 어떻게 하나? 지금 본국의 신문에서도 야단이고, 의회에서도 내각을 사정없이 몰아붙이고 있는데…."

"막을 재간이 없습니다."

"그러면 어떻게 하잔 말인가?"

"사실 각하께 말씀드리기는 죄송합니다만, 이 땅에서는 지금 지나치게 많은 피가 흐르고 있습니다. 아무리 죽여도 만세 소리가 끊이지 않는 이 저주의 땅, 이 땅에 저는 진절머리가 납니다. 할 수만 있다면 하루빨리 귀국하고 싶습니다."

"음…, 솔직히 말해서 나도 똑같은 심정일세."

두 사람의 얼굴에는 똑같이 짙은 패배감이 감돌고 있었다. 이 엄청난 유혈참극의 연출자, 야마가타와 고지마는 이제 조선에서의 임무를 더 이상 수행할 자신이 없었다.

그러나 그 순간에도 속고 있는 것은 고지마 경무국장이었다. 야마가타 정무총감은 이 사태의 모든 책임을 고지마에게 덮어씌우고 극비리에 의원사임서를 본국의 하라게이 총리대신에게 발송해 놓고 있었다.

변화되는
조선통치 정책

이즈음 도쿄에서는 일본제국 중의원에서 하라게이 총리대신 이하 각부 대신을 출석시킨 가운데 조선 소요 사건에 관한 대정부 질의를 하고 있었다.

헌정회 소속의 맹장 가와자키가 등단하여 하라게이를 향해 포문을 열었다.

첫째, 금번 조선에서 일어난 폭동은 그 범위가 반도 전역에 걸쳐 있고, 13개도 전역이 서로 밀접한 연락망을 가지고 있는 내란소요이니, 그 뿌리가 매우 깊으며 파급되는 바 영향이 매우 크다고 하겠습니다. 정부는 어째서 이러한 중대 사건을 미연에 방지하지 못했는지 납득할만한 해명을 해주시기 바랍니다.

둘째, 사상문제의 곡해와 종교적인 음모로 이번 소요가 일어났으며, 외국인의 선동이 작용하고 있으니 근본적인 원인규명과 대책이 있느냐

고 묻고,

셋째, 조선에 있어서의 무단정치의 폐해가 수없이 많다고 토로했다.

넷째, 조선인에 대한 대우를 똑같이 하여야 하며,

다섯째, 일선(日鮮) 화협일치의 기관을 신설하라는 것 등의 주장을 내세우고 답변을 요구했다.

연 사흘을 두고 헌정회 소속의원들의 질의 앞에 하라게이 수상은 연신 진땀을 닦느라 정신이 없었다.

의회에서 시달리던 하라게이 수상은 다나카 육군대신에게 답변을 맡기고 제국 호텔 301호실로 빠져나갔다. 그 곳에서 그는 지금 도쿄로 불러들인 조선 총독부 정무총감 야마가타를 만나고 있는 중이다.

"무슨 해결책이 없나?"

"극력 노력은 하고 있습니다마는….."

"하세가와는 도대체 뭘 어떻게 하겠다는건가?"

"아귀 떼처럼 들고일어나는 조선 놈들에게 그저 엄중 처벌하겠다는 고시문만 발표하고 있습니다."

"음…, 조선인들이 이토록 일본 정부의 입장을 괴롭힐 줄은 몰랐군. 사면초가야!"

"죄송합니다. 각하….."

"모두가 데라우치의 잘못이야!"

"예?"

"그 삼각대가리 데라우치가 일한합방 후에 조선통치를 엉터리로 해 놓았기 때문이야. 지금 그가 저질러 놓은 잘못을 내가 몽땅 뒤집어쓰게 되었으니!"

데라우치는 한일 합방 후 초대 조선 총독을 6년간이나 역임하고 하라게이가 집권하기 직전까지 총리대신으로 있었으니 그런 소리가 나올 만도 했다.

▲ 조선 총독부는 철저한 무단통치를 위해 교사들에게 칼을 차고 교단에 올라 학생들을 가르치게 하였다.

"중의원에서는 누가 책임을 질 거냐고 목이 터져라 덤벼들고, 조선 군 사령부의 참모장이라는 자는 육군성에 찾아와 병력을 더 달라고 매달리니, 야마가타 자네가 내 입장이라면 어떻게 하겠나?"

"역시 지금 상황에서는 좀더 고압적인 무력탄압밖에는…."

"알았네."

마침내 하라게이는 결심을 했다. 그때 고다마 서기관방장으로부터 전화가 걸려 왔다.

"방금 육군성에서 조선군 증파 계획안이 왔습니다."

"육군대신이 직접 왔나?"

"아닙니다. 각하께서 이미 아시는 일이라면서 아카시 참모 총장이 총리대신 각하의 재가만 받으면 된다고…."

"알았어. 서류를 읽어 보게!"

"하…."

"아니, 고다마! 중의원들에게 도청을 당하면 안 되네. 자네가 이리 가지고 오게."

전화를 끊고 나서 하라게이는 야마가타에게 말했다.

"일단 지원병력을 보내서 진압을 한 다음, 근본대책을 다시 세워야겠네."

"하!"

"그리고 자네는 당분간 도쿄에 머물러 있게."

이때 고다마가 조선 주둔군 병력 파견 계획서를 가지고 왔다.

"다나카 육군대신께서는 오늘 안으로 각하의 재가가 내려지기를 고대하고 있는 것 같습니다."

"음….'

하라게이는 계획서를 읽기 시작했다.

『1. 제 8사단 보병 제 5연대, 제2사단 보병 제 32연대, 2개 연대 예하의 2개 대대가 아오모리에서 승선, 원산(元山)항에 상륙.

2. 제 13사단 보병 제16연대, 제9사단 보병 제 36연대, 2개 연대 예하의 2개 대대가 스루가에서 승선, 부산항에 상륙.

3. 제 10사단 보병 제 10연대, 제 5사단 보병 제 71연대, 2개 연대 예하의 2개 대대가 우지나에서 승선, 인천항에 상륙.

이상 외에 오사카로부터 헌병 4백 명을 증파함.』

하라게이는 계획서를 야마가타에게 보여 주었다.

"토벌군 같은 인상을 주지 않도록 하라고 했더니 이렇게 분산을 해서 상륙하는 계획을 세웠군."

"결국은 보병 6개 대대와 보조헌병 400명이군요?"

▲ 서울로 급파된 일본의 근위보병. 3·1운동이 일어나자 일본은 만세시위를 진압하기 위해 지원 병력을 파견했다.

"그만하면 진압이 되겠는가?"

"충분합니다. 각하! 그리고 사실상 원산에 상륙시키는 2개 대대 병력 정도는 필요가 없을는지 모르겠으나 시베리아와 만주 쪽에서 무장한 조선인 폭도들이 잠입해 올지도 모른다는 유언비어가 나돌고 있는만큼 예비병력으로 필요할 것 같습니다."

"조선군 참모장 오오노란 자도 머리가 비상하군."

"하! 사실 우스노미야 사령관은 나이가 많아 모든 작전지휘는 오오노가 맡아서 하고 있는 실정입니다."

"흐음…, 하세가와 총독도 늙었고, 우스노미야 사령관도 늙었고, 조선의 지휘관들은 모두가 늙은 퇴물들이군."

"그러나 각하, 모두들 일로 전에서 러시아군을 무찌르던 맹장들이라서 그 자만심 하나는 하늘을 찌를 듯합니다."

그러자 하라게이가 빈정대며 말했다.

"고다마 군의 장인이신 데라우치 각하께서는 총 한 방 쏘지 않고 조선을 병합해 놓으셨는데, 그 조선을 이렇게 혼란 속으로 몰아넣고서 자만심은 무슨 놈의 자만심이야!"

데라우치의 사위인 고다마가 오기 전까지만 해도 데라우치의 잘못을 자기가 뒤짚어 썼다고 투덜대던 하라게이였다.

하라게이는 조선군 증파계획서에 결재를 하여 고다마에게 주었다.

그 때 어떻게 알았는지 아사히신문을 위시해 각 신문사 기자들이 제국호텔로 몰려왔다. 아사히신문은 헌정회를 지지하는 일본 최대의 언론기관이었다. 하라게이는 당황했다.

고다마가 총리대신의 정식 기자회견을 차후 통고한다고 약속을 하고서야 겨우 자리를 모면할 수 있었다.

기자들은 물러가면서 고다마를 통해 그 날짜 아사히신문을 하라게이와 야마가타에게 전했다. 신문 2면에는 에기스바사라는 논설위원의 정치평론이 게재되어 있었다.

1919년 5월 9일자 도쿄 아사히신문에 게재된 에기스바사의 정치 논설은 3·1 운동 이후 조선통치에 관한 일본 정부의 근본정책을 변경시킨 하나의 커다란 계기가 되었다.

『우리 일본 국내의 학자나 정치가는 모두 식민통치에 관한 연구를 극히 게을리 하는 감이 있다. 나는 수년 전부터 우리나라의 식민 통치방법을 매우 우려하고 있던 바인데, 이번 조선에서 불상사가 발생하고 말았으니, 크게 유감으로 생각한다.… <중략>

반만년의 역사를 가진 국민은 그리 쉽게 동화될 수 있는 것이 아니다. 그런데도 우리 정부는 잘못된 정책을 채용하여 교육제도도 일본 본토와 똑같은 제도를 쓰고, 일본어의 보급을 강요하며, 심지어는 하급역원인 경찰이나 우체국장까지도 조선의 토어(土語)를 수득할 필요가 없다 하여… 〈중략〉

식민지에는 각기 그 나라마다 고유한 문화와 역사가 있다는 것을 잊어서는 안 된다.

가장 큰 잘못은 식민지 국민을 힘으로만 다스리려고 하는 것이다. 이외에도 많은 잘못을 들 수 있으나 요컨대 식민지정책의 근본적 방침은 문명의 직접 전달에 있음을 잊어서는 안 된다. 나는 당국자가 종례의 사례에 비추어 이 방침을 잘 해득해 주기를 바란다.』

문관 출신인 하라게이와 야마가타는 에기스바사의 논설을 읽어 보고 신음소리를 토했다.

"각하, 이것이 국내여론의 새로운 조류인 것 같습니다."

"응? 조선 총독부 정무총감인 자네 입에서도 이제는 그런 소리가 나오는군."

"이 마지막 구절이 무얼 얘기하고 있는 것 같습니까? 보십시오! 식민지정책의 근본적 방침은 문명의 직접 전달에 있다…."

"문명의 직접 전달…?"

"곧 문화 통치를 하라는 것입니다."

"무관정치에서 문관정치로 전환을 하라는 말이로군."

"각하….."

"그러나 그렇게 하자면 하루아침에는 안 되네."

일본의 그 무서운 군벌세력이 가만있지 않을 것이라는 얘기였다. 이 때 하라게이 수상에게 조금 전에 다녀간 고다마로부터 전화가 왔다. 30 일 오전에 중의원 의회에서 출석 요구서가 또 왔다는 보고였다.

"그리고 조선을 시찰하고 온 헌정회 3·1만세 소요 특별조사위원회 소속 모리야가 귀경했답니다."

"알았어!"

하라게이는 수화기를 던져 버리듯이 내려 놓았다.

5월 13일, 일본 중의원회의 대정부 질의에 등단한 모리야 대의사의 발언은 2, 3일 전에 발표된 에기스바사의 정치 평론과 함께 일본 정부 내각을 혼란에 빠뜨린 충격적인 발언이었다.

"예, 본 의원이 금번 조선 현지를 시찰 조사한 바에 의하면, 3·1 폭동은 조선 13도 전역에서 일어나고 있으며, 경찰과 헌병들에 의해 수많은 조선인들이 매일 수십 명씩 사살되고 있었습니다. 한 마디로 말해 현지의 물정은 매우 소연하고, 그 폭동의 원인은 다음 여섯 가지로 귀착된다는 것을 본 의원은 발견하였습니다.

첫째, 조선인과 일본인의 차별적 대우.

둘째, 잘못된 정치 특히 세제의 결함.

셋째, 극단의 언론 압박.

넷째, 무리한 동화주의 강요.

다섯째, 세계 사조 변천에 기인한 민족자결주의의 전파.

여섯째, 천도교 기독교도들의 폭동 선동.

이상 여섯 가지 요소가 무단통치라는 근시안적인 정책 밑에서 곪을 대로 곪아 마침내 폭발한 것입니다. 그런데도 정부는 지금 병력 6개 대대를 극비리에 조선에 증파하고 있습니다."

의사당은 아우성의 도가니로 변했다. 의원들은 자리에서 일어나 고래고래 소리를 지르고 야유를 퍼부었다.

"총리대신, 그게 사실이오?"

"총리대신, 어서 대답하시오?"

궁지에 몰린 하라게이 수상은 즉시 내각회의를 소집했다. 그 자리에서 하라게이 수상은 야마가타에게 즉시 조선으로 출발을 하라고 명하고 이렇게 지시했다.

"에에또…, 내각의 공식결의라 해도 좋고 아니라고 해도 좋네. 앞으로는 계속 무단통치 일변도로 나가지 않을 것이라는 점을 조선 백성들이 느낄 수 있도록 행정을 서서히 개혁하도록!"

"아니 그게 무슨 말씀이십니까?"

다나카 육군대신이 그게 무슨 소리냐는 듯 반문을 했다. 하라게이 수상은 계속해서 말했다.

"중의원에서 떠들고 있는, 소위 차별대우의 인상을 긍정적인 입장에서 시정해 보도록 하란 말이오."

"예를 들자면 어떤…?"

"얼마든지 있겠지. 우체국장같은 자리에 능력 있는 조선인을 기용할 수도 있을 것이고, 군수급 관리도 조선인을 기용하고…."

"알겠습니다. 각하!"

"그러나 이완용, 송병준, 민원식 같이 친일파로 낙인이 찍히지 않은 새로운 인물들이라야겠지."

"하!"

"한편으로는 강경하게 진압을 하면서 한편으로는 조선인 관리들에게 승급을 시켜주고, 폭동으로 체포된 자들의 취조와 재판도 가능한 조선인 관리들의 손으로 다루어지도록, 심리적인 회유책을 써보란 말이오."

"하, 알겠습니다."

"하세가와 총독에게는 따로 전문을 띄우겠소."

이것은 분명히 만세소리의 압력에 눌려 그들이 조선통치 정책을 서서히 변경시키는 것이었다.

야
마
가
타
의
야
심

5월 18일, 정무협의를 마치고 조선으로 귀임
한 정무총감 야마가타는 부산에서
경성으로 올라오는 열차 안에서 기차회견을 가졌다.

"음, 자네는 경성매일인가?"

"그렇습니다."

"아사히신문 특파원은 누군가?"

"접니다. 각하!"

"에…. 도쿄 아사히에 꼭 발표가 되길 바라네. 에에또…, 이번 소요
사건의 원인은 제도의 잘못이 아니라 하나만 알고 둘은 모르는 급격사
상과 무모한 강경책에 그 책임을 돌리지 않으면 안 되네."

그러면서 야마가타는 지금까지 지나치게 강요해 온 일본주의를 점
차로 시정하겠다고 했다. 즉 일본인 본위로 해오던 교육과 정치 등을

앞으로는 조선의 현지 사정에 맞춰 통치하겠다는 자신의 의견을 피력했다. 그리고 그는 끝으로 이렇게 답변했다.

"에에또, 조선통치의 수뇌를 계속해서 무관으로 할 것이냐 또는 문관으로 할 것이냐에 대해서는…, 에에또, 나로서는 말하기가 곤란하네."

"그러면 총독 임용규정이 바뀔 수도 있다는 말씀입니까?"

야마가타 정무총감이 경성에 도착하기도 전에 경성시내에는 호외가 나돌기 시작했다. 그 호외 중에서 가장 놀라운 내용은 야마가타의 마지막 한 마디, 조선통치의 수뇌자가 문관으로 바뀐다는 것을 은근히 시사한 내용이었다.

눈치 빠른 총독부 비서과장 엔도는 정무총감실로 야마가타를 찾아왔다.

"각하, 혹시 이것은 미리 계산에 넣으신 것 아닙니까?"

"계산이라니?"

"하하…! 본국 정부와 정무를 협의하고 돌아오시는 각하의 귀임 길에 경성 시내가 이 정도는 떠들썩해야 제격이라 할 수 있겠지요."

"뭐라고, 자네 지금 무슨 생각을 하고 있는 건가?"

"각하의 정치 수완은 정말 놀랍습니다."

"어…, 벌써 4시로군. 총독 각하께 연락은 되었겠지?"

"정무총감께서 귀임보고차 관저로 가시겠다고 모리 경호대장에게 전했습니다."

"엔도 과장도 같이 가세."

총독관저로 향하는 승용차 안에서 엔도는 또 입을 열었다.

"그러면 각하, 조만간에 우리 총독부의 정책이 다른 방향으로 크게 전환되겠지요?"

"허헛…, 우리는 도쿄의 결정에 따를 뿐이야."

"그리고 조선통치의 수뇌자라면 총독 각하를 말씀하시는 것일텐데, 무관이 아닌 문관 총독이 새로 취임을 하신다는 말씀입니까?"

"그건 자네 나름대로 생각하게."

"아니, 정무총감 각하! 그런 중대한 일이라면 관방 비서과장인 소관에게도 명확한 방침을 말씀해 주셔야지요."

"이봐, 엔도 군! 분명히 밝히고 있지 않나? 그런 문제는 내가 말할 입장이 아니라고!"

"그러시다면…?"

"그건 도쿄에서 하라게이 총리대신 각하가 아사히신문 기자들에게 그런 정책을 피력하신 바가 있네. 내가 말한 것은 그 부분에 대한 질문을 대답한 것이라고 생각하면 되네."

정무총감 야마가타는 자신이 디스리는 영지에 돌아온 군왕과도 같이 뿌듯한 자만심으로 가슴을 버티며, 벚꽃이 지고 있는 총독관저로 들어섰다. 그에게는 일본제국의 실권자인 하라게이 수상의 절대적인 신임과 지원이 후광처럼 빛나고 있기 때문이었다. 그리고 이번 도쿄 행에서 그것이 더욱 명백하고 견고하게 실증되었다.

그러나 야마가타는 총독을 만나지도 못하고 문전박대를 당하는 딱한 처지가 되었다. 여비서가 난처한 듯 더듬거렸다.

"방금 총독 각하의 분부가 계셨습니다."

"뭐라고?"

"죄송하지만 그냥 돌아가 계시면 나중에 연락을 하시겠다고 하셨습니다."

야마가타의 얼굴이 금새 벌겋게 변했다. 엔도는 당황했다.

"아니, 그럴 리가 없을텐데…. 분명히 연락을 드렸는데…."

"죄송합니다. 분명히 정무총감 각하께서 오신다는 걸 알고 계셨습니다."

"그런데…?"

"갑자기 신경통이 심해져서 오늘은 만나지 못하시겠다는 말씀을 방금 하셨습니다."

문전에서 거절을 당하고 돌아온 야마가타 정무총감은 화가 머리끝까지 났다.

"건방진 늙은이! 조선 천지가 쑥대밭이 되도록 뒤집혀도 무릎이나 주무르고 들어 앉아 있는 주제에 무슨 놈의 건방진 수작이야."

야마가타는 끓어 오르는 분을 참지 못했다.

"엔도 과장!"

"하, 각하…."

"도대체 무슨 수작을 하겠다는 거야? 응?"

"고정하십시오. 각하!"

"조선 총독이 해놓은 게 뭐야? 만세소동을 이 정도로나마 진압한 게 누구냐 말이야?"

도쿄를 다녀오기 전까지만 해도 자신이 없다면서 경무국장 고지마에게 책임을 미루고 사의를 표명했던 야마가타였다.

"각하, 지금 제가 연락을 해보았습니다."

"연락은 무슨 놈의 연락이야?"

"경호대장에게 전화를 걸어서 무슨 이유로 그러셨느냐고 물어보았더니, 총독각하께서 매일신보 호외를 보시고 나서."

"뭐?"

"경호대원이 가져온 호외를 각하께 올렸더니 순간적으로 안색이 변하시면서…."

"늙은 황소처럼 무능하기 짝이 없는 영감이 돈맛만 알아서 기밀비나 빼돌리고, 신경통이다 좌골통이다 해가며 요양이나 다니는 총독에게 나 같은 사람이라도 없었다면 어떻게 조선을 통치했겠나? 여지껏 그 늙은 영감이 조선을 다스렸다고 생각한다면 큰 잘못이야."

"각하! 누가 그것을 모릅니까? 그렇기 때문에 본국 정부에서도 이런 문제가 대두된 것 아니겠습니까!"

이때 이완용이 야마가타의 귀임을 축하한다며 방문했다.

"이거 각하께서 다녀오시는 동안에 파리로 보낼 연판장을 다 만들어 놓았어야 하는건데, 죄송합니다."

"요즈음 민원식 군수가 대단한 활약을 한다고요?"

"예, 그런데 아직도 국내치안이 가라앉지 않아서 걱정입니다."

"그러게 말입니다…."

이완용은 경무국에서 지나치게 강경책만 쓴다고 말했다. 그러자 야마가타가 빈정대는 투로 말했다.

"후작 각하, 거 이런 난국을 당하면 군인들이 앞장을 서는 법 아닙니까?"

"예에…?"

"나야 허수아비일 뿐이지요."

"그게 무슨 말씀이오? 총독 각하께서는 항상 병중에 게시니 정무총감이 총지휘를 하셔서 온건책도 좀 써보고 하셔야지요."

"온건책…?"

"조선 백성 모두를 적군으로 몰아 죽일 수는 없지 않습니까?"

"음…, 그런데 군과 경찰이 권력을 틀어쥐고 있으니 펜대만 들고 있는 내가 어떻게 합니까?"

야마가타는 짐짓 무력한 체했다.

"총칼만 가지고는 해결이 절대로 안됩니다."

"이게 다 무관 총독이 이 나라를 다스리고 있기 때문이죠."

"예?"

"문관 총독이 있어야 할 시기가 온 겁니다."

이완용은 야먀가타의 말이 무엇을 뜻하는지 알면서도 일부러 놀라는 척 눈을 크게 떴다.

야마가타가 이완용에게 한참 푸념을 하고 있을 때 경무국 고등과장 구니도모가 전화를 걸어 급히 보고할 게 있다고 하면서 정무총감실로 찾아왔다.

"이것 보십시오. 제 상관이 본국에 출장을 갔다 왔으면 응당 경무국장이 인사를 와야 할텐데, 기껏 고등과장이란 녀석입니다."

"아, 그래요?"

"고지마는 육군소장, 무관이지요. 무관이라야만 판을 치는 조선 총독부니까요."

"그럼, 나는 이만 가보겠습니다."

"아니, 후작 각하! 잠깐 저쪽 방에서 좀 기다려 주십시오. 아직 드릴 말씀이 있습니다."

한 때 이 나라 총리대신이었던 이완용에 대한 대접은 고작 이 정도였다. 제 부하의 보고를 받기 위해 잠시 다른 방에서 기다렸다가 만나자는 것이다. 그러나 이완용은 아무렇지도 않은 듯 옆방으로 자리를 피했다.

"각하, 죄송합니다. 업무가 폭주해서 남대문 역에 출영도 나가 뵙지 못했습니다."

"바쁘겠지. 고지마 국장도 정거장에 잠깐 얼굴만 내밀었다가 어디론가 사라졌더군."

"아니, 그보다도 각하, 소관은 각하께서 하루 바삐 돌아오시기만 학수고대했습니다."

"아니, 구니도모 군!"

"조만간에 도쿄에서 문관 총독을 기용하려는 방침이 섰다는 걸 알고 있습니다."

"오이, 구니도모! 말조심 해!"

"아닙니다. 야마가타 각하 외에 문관출신으로서 조선 총독이 될 분은 아무도 없습니다."

"음, 고지마의 심복인 자네가 그런 생각을 하고 있는 줄은 몰랐군."

"각하, 이것을 좀 보십시오. 이걸 보고 있으려니 울화통이 터져 고등 과장이고 뭐고 당장에 때려치우고 싶은 심정입니다."

"뭐야, 매일신보?"

"방금 나온 석간입니다. 오오노 소장의 기사를 좀 보십시오."

"음?"

"참모장이란 자가 이런 얘기를 함부로 지껄이다니…."

신문을 펼쳐든 야마가타 정무총감은 눈을 휘둥그렇게 떴다.

3·1
운
동
의
만
세
함
성
이
…

『조선의 소요는 시간이 갈수록 악화되고 시위방법도 더욱 격렬하게 변하고 있다. 그리고 시베리아와 간도지방에서 과격파 조선인들이 잠입하고 있으므로 당 조선군 사령부는 이를 토벌하기 위해 본토로부터 병력을 증원받았다. 증파된 병력은 이미 4개 대대가 부산과 인천항에 상륙했으며, 곧이어 2개 대대가 원산항에 상륙할 것이다. 이들 불령 조선인 도배들의 협박 또는 선동으로 폭동에 참가하는 자는 차제에 대오 각성해야 할 것이다.』

오오노 소장의 이 같은 기사를 읽고 난 야마가타는 신문을 와락 구겨버렸다.

"보십시오. 각하! 이런 망나니 같은 군인이 어디에 있습니까?"

"음….".

"대체 우리 고등 경찰과는 무엇을 어떻게 하란 말입니까?"

"군인 놈들의 무식하고 시건방진 교만이야!"

"그리고 군을 동원해서 토벌을 한다고 해도 그렇습니다. 이런 군사 기밀을 공공연히 공표하는 얼간이 같은 참모장이 어디 있습니까?"

"멍청하긴!"

"총독 각하께서 각하를 만나지 않으신 이유를 알았습니다."

"매일신보 호외 때문인가?"

"아닙니다. 각하께서 도쿄를 출발하시던 날 하라게이 총리 대신 각하께서 조선 총독부 정무총감 앞으로 긴급 전문을 보내오신 게 있습니다."

"뭐라고?"

"그 전문이 총독 각하께 직접 전달 됐습니다."

그것이 전달된 것은 야마가타가 경성에 도착한 뒤였다. 하세가와는 그 전문을 받고 즉시 정무총감에게는 물론 그 어느 누구에게도 그러한 전문이 왔다는 것을 발설하지 말라고 했다는 것이다. 구니도모는 조금 전 기밀과장을 통해 이 사실을 알아냈던 것이다.

"구니도모 군, 그 전문 내용이 무엇인지 알아야겠네."

"조금만 기다리십시오. 어쩌면 벌써 소각처분 됐을지 모르지만 수신 원부를 찾아서 암호를 풀어 놓으라고 기밀과장에게 특별히 부탁해 놨습니다. 제가 지금 기밀과장에게 직접 가 보겠습니다."

구니도모는 서둘러 정무 총감실을 나갔다. 이로써 구니도모는 야마가타의 심복이 되었다.

"엔도 과장! 이완용 후작 각하를 들어오시게 해."

야마가타는 상기된 목소리로 옆방에 대고 소리쳤다.

이완용이 다시 들어오자 야마가타는 이완용에게 짐짓 진지한 태도로 말했다.

"조선의 치안은 누란의 위기에 놓여 있는데, 총독은 몸이 아파 누워만 있고, 정무총감은 아무런 실권도 없는채 무식한 무관들이 총칼을 휘두르고 있으니 어떻게 하면 좋겠습니까?"

"휴우…."

"조선 총독부의 권력구조를 혁신해야겠다는 생각이 안 드십니까? 총독부 중추원부의장이신 이 후작 각하의 능력으로 말입니다."

"각하, 내가 할 수 있는 일이 뭡니까?"

"나를 좀 도와주십시오!"

"말씀하십시오. 내가 무엇을 도와 드려야 할지…."

"진정서를 하나 작성해 주십시오."

"진정서?"

"하세가와 총독은 너무 늙었습니다. 조선을 더이상 군인들에게만 맡길 수가 없습니다. 총독부의 기강을 쇄신하여, 통수계통을 확립하고, 조선 민중을 승복시킬 인물이 필요합니다. 조선은 점령국이 아니라 병합된 일본제국의 국토이고, 조선 백성은 천황 폐하의 적자이니 일시동인의 정책으로 조선 민중을 다스릴 문관 총독을 보내 주십시오. 이런 내용의 탄원서를 하라게이 총리대신께 보내 주십시오."

"예. 그렇게 하겠습니다."

잠시 후 고등 과장 구니도모의 전화가 정무 총감실로 왔다. 전보문을 찾아 풀이했던 것이다.

"총독부의 모든 직제와 제도를 문관 본위의 제도로 개정할 것. 조선인에 대한 교육제도를 일본인과 동일하게 할 것. 헌병제도를 고쳐서 순수한 경찰제도로 만들 것. 각하, 다시 한 번 읽어 드리겠습니다."

"됐어, 그리고 또 다른 내용은 없나?"

"각하! 이런 내용이 또 있습니다."

"정무총감이 필요하다고 생각하는 임시조치법 내지 제령을 제정 발표해도 좋다."

"하하하, 당장 하세가와를 만나러 가야겠군!"

그 길로 엔도 비서과장을 앞세우고 총독실로 달려간 야마가타는 총독실로 엔도를 먼저 들여 보냈다.

"엔도 군, 자넨 도대체 누구의 비서과장인가?"

"총독 각하, 소관은 총독부의 정무를 위해 최선을 다할 뿐입니다."

"정무총감을 절대로 들어오지 못하게 해!"

하세가와가 이렇게 소리를 치는 순간, 야마가타가 기세 좋게 들어왔다.

"으음….."

정무총감이 들어 오는 것을 보고 하세가와는 자신도 모르게 신음소리를 토해 냈다. 갑자기 기습해 온 야마가타 정무총감과 하세가와 총독은 잠시 험악한 눈초리로 서로를 지켜보았다. 야마가타가 총독부의 권력구조에 대해 오래 전부터 불만을 품고 있었다는 것을 잘 알고 있었던 하세가와는 정무총감을 대하자 죽이고 싶도록 그가 미웠다.

그러나 피차 지위와 체면이 있는 만큼 극히 정중함을 가장하면서 두 사람의 팽팽한 대결이 시작되었다.

"이토록 중대한 시기에 본국 정부를 다녀온 정무총감을 왜 안 만나려고 하십니까? 이번에 저는 본국 정부로부터 긴급 훈령을 받고 왔습니다. 각하는 본국 정부를 무시할 생각이십니까?"

"뭐라고?"

"각하, 분명히 답변을 주십시오."

하세가와는 야마가타의 뻔뻔스러움에 격분한 채 어쩔 줄 몰라 했다.

"그래, 정무총감은 자신의 처신이 옳다고 생각하오?"

"각하, 그건 본국 정부의 질문에 답한 것일 뿐입니다."

"닥치시오."

"하지만 그것이 본국 정부에서 조선 통치 방침을 수정하고자 하는 의도인 것쯤은 각하께서도 이미 아실 텐데요."

"뭐요?"

"그럼 아직 모르고 계셨습니까?"

"나는 아무것도 아는 바가 없소."

"각하, 총리대신께서 보낸 전문이 있을 텐데요."

"난 모르는 일이오."

그러나 야마가타는 사정없이 윽박해 들어갔다. 이미 그것이 총독의 손에 압수된 것을 알고 있다고 했다. 하세가와는 야마가타가 모든 내용을 알고 자기에게 다그치자 어찌할 줄 몰라했다.

야마가타는 그 전보문 내용을 줄줄이 외웠다. 하세가와는 더욱 낭패

한 얼굴이 되어 앉아 있던 자세를 애써 바로 했다.

잠시후 하세가와는 알지 못할 신음소리를 토해 내면서 여비서를 불러 차를 가져오라고 했다.

"그리고 야마가타 정무총감을 위해 특별히 브랜디를 가져오도록!"

"감사합니다. 총독 각하!"

야마가타는 이렇게 해서 콧대 높은 하세가와 총독의 항복을 받아냈다. 그리고 도쿄 정부의 정책 변경과 현시점의 당면 과제를 자세히 설명했다.

"알겠소. 정무총감! 그러면 나는 정무총감만 믿고 있겠소. 내일 아침 부국장회의를 개최하기 전에 생각을 정리했다가 다시 상의하도록 합시다."

"각하, 감사합니다."

하세가와 총독의 항복을 받아낸 야마가타는 다음 날 아침 출근을 하면서 한껏 거드름을 피웠다. 조선 총독부의 권력구조가 바뀌고 있었던 것이다.

야마가타가 출근을 하자마자 이완용으로부터 전화가 걸려왔다. 야마가타와 같이 온화하고 유능하며 조선 민중의 신망을 받는 문관 총독이 있어야 조선통치가 잘될 것이라는 진정서를 지금 막 도쿄의 하라게 이 총리대신에게 부쳤다는 전화였다.

이때 노크소리도 없이 하세가와 총독이 정무총감실로 들어왔다. 하세가와는 어색하게 자리에 앉으면서 야마가타를 향해 말했다.

"에…, 부국장회의를 시작하기 전에 참고할 일이 있으면 상의를 합시다."

"각하, 그보다 선행해야 할 일이 하나 있습니다."

"부국장회의보다도 먼저?"

"기자회견을 하셔야겠습니다."

"기자회견을 어떻게 하란 말이오?"

"이런 내용을 발표하시면 됩니다."

"조선의 시정방침을 바꾸는 이 시점에서 정무총감의 차중 기자회견 기사가 잘못 나가 버렸고, 또한 조선군 참모장 오오노 소장의 발언이 매일신문에 잘못 보도되어 크게 혼선이 나버렸으니, 이는 자칫 총독부의 지휘계통이 문란한 듯한 인상을 주게 되어 난동배들을 더욱 날뛰게할 것이므로…."

"음…."

"그리고 무작정 무력탄압 일변도로만으로 나가지 않을 것이라는, 대조선정책을 각하의 명의로 확정 발표하셔야겠습니다."

"그렇게만 하면 되겠소?"

"예, 유고문 형식으로 발표하실 필요까지는 없습니다. 기자회견으로 각하의 분명한 태도를 밝히면 되니까요."

"정무총감이 결정한 일이라면 그렇게 합시다."

이제 하세가와는 야마가타의 각본에 따라 움직이는 하나의 늙은 허수아비에 지나지 않았다.

"저, 정무총감! 내가 무엇 무엇을 어떻게 얘기해야 되오?"

"답변하실 자료는 소관이 이미 준비를 다 했습니다. 이걸 보시면서

대략 이러한 요지로 답변을 하시면 됩니다."

"알겠소. 정무총감이 하라는 대로 하리다."

하세가와는 자신도 모르게 한숨을 내쉬었다. 조선총독부의 권력 구조는 이렇듯 하세가와 요시미치로부터 야심에 찬 정객 야마가타 이사부로에게 옮겨지고 있었다.

"총독 각하, 도쿄 아사히신문의 아베 기자입니다. 어제 조선군 사령부 참모장 오오노 소장이 발표한 바에 의하면…."

"각하, 오사카 마이니치의 곤도오 기자입니다. 잠깐 보충해서 여쭙겠습니다. 이번 기자회견은 3·1소요 이후 최초의 기자회견으로 알고 있습니다."

1919년 5월 19일 정무총감 야마가타의 각본에 의한 기자회견은 장장 4시간에 걸쳐 계속되었다. 하세가와는 질문을 받을 때마다 야마가타가 적어 준 메모첩을 훑어본 뒤에 한참 만에 입을 열어 대답했다. 그러나 메모첩의 마지막 대목만은 끝까지 말하지 않으려고 했다.

"각하, 그 다음 말씀도 반드시 하셔야 합니다."

"에에또…, 요컨대 소요는 군에게 위임을 하고 민심 융화 등 소요 후의 정리는 지방 행정관헌의 손으로 처리될 것입니다."

하세가와가 이 정도로 얼버무리려고 하자 야마가타가 또 재촉했다. 하세가와는 할 수 없이 한 마디 더 했다.

"에…, 바꾸어 말하면 군은 더이상 개입하지 않을 것이란 말입니다."

이로써 기자회견은 끝이 났다. 그런데 이제까지 메모첩이나 보고 답변하던 하세가와가 무슨 생각에서인지 들뜬 목소리로 토를 달 듯 말했다.

"앞으로 조선의 통치 방침은 그들 조선인의 지위와 사회적인 처우를 존중하는 방향으로 바뀔 것입니다. 그리고 무관 총독이 물러가고 문관 총독이 있어야겠다는 여론에 대해서는 위대한 수완을 가진 문관 대정치가가 속히 나타나기를 기다릴 따름입니다."

그날 오후, 각 신문은 하세가와의 기자회견 내용을 대서특필로 보도했다.

"하하하…, 총독 각하! 아주 훌륭한 회견이었습니다. 보십시오. 신문사 속보판 앞에 모여서 밝은 표정을 짓고 있는 조선인들의 사진을!"

야마가타 정무총감은 기세 좋게 떠들어댔다. 그러나 하세가와는 쓸쓸한 체념에 잠겨 있었다. 그는 뉘엿뉘엿 넘어가는 석양을 창 밖으로 바라보며 몸을 일으켰다.

"난 그만 돌아가야겠소."

"각하, 제가 관저까지 모셔다 드리겠습니다."

"관저로 가겠다는 말이 아니라 아주 도쿄로 돌아가겠다는 말이오."

"아니, 각하!"

"늙은 몸으로 더 조선에 눌러 있어 봤자 아무런 도움도 안 될 것 같소. 정무총감이 알아서 잘 처리할테니 총리 각하께 휴가원이나 내야겠소."

이날 하루를 기자회견으로 시달린 하세가와는 마침내 자신의 거취를 결정했다.

이렇듯 2천만 조선 민족의 3·1운동 만세 시위는 데라우치에 이어 2대 총독으로 4년간이나 이 땅에 군림했던 하세가와의 정치 생명을 종식시켰으니….

1919년 8월 30일. 하루 전인 어제가 바로 열 번째 맞이하는 경술 국치일이었다. 서울의 모든 상가와 백성들은 가게문과 대문을 꼭꼭 닫아건 채 빼앗긴 나라의 아픔을 무언의 시위로 대변했다.

이렇게 조용히 있는 것은 조선의 백성들뿐만이 아니었다. 3·1운동의 거센 소용돌이를 총칼로 진압한 하세가와 총독과 야마가타 정무총감은 한일합방 10주년이 되는 어제 피 묻은 칼자루를 내려놓은 채 일본으로 돌아갔다.

따라서 주인을 잃은 조선 총독부도 개점휴업이나 다름없이 조용했다.

그러나 역사의 흐름이란 쉬는 법이 없었다.

3·1 만세운동의 함성이 삼천리 방방곡곡에 메아리 친 지 어언 26년…. 36년간에 걸친 일본의 강압통치로 식민지시대를 살아왔던 조선은 2차 세계대전에서 일본 천황 히로히토의 무조건 항복으로 마침내 해방이 되었다.

1945년 8월 15일. 정오가 지난 서울의 거리는 "대한독립 만세"를 외치며 뛰쳐나온 수십만 시민들로 하여 환호와 열광의 도가니로 변했다. 그리고 그들의 손에 손에는 태극기가 물결을 이룬 채 8월의 뜨거운 햇살 아래 펄럭이고 있었다.

『그 날이 오면 그 날이 오며는 삼각산이 일어나 더덩실 춤이라도 추고 한강물이 뒤집혀 용솟음칠 그 날이. 이 목숨이 끊기기 전에 와

주기만 한다면 나는 밤하늘에 나는 까마귀와 같이 종로의 인경을 머리로 들이박아 울리오리다. 두개골은 깨어져 산산조각이 나도 기뻐서 죽사오매 오히려 무슨 한이 남으오리까.

　그 날이 와서 오호 그 날이 와서 육조(六曹) 앞 넓은 길을 울며 뛰며 뒹굴어도 그래도 넘치는 기쁨에 가슴에 미어질 듯 하거든 드는 칼로 이 몸의 가죽이라도 벗기어 큰 북을 만들어 들쳐 메고는 여러분의 행렬 앞에 앞장을 서오리다. 우렁찬 그 소리를 한 번이라도 듣기만 하면 그 자리에 거꾸러져도 눈을 감겠소이다.』

　그 날을 기다리지 못하고 요절한 민족시인 심훈이 그토록 그리던 광복의 그 날은 통한의 눈물과 함께 찾아왔다. ***

▲ 해방을 맞아 서울 남산의 국기 게양대에 처음으로 태극기가 게양되고 있다.